Franziska König

Prohazkas Nachbar

Erinnerungen

Meinem lieben Onkel Andi gewidmet

TWENTYSIX
Eine Marke der Books on Demand GmbH
© März 2021 von Franziska König
Titelbild: Gemälde von Erika König
Mit freundlicher Genehmigung von Dr. Hartmut König Covergestaltung und Zuschnitt: Franziska König in Zusammenarbeit mit Andreas Rothfuß, Blankenfelde und der Agentur Baumfalk in Aurich Herstellung und Verlag: BoD –Books on Demand Norderstedt
ISBN: 9783740781064

Franziska (Kika) mit ihrer Violine – fotografiert von ihrer lieben Freundin Ute Bott aus Rottweil.

„Wenn ich dereinst verstorben bin, so schweigt auch meine Violine!" so denkt sie.

Und drum bringt Franziska alle vier Wochen ein schlankes bis vollschlankes Taschenbuch heraus.

Erzählt werden Geschichten aus ihrem Leben, die von erhöhtem Interesse sein dürften.

Jeden vierten Dienstag um 18.05 wird das fertige Manuskript in die Umlaufbahn entsandt.

Die meisten Vorkömmlinge finden sich im Personenverzeichnis
Hier die engste Familie vorweg:

Opa, (*1909) Opa mütterlicherseits in Österreich
Oma Ella, (*1913) Omi väterlicherseits in Hessen
Buz (Wolfram), mein Papa (*1938) Professor für Violine an der Musikhochschule in Trossingen
Rehlein (Erika), meine Mutter (*1939)
Ming (Iwan), mein Bruder (*1964)

Orte der Handlung:
Ofenbach, unscheinbares Dorf in Niederösterreich
Grebenstein, bezaubernde Kleinstadt in Nordhessen
Aurich, Hauptstadt von Ostfriesland
Trossingen, unscheinbare Stadt in Baden-Württemberg. Sitz einer leider häßlichen und landschaftsverschandelnden Musikhochschule

Januar 2002

Dienstag, 1. Januar
Oberrot - Trossingen

Das Jahr 2002 entrollte sich
mit einem ersten bleichen Tag.
Am Nachmittag wurde die Wetterlage
jedoch ergreifend schön:
Glitzernder Sonnenschein, tiefblauer Himmel.
Üppig verschneit

Um Mitternacht brandete die von Kantor Thomas Melzer kunstvoll befingerte Orgel in neuer Frische mit einem packenden Werk von Johann Sebastian Bach auf.
Mit meiner Violine in der Hand saß ich oben auf der Empore neben der Orgel, und schaute auf das kantige und ernste, fast verdrossen anmutende Kantorengesicht im Schein der Lampe drauf. Daneben leuchtete das süße Kindergesicht vom kleinen Marco, der zum Registrieren bestellt worden war.
Ich lauschte den Klängen und sandte meine Gedanken weit voraus: Bis hin zum letzten Tag der nächsten Zehnjahreslatte, dem 31. Dezember 2011.
Über die Verwandten, und was bis dahin aus ihnen geworden sein mag, wagte ich gar nicht nachzudenken, doch über einige Bekannte stellte ich Überlegungen an: *Die Daaje, bis dahin eine knackfrische 17-jährige, ihre Mutti, die „Dame Gerswind", gilbend und welkend - und ob Gerswind & Fritz überhaupt noch zusammen sind?*

Opa Wald, Insasse im „Rosenhof", der kolpingartigen Seniorenresidenz in Aurich. Seine Frau Inge, seit einigen Jahren unter der Erde….← Überlegungen dieser Art schwebten durch meinen Kopf.

Halt! Nachtrag 2021: Omi Wald ist schon noch da (demnächst 90), während ihr Mann Rudi, bis zu seinem letzten Atemzug in geistiger Frische verblieben, bereits seit bald vier Jahren auf dem Friedhof ruht. Wieder kam es anders, als gedacht.

Wir spielten noch einige überirdisch schöne handverlesene Kammermusikwerke – zum Teil von unbekannten Tondichtern stammend, - und durch das Feuerwerk vor der Kirche leuchtete es hinter den Fenstern solcherart, als tobe draußen ein Gewitter.
Ich befand für mich im Stillen, daß ich noch nie einen derart ergreifenden Jahreswechsel erlebt habe, und das, obwohl es kalt war, und man auf der Empore vor sich hinfrösteln mußte.
Die ersten Neujahrsgratulanten in diesem Jahr waren fremde und doch sehr warme Menschen, die von der Musik so ergriffen waren, daß sie uns Musikanten sogar umarmt haben.
Nach dem Konzert hatten sich alle lieb.

*****

Frühstück bei meiner Gastmutti Frau Nebel.

Wir frühstückten mit einem Herrn namens Helmut, den sich die Wittib Frau Nebel gegen ihre Einsamkeit aus dem Internet gezapft hatte.
Leider durfte ich mir nur ein halbes Frühstück gönnen, da ich um elf Uhr bei Herrn Melzer zu einer zweiten Frühstückshälfte, oder auch einem Spätstück geladen war.

Ich suchte das Haus Nummero 17, doch die Straße schien nach dem Haus Nummer 15 einfach zu enden, und ich überlegte, daß Herr Melzer als Schwabe womöglich mit Fleiß eine Adresse genannt hat, die es gar nicht gibt? *Eingeladen hat er wohl nur, damit's nicht heißt, er sei ein geiziger Schwabe, der nie jemanden einlädt? (Höchstens vielleicht, um ihm beim Renovieren zu helfen?)*
Da er es aber leider doch ist, nennt er den Gästen auf Art vom Onkel Rainer einfach eine Adresse, die es gar nicht gibt. Hinterher kann man ganz entsetzt darauf beharren, daß man doch klar und deutlich „Nummer SIEBEN!" gesagt habe –
„…oder hab ich da womöglich geistesabwesend was falsches g'schwätzt?!" gibt man sich ganz zerknirscht.
„Oh je! ENTSCHULDIGUNG!!"

Nach einer Weile fand ich die Wohnung dann allerdings doch.
Der eigentlich gefühlvolle Herr Melzer deutete eine steife Umarmung an. Eine Geste, die an einen schlaksigen 15-jährigen Pennäler, mit einer leichten Ausreifestörung erinnerte.

Auf den ersten Blick schien mir die Wohnung so unglaublich unordentlich. Sie atmete das personifizierte Familienchaos, doch dann gewöhnte ich mich an die Unordnung, und es gefiel mir.

Durch die Querbalken über der Spüle mit dem ganzen ungespülten Geschirr konnte man ins Wohnzimmer hineinblicken, in welchem sich eine wirre und fast wilde Diskrepanz zwischen schönsten Familienharmoniebestrebungen und heillosem Familienchaos widerspiegelte. An einer Stelle stand ein kleines Tischlein mit Stühlchen für die Kinder, und ich mußte bei diesem Anblick plötzlich an die Omi Mobbl denken: Wie sie sich das Katzenkörble kaufte. Ich versetzte mich in jenen Moment hinein, als Herrn Melzers Noch-Ehefrau Barbara, die mit den Kindern zu ihren Eltern gereist war, die kleinen Stühlchen für die Kinder gekauft hat.

Aber die lebhaften Kinder setzen sich wahrscheinlich nie so artig und possierlich drauf, wie dies doch wohl zu wünschen gewesen wäre? Ebenso wenig, wie Mobbls Kätzle in das Körble stieg.

Auf dem Tisch stand die „Moritz-Tasse" mit eingetrockneten Kakaoresten und erinnerte ein wenig an den kleinen Moritz, der jetzt weg war. „Gottseidank!" denkt man hier an dieser Stelle und macht drei Kreuze, denn in der Stadt ist allgemein bekannt, daß der Himmel die braven Eheleute mit Moritz und Vera *wirklich gestraft* hat.

Herr Melzer saß auf dem Sofa, und die Cembalistin Anna, - die sich, über den Rand ihres Cembalos

hinaus, auch zur Heilerin hat ausbilden lassen, heilte an ihm herum.
Eingeladen war auch die bezaubernde Sängerin Gundula.

Frühstück im gemütlichen Erker:
Die Rede kam auf den Klavierlehrer, Herrn Bloser, bei welchem sich auch Herr Melzer einst viele Jahre lang als Klavierschüler, und später als Nebenfachstudent hat abmühen müssen. (So wie einst auch ich) „*Er* hat sich mit mir geplagt und ich mich mit ihm!" sagte Herr Melzer, froh dieses Kapitel hinter sich gelassen zu haben. Ebenso erging es ihm Jahre später mit seiner Frau Barbara, so daß man sehen konnte, daß der Lebenspfad von Herrn Melzer bislang leider steinig und ungemütlich verlaufen ist.

Zum Schluß begleiteten mich die Musikanten zum Bahnhof, und ich hatte beim Abschied das Gefühl: Wir haben uns alle lieb! Ich fühlte mich so, als sei ich in einem Verein in Oberrot aufgenommen worden. Verein der Oberroter Silvester-Kapelle.

In Rottweil holte mich der Hubert, Ehemann von meiner lieben Freundin Ute B., die auch das Foto im Buchbeginn geschossen hat, vom Bahnhof ab. Ein zünftiger Handwerker, der mit beiden Beinen fest im Leben steht.
Von Frau Lüders schwerem Wintermantel umhüllt, üppig mit Köffern und dem Geigenkasten bepackt, quetschte ich mich ins Auto, und fühlte mich dabei

wie eine Tante aus Amerika, die nun mehrere Wochen zu bleiben gedenkt.

Bald schon begrüßte ich mich herzlich mit der kleinen Familie, und die Gulaschsuppe, die in der Stube serviert wurde war so was an köstlich. Die hätte Zwerg Nase nicht besser hinbekommen!
Gegen die kleine Feli muß Mutti Ute leider sehr oft aufbarschen, weil sie nicht sehr folgsam veranlagt ist. Ständig zündelt sie herum, und verbietet man´s ihr strikt und barsch, so tut´s sie´s heimlich und zieht hinzu noch ein Vergnügen daraus, den Erziehungsberechtigten hinter deren Rücken eine lange Nase zu drehen.
Nach einer Weile durften mir die Kinder zeigen, was der Weihnachtsmann alles gebracht hat: z.B. eine Allzweckkuh aus Holz, die man vielseitig verwenden kann: Man kann darauf reiten, wenn man dazu in Stimmung ist, oder aber den sehr eckig und länglich gehaltenen Rücken als Picknicktisch, oder aber auch zum malen und basteln nutzen.
Und außerdem hat der Weihnachtsmann den Mädchen in seiner grenzenlosen Güte je ein zartgewobenes und geschmackvolles Fliegengitter über´s Bett gespannt.
Vati Hubert wurde sehr müde, legte sich auf die Bank und schlummerte los, und es wirkte fast so, als solle später im Buch des Lebens in poetischen Worten geschrieben stehen: „Am Ende eines langen Tages legte er sich auf den Diwan und starb."

Von oben hörte man schwach, wie die Ute schon wieder ein paarmal gegen die Feli aufbarschte, weil die Kleine zuweilen haut und boxt, um ihre Grenzen zu taxieren.

Dann wiederum ergreift die Ute immer die nächstbeste Möglichkeit, um wieder so nett wie möglich zu sein. Z.B., als die Feli auf einem Bein hüpfte.

Erst da wurde einem so recht bewußt, um wieviel schöner und löblicher es doch ist, auf einem Bein herumzuhüpfen, statt zu zündeln und zu hauen!

Später wurden die beiden Kinder gebadet, und die Rosalie, wenn zwar erst zwei Jahre alt, erinnert mich an eine ältere österreichische Bäuerin.

Nach dem Bad las die Ute ihren kleinen Kindern ein ganzes Kinderbuch vor. „Peterson zeltet."

Die Feli, hübsch wie eine Prinzessin mit einem aufgeworfenen Näschen, schmiegte sich an Mutti Ute, und hörte interessiert zu, während die Rosalie leider sehr laut und bossig war, und mich als Gast einfach piesackte.

Sie zupfte roh an meinen Fingern herum und versuchte mir Ohrfeigen herabzuhauen. Ein Unfug ohnegleichen!

Aber als die Kinder endlich im Bett waren, da wurde es im Hause plötzlich so still, daß man mit einemmale nichts Rechtes mehr mit sich anzufangen wußte.

Daheimin Trossingen rief ich Rehlein in Ofenbach an und erfuhr, daß der Opa neulich beim Schlafen

vom Stuhl gefallen sei. Und Rehlein war so aufgeregt!
Doch man muß sich damit abfinden, daß die Batterie eines Tages leer ist.

Mittwoch, 2. Januar

Wunderschön. Sahnig verschneit

Am Morgen träumte mir von einem Zettel in Buzens Geigenkasten, worauf zu lesen stand, daß ich genau am 25. Juli Konzertreifeprüfung hätte, - im Traume bereits morgen! Buz hatte wohl vergessen, mich darüber in Kenntnis zu setzen, und anders als ein normaler Prüfling, hatte ich somit nicht zielstrebig darauf hingeübt.
Ein Werk von Schubert, das Buz für mich auf's Programm gesetzt hatte, kannte ich überhaupt nicht. Erschwerend kam hinzu, daß es sich auch nicht um ein Werk des allgemein bekannten und beliebten FRANZ Schubert, sondern um einen unbekannten Schweizer Komponisten mit Namen Schubert handelte, der im Dalton-Stile komponierte: Seine Melodien rutschten ständig vom Pfade ab, und wurden immer länger und verschraubter. Immer weiter drifteten die Phrasen von ihrer Ausgangsidee ab, und trieben sonderbare Blüten, von denen sich der Hörer beständig vor den Kopf gestoßen fühlte.
Schließlich lief ich in den Hochschulaltbau und wartete im altmodischen Rektorenzimmer auf den neuen Rektor, einen älteren Herrn mit polierter Glatze, der bald darauf erschien, und gleich streng und verwundert tat.

Was ich als Studentin hier in seinem Zimmer wohl zu suchen hätte?
Doch ich stellte die Hackordnung einfach eigenmächtig um und meinte, ich sei schon so lange Mitglied der Hochschule. Ich sei hier schon ein- und ausgegangen, als ihm noch der Po poliert werden mußte, und er zudem noch gar nicht wußte, daß es überhaupt einen Ort namens Trossingen gibt.
Mit Übermütigkeiten dieser Art, präsentierte ich mich als junggebliebene 80-jährige.
Zum Schluß war ich so enthemmt, daß ich ihn auf eine süße Art bat, ob ich ihn auf sein Ohr küssen dürfe?

Ich bündelte meine letzten DM-Scheine, und trug sie zum Euro-Umtausch in die Bank. Ein historischer Moment!

Im Supermarkt dachte ich über Ming nach, und überlegte, welche Worte man wohl benützen könne, wenn ich fremden Leuten ein Portrait meines Bruders zeichnen wollte. „Er ist sehr belehrend – anderseits auch sehr anteilnehmend. Kurzum: Ming ist wie eine zweite Mutter für mich."
Das fand ich für die Ohren der anderen interessant.

Rehlein am Telefon war wieder so aufmerksam und sprach davon, wie es so sei, wenn man einen fremden Herrn kennenlernt: Die Hand müsse ich immer so hinzuhalten, als erwarte ich einen Handkuss, da es leider gar zu oft passiere, daß ein fremder Herr einem die Hand mit rohem Händedruck so demütigend zusammenquetscht.

Spätnachmittags am See:
Kurz vor dem Sonnenuntergang wurde der Gaugersee von warmem Sonnenglanz beleuchtet.
Auf einer kleinen Buckelbrücke an einem Seeausläufer traf ich meine Kommilitonin Antje Liebich mit ihren beiden Söhnen. Der jüngere war in ein Kinderkarrenfuteral gezwängt, der größere lief an der Hand, und beide schauten aus wie rotgefrorene Sibiriaken.
Die Antje strahlt immer so etwas schwäbisch-bodenständiges aus, daß man nach einer Begegnung kurzfristig ganz ernüchtert von der Menschheit ist. Nachdem mir doch die Weihnachtszeit in Hessen, und die Silvesterzeit im Ländle die Menschheit wieder näher gebracht hatte.
Von ihr, die von Buzen nicht leiden gekonnt wird, kam so gar nichts Greifbares oder Persönliches rüber.
Nett wär z.B. gewesen, sie hätte gesagt: „Komm doch mal zum Tee! Der Uli tät sich sicherlich riesig freuen!" Doch sie sagte nichts dergleichen, und so frug ich etwas hilflos, wie das Leben als Mutter wohl so sei?
„S`isch O.K!" sagte sie zünftig, und dadurch, daß wir uns hernach nichts mehr zu sagen hatten, meinte ich wohl eher im übertragenen Sinne, ich müsse schnell weiter, weil´s kalt sei, und auch ohne, daß sie es laut aussprach, hörte man ihre Gedanken: „I werd di net aufhaldö!" (Ich werde dich nicht aufhalten!)

Donnerstag, 3. Januar

Wunderschön. Packschnee und Glatteis

Draußen war´s noch dunkel. Doch nicht mehr schwarz sondern dunkelblau, und der abnehmende Vollmond zeigte sich malerisch hinter den Baumgabeln- und Forken.
Mir gefiel es, so früh am Morgen durch das üppige Schneepürée in die Bäckerei zu marschieren.

Mit Behagen frühstückte ich, und las die Zeitung:
Für viele von uns hat das neue Jahr nicht so schön begonnen: Eine 39-jährige Mutti mit zwei Söhnen blieb durch menschliches Versagen einfach hoch oben, vom Höhenwind bepfiffen und beblasen, in einem Sessellift stecken. Der Sessellift war zum Stillstand gekommen, weil die Verantwortlichen Feierabend machten.
Nach über einer Stunde in der Kälte sprang die verzweifelte Mutter, so wie Rehlein es an ihrer Statt vielleicht auch getan hätte, in die Tiefe und verletzte sich dabei.
Dann wurde sie allerdings vom Schneeraupenfahrer entdeckt und gerettet.
Was aus den beiden kleinen Söhnen, die oben sitzen geblieben waren, geworden ist, hatte das Blatt nicht weiter interessiert.
Außerdem gibt´s derzeit auf der Welt verschiedene Extreme zu beklagen: In Polen z.B. funktioniert überhaupt nichts mehr: Massive Schneever-

wehungen haben das Land unter sich begraben, und die Autos bleiben einfach dort stehen, wo sie ohnehin stehen. Bloß, daß es im Osten leider kein gut funktionierendes Rotes Kreuz gibt. Es herrscht allenfalls eine Nasenwühlstimmung jener Art, wie sie Buz zuweilen befällt, wenn er nicht mehr weiter weiß...

Mein Nachbar Hikaru scheint verreist, wie ein Päckchen am Fuße der Haustreppe verriet.
Womöglich hat es ihm seine Mutti aus Tokio geschickt? mutmaßte ich gerührt.
Ich war froh, daß er nicht da war, weil mir der Himmel mit einem posaunenden Nachbarn wirklich einen Tort angetan hat.

Doch am Abend kehrte er mit lautem Gepolter zurück, und klingelte gar an meiner Tür.
Er wünschte mir ein schönes neues Jahr und frug, wo sein Päckchen sei? Doch es war verschwunden.

Nach 23 Uhr schellte er nochmals.
Sein Päckchen schien ihm so überaus wichtig.
Das tat mir leid, und mir kam die Idee, daß über der Nachbarschaftswohnung womöglich ein Fluch liegt?
Erst Il-Soo*, dann die verschwundene Koreanerin – jetzt das verschwundene Päckchen?

*Il-Soo (von 1994-1997 mein koreanischer Nachbar):
Angeödet von einem Leben als Bankbeamter in der koreanischen Millionenstadt Taegu wollte er sich in Trossingen zum Gitarristen umschulen lassen, und brachte gleich seine Familie in die enge Wohnung mit.

Mit zwei Kleinkindern kommt man jedoch nur mit Müh´ zum
üben und lernen, und leider fiel er seiner mangelnden
Sprachkenntnisse wegen dreimal durch die Musikgeschichts-
prüfung, und wurde schließlich zwangs-exmatrikuliert.
Hernach verlor sich seine Spur – für immer.
Nebenan zog eine Koreanerin ein, die eines Tages spurlos
verschwand. Die Wohnung schaute aus, als wäre sie eben mal
kurz zum Briefkasten gegangen….

Freitag, 4. Januar

Meist sonnig, doch etwas heller,
und nicht ganz so schön wie gestern. Schnee

Im Hausflur begegnete ich dem unfrohen Hikaru,
der sein Päckchen noch immer nicht gefunden hatte.
Mich bewälzte der Gedanke, es sei von böser Hand
geraubt worden, denn mir selber war auch schon die
Idee gekommen, dem Hikaru für sein abscheuliches
Posaunenspiel eine kleine Bosheit anzutun, und
womöglich hatte jemand anderes diese Idee nun
einfach in die Tat umgesetzt? Unfaßbar wär´s
natürlich, wenn sich das Päckchen tatsächlich in
meiner Wohnung fände. *„Darf ich?" frägt der Hikaru,
wartet die Antwort gar nicht ab, huscht in meine Wohnung
und beginnt im Schrank danach zu suchen.*
*„Vaturauen isto guto – Konturorre isto bessaaa!" sagt er
höflich.*
(Vertrauen ist gut – Kontrolle ist besser)
Ich war sehr nett zum Hikaru, *doch der Hikaru dachte
gewiss: „Nett sein ist leicht. Aber in Wirklichkeit ist es ihr
wohl völlig einerlei!"*

Von diesen Gedanken getrieben machte ich ein noch bedauernderes Gesicht, und setzte mich noch intensiver dafür ein, daß er sein verschwundenes Päckchen vielleicht doch noch bekommt, so daß es am Ende womöglich heißt, man habe das Helfersyndrom!

Vielleicht wäre es nett, wenn ich ihm heut abend einen Zettel vor die Türe legte, worauf zu lesen stünd:

Lieber Herr Nachbar!

Das mit dem verschwundenen Päckchen tut mir so leid, daß ich beständig darüber nachdenken muß. Ein gedankliches Labyrinth, denn man weiß leider gar nicht, was man überhaupt denken soll? Bitte sage mir <u>sofort</u> Bescheid, wenn Du es wieder hast.

Morgen verreise ich, bin aber unter folgender Nummer rund um die Uhr zu erreichen............

Ich telefonierte mit Rehlein, und das süßeste Rehlein inspirierte mich so.

Wir gerieten ins Psychologisieren, und ich psychologisierte, daß Rehlein dem Bestreben, der Opa möge sagen: „Bisch a guats Madlich*..." ihr gesamtes Leben untergeordnet habe.

*Worte vom Eßlinger Opa, wenn Rehlein als 10-jährige immer aufmerksam aufhüpfte, um dem Opa die Schuhe zuzubinden, damit er sich nicht bücken mußte.

Ich schaute den preisgekrönten Film „Kinder im Nahostkonflikt", und fand ihn so bewegend.
Es ging um Kinder aus Israel und Palästina.
Ein kleiner dunkler Junge aus Palästina wirkte so verbittert. Doch dann reichte ihm eine liebe Hand einen Zettel, worauf die Telefonnummer von Zwillingen im benachbarten Israel notiert war.
Zwei Buben in seinem Alter, die mit ihm Freundschaft schließen wollten.
Da war der kleine Junge plötzlich so erfreut und freundlich. Die ganze Verbitterung blätterte von ihm ab, und er rief die Zwillinge SOFORT an.
Die Kinder verabredeten sich und trafen sich zusammen mit dem Filmemacher zu einem wunderschönen, unvergesslichen Nachmittag.
Zum Schluß heulte der kleine Palästinenser allerdings sehr stark, so daß seine Tränen gespritzt haben wie beim kleinen Yüsslein in Stuttgart. Sie spritzten um das ganze kleine Kind herum, und trafen sogar die Kameralinse, die einfach auf den Schmerzgebeutelten draufgerichtet blieb.
Der Moderator und mit ihm die Zwillinge würden wieder nach Hause gehen. Die liebgewonnen Freunde wären wieder weg. Das Licht das einem das Leben einen Nachmittag lang erhellt hatte, würde wieder ausgeknipst, und alles wäre beim Alten.
Wer versteht besser, was in dem kleinen Knirps so vorging, als ich?

Viel „Haushalt" loste ich heute auch aus: z.B. jene Ecke zu putzen, wo der Müllschlucker „Herbert" steht. (So hat ihn die Firma einfach genannt, so daß in meiner Küche ständig ein „Herbert" herumsteht.)

Am Nachmittag war ich im Reisebüro, machte meine Reise nach Ofenbach dingfest, und wurde von jenem Fräulein mit dem Luftröhrenschnitt am Hals bedient. „Entschuldigen Sie, daß ich so umständlich bin!" sagte ich einmal umständlich, weil ich mich so schwer entscheiden konnte, welchen Zug ich wohl nehme?

Im Nudelladen nannte mich die braungebrannte Frau „Franziska".
„Ich kenne Sie!" sagte sie fröhlich, und: „Ich bin Frau Noth!"
Sie war so nett und ich war verblüfft, daß der grämliche, lugubre und kleinwüchsige Professor seine Frau als Verkäuferin arbeiten läßt.

Telefonat mit der Veronika am Abend:
Ich erfuhr, daß sie sehr wohl in Oberrot war, doch die Hotels wollten sie alle nicht, oder aber die schüchterne Veronika traute sich vielleicht auch nicht auf den Putz zu hauen, um ein gescheites Zimmer zu fordern?
Sie hatte gemeint, das Konzert ginge um 18 Uhr los, dann lief sie ein bißchen durch die Sonne auf ihren Kindheitsspuren herum, und fuhr wieder heim.

Hildes Mutti Ursula hatte ein Kärtchen geschickt, auf dem zu lesen stand, daß sie mir zehn CDs abkaufen möchte.
(Die hab ich ihr geschickt, doch bezahlt hat sie leider nie.)

Samstag, 5. Januar
Trossingen - Ofenbach

Schön. Sonnig. Bißl Schnee

Fahrt im EC-Paganini nach München:
Der Zug war so grauenhaft voll. Beständig traf man sich frontal in den dürren, einspurigen Gängen, vollbepackt mit sperrigem Gepäck, und konnte nicht mehr zurück, weil sich hinter einem bereits ein Stau gebildet hatte.
Schließlich saß ich dann aber doch neben einem jungen Herrn, aber der Zug bewegte sich einfach nicht los.
Die eine Kontrollöse, die ich somit befragen mußte, wie es mit meinem Anschlusszug wohl sei (ein jeder frägt sie das), wirkte nervös und unpersönlich, da das enge Zugleben mit den unzufriedenen Gästen der Bundesbahn einen ganz kribbelig macht.
Ich erfuhr nur, daß der Zug in München wohl kaum geneigt ist, zu warten, und daß ich erst um 21 Uhr 20 in Wien ankäme. So mußte ich Rehlein anrufen, und durchquerte wieder einige Waggons bis zur Telefonzelle, wo man sich ein neues System ausgedacht hatte:

Man solle mit der frisch erfundenen T-Card telefonieren, und muß dann erstmal eine Geheimnummer angeben, die man zuvor freirubbeln muß…
(Schreibe ich schon auf die empörte Art älterer Damen?)

Später erfuhr ich, daß der Friedel seine Freundin „Doris" mit nach Ofenbach gebracht habe, und stellte mir plastisch vor, wie er vorab in einer Mail mit dem „Subjekt" „Friedel on Friday" geschrieben haben mag: „She has her hearth on the right dot!"

*Jahrelang schrieb der rührende Friedel beständig kleine Sammelmails an Freunde und Verwandte in den USA.
Doch meint man, daß ihm jemals jemand geantwortet hat? Na, vielleicht seine chinesische Exstiefschwiegermutter Elaine, die leider immer sehr belehrend ist, und nur mit dem erhobenen Zeigefinger schreibt.

Die Weiterfahrt gestaltete sich dann sehr angenehm. Hi und da schlummerte ich, und die Seele verließ den Körper gänzlich. Ein freudiges Vorgefühl auf die Ewigkeit bemächtigte sich meiner. Draußen herrschte ein sagenhaftes Wetter, das sich jedoch gottlob auch in das schwebende Gefühl hineinmischte.
Man sah das Wetter durch die geschlossenen Augenlider.

Im Zug München – Wien:
Ich saß im Bordrestaurant, aß Penne Arrabbiate und las in meinem bestürzenden Buch über die großen Kriminalfälle eine Abhandlung über den franzö-

sischen Arzt Petiot, der es ausnützte, daß die Juden ohnehin umgebracht würden, und sich als Flüchtlingshelfer ausgab. Dann beraubte und ermordete er die armen Menschen, die ihm ihr weiteres Geschick anvertraut hatten...eine düstere Lektüre über ein düsteres Kapitel der Menschheit.

Sehr nett wurde ich von Ming, dem reifen Friedel mit seiner grauen Igelfrisur, und der zierlichen Doris am Bahnhof in Wiener Neustadt abgeholt.

Ming erzählte, daß er durch großen Zufall in Buzens Jackett eine Postkarte von der Hilde gefunden habe. Wie seit gefühlten 15 Jahren regelmäßig, möchte sich die Hilde zu einer finalen Aussprache mit Buzen treffen.
Hatte mir die Omi Ella nicht erzählt, daß die Hilde mit ihrem Mohren Schluß gemacht habe? *Und nun spitzt sie womöglich auf Buzens Lebensversicherung?*
(dachten wir Kinder unfroh)
Es könnte doch immerhin sein, daß die Hilde ihres Lebens als Klavierlehrerin plötzlich überdrüssig geworden ist? Ein Leben an der Armutsgrenze, voller Streß und all den Unerfreulichkeiten, mit denen die Tage gepflastert zu sein scheinen?
("Nein, das ist nicht DAS, was mir für den Rest des Lebens vorschwebt!")

Daheim saß Rehlein in Mobblns Sorgenstuhl und schaute gebannt den „Faust", so daß man die Begrüßung der Kultur zuliebe etwas verschieben mußte.

Hernach kochte Rehlein uns ein Reissüppchen, und die Doris erzählte, daß ihr siebenjähriger Sohn David so schwierig sei. Abends will er nicht ins Bett, und morgens ist er auch an den Wochenenden schon vor sieben Uhr wach und nervt!

Dem Opa geht´s wie immer.

Sonntag, 6. Januar

Zart sonnig.
Erst am Abend intensive Beleuchtung

Beim Einschlafen im linken Dienstbotenkabüffchen fühlte ich mich seelisch plötzlich unwohl.
Die Wurzel des Unwohlfühlens lag darin, daß ich mich dem Älterwerden so erbarmungslos ausgeliefert fühlte.
Im Schlaf selber befand ich mich dann allerdings nicht mehr in meiner sterblichen Hülle, und am Morgen war dann wiederum ein neuer Tag angebrochen, dem man mit frischgebündelter Frische entgegentreten konnte. Rehlein weckte mich sogar mit Küssen, und um meinen Lieben eine Freude zu bereiten, schmückte ich mich heute zu einem angenehmen Anblick zurecht, indem ich zunächst in mein burgunderrotes Kleid stieg.

Rehlein hatte einen köstlichen englischen Kastenkuchen gebacken. Fein angeordnet auf einem Tablett, standen unzählige Orangengöndelchen (mit Schale) bereit, worüber sich vorallem die ernährungsbewußte Doris sehr freute.

Ich kam zwischen Doris und Friedel zu sitzen, und strich dem Friedel, da er ja ein Verwandter ist, sehr oft über seine weiche, graumelierende Igelfrisur.

„Bist du jetzt eifersüchtig?" frug ich die Doris auf eine sehr verbindende Art, doch die Doris ist es nicht, da ich ja eine Verwandte bin, die so etwas darf. Wär ich aber keine Verwandte, so wäre sie vielleicht doch leicht eifersüchtig?

Die Doris löst einen großen Erzählschwung in mir aus. In meinen Erzählungen kamen leider viele Namen vor, die der Doris (noch) kein Begriff sein dürften, doch vom psychologischen Substrat her waren sie wiederum nicht uninteressant, fand ich.

Ich erzählte von meinem Opa Gerhard, der angeblich mit 46 Jahren starb. In Wirklichkeit – so fabulierte ich drauf los – saß er jedoch die ganze Zeit im Knast, und vor wenigen Wochen bekamen wir ein Schreiben jenes Inhalts, daß der alte Mann, mittlerweile 96 Jahre alt – begnadigt wurde und zur Abholung bereitstünde. Und zu unserer grenzenlosen Überraschung und Freude handelte es sich um einen erstaunlich junggebliebenen und rüstigen 96-jährigen, der jeden Spaß mitmacht, und unserem hiesigen, erst 92-jährigen Opa in dieser Hinsicht zum Vorbild gereicht.

Wir erfuhren auch, daß die Doro (Doris´ Vorgängerin an Friedels Seite) dem Friedel sehr nachtrauert.
Sie ruft oftmals an und bittet um Rückruf, doch der kühle Friedel ruft niemals zurück.
Wenn die Doro ihn hi und da erwischt, und ihn frägt, wie es ihm geht, dann sagt der Friedel vielleicht: „s´is ok" oder so etwas Kurzangebundenes, frägt aber seinerseits nie zurück, wie es *ihr* wohl gehe?

Einmal trat der Opa hochmoribund an unseren Tisch und frug, wer da wohl und warum säße?
Nach einer Weile brachte ihn Ming liebevoll ins Bett zurück, doch nach zwei Minuten schlurfte der alte Mann wieder herbei, weil ihm etwas eingefallen war:
Er wollte die Doris fragen, ob er ihr schon erzählt habe, daß er in Kanada einen echten Bären kennengelernt hat? Der Opa setzte sich in seine Stamm-Ecke um zu erzählen….doch das Gemurmel und die Worte der jungen Menschen hörte man durch Opas welke Ohren kaum, und etwas enttäuscht rief der Opa aus:
"Das scheint euch ja nicht so zu erschüttern??"
„Doch!" riefen wir alle nett.
Friedels Genuschel versteht der Opa wahrscheinlich überhaupt nicht.

Friedel und Ming saßen oftmals nicht am Tisch, so daß wir Frauen unter uns waren. Wir psychologisierten darüber, daß der Friedel schrecklich an der Trennung von seinen Kindern leide. Besonders an der kleinen Maika hängt er sehr, und das Weihnachtsfest, so Doris, sei ganz schlimm gewesen.

Nach dem Frühstück mußten wir uns schweren Herzens von den liebgewordenen Verwandten verabschieden.
Ming schoß nach Art eines rasenden Reporters Abschiedsfotos, weil´s mit dem neuen und hochmodernen Fotoapparat, den Buz Rehlein zu Weihnachten geschenkt hat, völlig einerlei ist, *wie viele* Fotos man wohl schießt.
Hernach war das Haus auf einmal so leer, daß es eine Müh´ bereitet hat, wieder Schritt im Alltag zu finden.

Mittags aßen wir nur eine Brotzeit, um hernach zu einem erfüllenden Spaziergang im Schnee aufzubrechen. Ming zog seinen neuen Schlitten hinter sich her, an dem er sehr viel Freude hat.
Bereits hinter dem Gasthaus im Dorf sollte der Schlitten zu Wort kommen, und der süße Ming wollte doch, daß auch *ich* eine Freude hab, so daß ich hintendraufsitzend zweimal freudig mitfuhr, als wir zum Gaudium einen Abhang hinabrodelten, und vom holprigen Schwunge sehr gebeutelt wurden.
Wir wanderten Richtung „Nilpferdsee". (So habe ich den kleinen See im Wald genannt, weil ich im Sommer oftmals das Gefühl hatte, ein Nilpferd könne emportauchen, und uns durch seine großen Nüstern unverhohlen anposaunen.) Doch nun war

der See kristallen gefroren, und das emportauchende Nilpferd rückte in weite Ferne.

Und doch hat der See seinen befremdlichen Namen behalten.

Die Wanderwege waren mit Glatteis überzogen, und an einer Stelle waren Tannennadeln auf den schönen weißen Schnee draufgefallen, so daß es mich an Griesbrei mit Zucker und Zimt erinnert hat.

„Heut gibt's an Griesbrääääi!" rief ich auf österreichisch aus, und trottete meist hinter Rehlein drein.

Zum Schluß – auf dem Heimweg – liefen wir den kleinen steilen Hang ins Knisterwäldchen hinan, und Rehlein erzählte uns, daß die Irene* jetzt als Jägerin sogar mit dem Schießeisen tätig sei.

*Entfernte Verwandte Rehleins, die im Dorfe wohnt.
(Die Großmütter waren Schwestern)

Ich wiederum sprach davon, daß sie, in deren Adern kein Tropfen österreichisches Blut fließt*, sich österreichischer gibt als die allerösterreichischste Österreicherin!

*Es heißt, daß sich ihre Mutti, Opas schwäbische Kusine Ilse, die es einst der Liebe wegen nach Niederösterreich verschlagen hatte, im Urlaub mit einem lebenslustigen Franzosen vom Jahrmarkt eingelassen habe. Und dieser Herr zeugte die Irene, von der er nie etwas erfuhr.
Irenes offizieller Vater, ein schlanker gutaussehender Herr vom alten Schlage, konnte es nicht so recht glauben, daß die gedrungene kurzbeinige Irene von ihm gezeugt sein soll, und behandelte sie zeitlebens sehr schlecht, so daß ihm die Irene auch nicht groß hinterhertrauerte, als er eines Tages „heimgeholt" wurde... Mehr als einmal habe ich mir schon überlegt, wie das wohl sei, die Irene zu einer großen Überraschungsshow ins Fernsehen einzuladen. Man habe ihren wahren Vater aufgestöbert...

Daheim breitete sich Kaffeestundenbehagen aus, und einmal rief ich, obwohl das Zeitpaket schon wieder zwickte, meine liebe Freundin Frau Kamp zum Geburtstag an, und erfuhr folgendes:
Die Kinder von Frau Kamp wollten ihre Mutti gern in ein schönes Landgasthaus entführen.
"Paperlapapp! Viel zu teuer. Kauft mir lieber ein schönes Geschenk mit bleibendem Wert!" habe Mutti Kamp zu diesem Vorschlag gesagt.
Leider roch es in der Telefonierecke so scheußlich nach Hund, (Irenes Hund, der zu Besuch gewesen war) und von dem Telefonat wurde ich etwas geistesabwesend, da die alte Dame in einen sprudelnden aber nicht sehr anregenden Redeschwung geraten war.
Einmal sagte der herbeischlürfende Opa so nett: "Mein Hintern tut mir gar nicht mehr weh! Ganz erstaunlich!" (Da er vor einer Woche gestürzt war)

Ming und Rehlein kochten am Abend so köstlich, daß man sich beim Essen - es gab zart rosa gebratenen Lachs in Alu geschmort mit feinsten Gewürzen auf der Oberfläche - so fühlen durfte, als feierten wir Buz und Rehleins Rubinhochzeit bereits heut, und dabei ist sie doch erst in drei Monaten!
So sprachen wir darüber, daß sich um ein solches Fest eigentlich die Kinder kümmern müssten, da Eltern nach 40 Jahren normalerweise alt und hinfällig seien.
Rehlein hält jedoch wenig von dererlei Festivitäten, wie sie dem Onkel Hambum mal knallhart gesagt

haben will, als dieser drauf pochte, daß man Buzens 60. Geburtstag prunkvoll feiern möge.

Montag, 7. Januar

blass, leicht verschneit – angenehm bergend

Neulich habe ich der Ute ausgemalt, wie es sei, wenn sie uns in Ofenbach besuche:
Wir gehen morgens früh, wenn es noch ganz dunkel ist, zum Bauern um Milch zu holen, und dann machen wir einen Griesbrei mit dem feinen Ahornsirup, den der Onkel Rainer aus Kanada geschickt hat.
In meinen Ausmalungen für die Ute schaute es hier in Ofenbach paradiesisch aus. Durch ihre Augen und Sinne assoziierte ich eine riesengroße Küche wie in einem schwedischen Kinderbuch.
Doch beim Gedanken, wie es wohl wirklich wäre, wenn sie zu Besuch käme, mußte ich schmunzeln: Opas Rotzkonzerte durchlärmen unser Heim, ich übe und dichte den ganzen Tag, und Rehlein zumindest erzählt vielleicht packend-empörendes über ihren Mann und die Schüler, die nach Art von Schmeißfliegen herbeischwirren oder den Telefondraht verstopfen, wenn der Meister in der Nähe ist.
Der Opa schlürft in der Nacht alle 5-7 Minuten herbei, dann hört man die Schranktüre aufquietschen, und es tönt solcherart, als würde der

Schrank leicht wimmern, weil er in seiner Nachtesruhe gestört wird.
Es ist Zeit für den Opa, doch niemand kommt und holt ihn ab.

Dann sattelte ich mich zum Milchholgang auf, und Ofenbach kam mir zu so früher Morgenstunde wie gewaschen und durchgelüftet vor. (Ganz menschenleer, so daß man meinen konnte, alle schmurgelten noch im Bette.)

Nach meiner Heimkehr widmete ich mich dem müden Opa, der in diesem Sinne gar nicht mehr lebt, und sich doch noch so warm anfühlt.
Er setzte sich kurz zu mir an den Tisch, doch ihm fielen die Augen zu, und so geleitete ich ihn in seine Schlafstube zurück und brachte ihn liebevoll ins Bett. Da sagte der Opa so bezaubernd:
"Jetzt träum i wieder von meinem Bären! Das war etwas ganz Elementares!"
Hernach saß ich in Omi Mobblns verwaistem Sorgenstuhl und fühlte mich so überaus müd, fast schwummrig, und so als hätten meine Füße in den Pantoffeln gar keine rechte Haftkraft mehr auf der Erdoberfläche. Ich las in meinem Serienmörderbuch über das leere und langweilige Leben von Jeff Dahmer: Als er in den Sommermonaten allein im Hause seiner Eltern lebte, wußte er nichts mit sich anzufangen.
Immer wieder lag ihm der Vater damit in den Ohren, sich endlich zu einem Studium zu entschließen!

Manchmal schwatzte er seinem lethargischen Sohn irgendwelche blödsinnigen Hobbys auf.

Der Vater war sehr unfroh über die Entwicklung seines Sohnes, der einst ein ganz süßes und normales Kind gewesen war.

Die Lektüre sprach mich sehr an:

Besonders gefiel mir, daß es Menschen gibt, die ein noch leereres Leben führen als ich, denn mich wiederum trieb´s nun an meine Geige.

Beim Üben war ich sehr besorgt, daß man von Rehlein nicht einmal ein kleines Aufrascheln hörte.

Scheinbar war ich durch mein Violinspiel erunwirscht worden, doch in Wirklichkeit war´s die Furcht, Rehlein läge erkaltet in ihrem Bettgehäuse, die mich so überaus nervös gestimmt hatte...

Nach einer Weile blitzte Rehlein dann gottlob doch auf.

„Du bist so süüüüß!" sagte Rehlein zärtlich.

Meine liebe Mama freute sich darüber, daß ich zu üben anfange, und gleich etwas Schönes spiele, statt die Verwandtschaft mit Fingeraufklappübungen zu nerven, wie ein gewisser Jemand!*

Denn im Grunde hätte Rehlein auch eine Tochter haben können, die sich erstmal mit Dödldööö-Übungen warmfingert.

(*Buz)

Alsbald frühstückten wir.

Rehlein schwenkte die Rede auf die Janssens, von denen wir nie wieder etwas gehört haben, und ich

regte an, daß Rehlein denen doch ein Jahresrundschreiben zukommen lassen könnte?
Dauernd fallen einem noch mehr Bekannte ein, denen man versäumt hat, eines zu schicken, und die es vielleicht verdient hätten??
Rehlein glaubt jedoch kaum, daß wir von den Janssens eine Antwort bekämen, denn der treue Ming hat einmal versucht, mit dem inzwischen zum Hochschulprofessor in Texas avancierten „Tido Janssen" in E-mail Kontakt zu treten – vergebens.

Nach dem Frühstück pflegte Rehlein mit der größten Hingabe meine Füße, die ja eigentlich ihr gehören.
Ich fühlte mich so geborgen dabei: Meine Zehlein wurden lebendig, und wie junge Vögel zwackten sie übermütig an Rehleins Ärmel herum.
Rehlein sah heute so schön aus.
Besonders die feingeschwungene Nase gefiel mir.

Leider hatte ich am Vormittag manchmal eine leicht arrogäntliche Anwandlung in mir erfühlt, Rehlein in ihren Buz-Geschichten mahnend mit dem Zeigefinger zu bewedeln, Buzens bzw. des Abwesenden Verhalten zu bagatellisieren, und Rehlein nach Psychologenart „mit der Nase draufzustoßen" was sie wohl selber alles falsch mache. Doch diese Anwandlung hielt ich im Zaume, denn ein falsches Wort an unpassender Stelle läßt sich nicht wieder einfangen.

Mittags kehrte der süße Ming von der Schule heim.

Ming war so bezaubernd, daß man keine Sekunde mit ihm verpassen möchte, und als Rehlein ihn zum Krabbenkauf zu Billa entsandte, bin ich bereitwillig mitgefahren.

Ming war ein wenig genervt vom Kofferraum seines Autos, an welchem man sich immer den Kopf anhaut, doch dann schwenkte ich die Rede drauf, wie´s wohl früher war, als man sich zu Mozarts Zeiten zum Einkaufen sattelte.

Früher, so ich, war´s insofern besser, weil lauter Verkäufer durch die Straßen liefen, und ihre Ware in einem Bauchladen anboten.

Es konnte einem z.B. passieren, daß man spazieren ging und einen Uhrmacher traf, dem man dann eine Uhr abkaufen konnte, sofern man genügend Taler in seinem Hosensack bei sich trug?

Dann mußte man schon nicht mehr in die Stadt zum Uhrmacher fahren.

„Früher war vieles einfacher!" sagte ich, "doch die Zeit schreit ja förmlich nach Fortschritt und Veränderung! Obwohl der Poetische auszurufen pflegt: "Augenblick verweile!" ← etwas, was allerdings auch die Hochpoetischen unter uns nur sehr selten denken, da man bei fast allen Tätigkeiten, die´s so gibt, froh ist, sie abhaken zu dürfen".

Im Auto färbte sich Ming zartrosa ein. Er müsse mir etwas Bekümmerliches mitteilen, sagte er bekümmert:

Tones Onkel Konka sei gestorben.

Plötzlich wurde mir bewußt, daß nun nach Großeltern und Großönkeln die Generation der Tant- und Onkeln angeknabbert wird, auch wenn´s „nur" unserem Altersgenossen Tönerich passiert ist, und der erste Zacken im Reigen der direkten Ahnen in Form vom Onkel Konka einfach abgebrochen wurde...

Apropos Exitus:

Der Opa war heut so hochmoribund, daß ich schon ein bißchen mit seinem Exitus rechnete: Er atmete ganz schwer, wollte sich immer hinlegen, und dann wiederum doch nicht.

Später sprühte ihm Rehlein ein Nasenspray in die Nase, damit er besser atmen könne, und dann schlief der Opa auf dem Rücken und sah ganz anders aus als sonst.

Rehlein hatte uns Nudeln mit Krabben gekocht, und Ming wollte seinen „Mord im Orientexpress" (auf englisch) weiterlesen, und schlief darüber ein, weil er halt keine 17 mehr ist!

Am Abend wurde ich ein bißchen fröhlich bei dem Gedanken, daß der Dr. Bogad auch beim Opa eine Altersanämie feststellt: *Wie die Omi Ella bekommt der Opa ein eisenhaltiges Medikament, und wird wieder so wie früher.*

So posaunte ich dem langsam gewordenen Greisen wieder Mut zu, als er von Rehlein zu seinem Sitzeck geführt wurde.

„Opa, bald gehst du wieder Milch holen! Dann fahren wir nach Krems zum Haiku-Treff, und dann nach Kanada zum Onkel Rainer!" schürte ich Freude auf die Zukunft.

Vielleicht sitzt der Opa heut in einem Jahr beim Rainer, man schaut sich Dias an, und der Opa sagt: "Also, letztes Jahr, da war ich so hinfällig! Nicht zu fassen!"

Rehlein nahm sich vor, daß sie dem Doktor Bogad morgen sagen wolle, ihre Schwiegermutter sei schon 89. Um die paar Tage kommt es doch nicht mehr an. Rehlein bat so süß, daß ich sie nicht sagen möge: "Maaam!? Why are you telling stories?" So wie einst das Jennylein, das die Tante Bea ständig desavuierte.

Wir schauten einen Film über Königin Elisabeth, und eigentlich sah man hauptsächlich, wie leer ihr Leben ist.

Bei strömendem Regen wurde eine Parade abgehalten, und die Nässe spritzte aus den Staubwedeln auf den Köpfen der Gardisten.

Einmal kamen Haakon und Mette-Marit aus Norwegen zu Besuch in den Buckingham Palast, und ich hätte es so lustig gefunden, wenn die beiden beim Abendessen nur geknutscht hätten.

Der riesige Tisch, an dem die steifen Staatsmahlzeiten abgehalten werden, lädt doch förmlich dazu ein, mal etwas anderes auszuprobieren... bescherzte ich beispielsweise den interessiert lauschenden Ming.

Ganz zum Schluß erzählte Rehlein, wie sie sich kaum dran erinnern kann, sich im Leben mal ausgeruht zu haben. Aber einmal….

Historische Erinnerung aus dem Jahre 1967

… habe Buz ihr auf der Terrasse in Bühlertal die Liege zurechtgestellt. Kaum wollte Rehlein sich darauf erfreut ausruhen, da kam auch gleich Buzens Spezi, der Dauergast Eichert und legte sich dazu.
Wir Kinder waren so süß, und gehörten für Mutti Rehlein zum Ausruhen einfach dazu, doch Buz scheuchte uns wieder hinweg und sagte: "Die Mami braucht jetzt ihre Ruh´!" Und Rehlein verstand nicht, warum sie jetzt neben dem Eichert ruhen mußte?

Dienstag, 8. Januar

Weißlich-blass. Schnee

Zur Zeit schlaf´ ich leider eher ungut:
Beim angestrengten Versuch einzuschlafen liege ich einfach so unter der Decke, und dann am Morgen, wenn´s noch ganz still und dunkel ist, dann liege ich einfach auch nur „so da" - nicht wissend, ob gleich der Wecker lostönt, und unfähig, mich dem Schlaf als kleinem Bruder des Todes ganz hinzugeben.

Am Morgen zeigte sich der Opa gar nicht, so als wäre er bereits verstorben.

Mir, mit meinem packenden Buch im Sorgenstuhl, konnte es recht sein, doch ich fühlte mich so müde – solcherart vielleicht, wie sich andere bei ihrer morgendlichen Fahrt zum Dienst in der S-Bahn fühlen dürften?
Nach einer Weile frühstückte ich mit Rehlein im Duett.
Rehlein schien mir heut so reizvoll.
Lebhaft erzählte sie, wie sie sich einmal an den braven Otfried Nieß drangehängt habe, weil sie hoffte, von ihm eine Lektion in der Liebe erteilt zu bekommen, doch der Otfried zeigte dem interessierten Rehlein nur Katzenfotos aus Brasilien.

Der Opa ist z.Zt. hochmoribund, so daß man ihn sogar zum Häusl führen muß, um ihn dort diskret an der Häusltüre abzuliefern. Einem Schulkinde gleich, das man bis vor die Klassentüre bringt.
Nur die letzten Meter schafft er noch allein. Heute kam der Opa sogar kurz nachdem man ihn hingeleitet hatte wieder zum Vorschein und sagte so rührend und doch moribund: "Hab doch nicht müssen."

Auf der Eckbank liegt bei uns eine Weihnachtskarte vom Heiner herum, worauf der zum Witzeln neigende Heiner originell schrieb: "Trotz Weihnachten und Neujahr..."
Doch er hatte sich keinerlei Mühe gegeben, ein hübscheres Foto von seiner Frau Mel herauszusuchen, welche auf dem Bild sauertöpfisch-

geistesabwesend so ausschaut, als würde sie grad auf rheinisch ausrufen: "Holst du mal den Salat aus dem Kühlschrank, Heiner? Sei so gut...." so wie sie es in Heiners Aura praktisch den ganzen Tag betreibt.

Der Opa sitzt nun oftmals wie eine zu verschrumpeln drohende Kartoffel im Ohrensessel vor dem Kachelofen, und manchmal bebussel ich ihn zart.
Zur Mittagsstund´ kam der Doktor Bogad.
Eigentlich hätte ich mich am liebsten „am Doktor vorbeigeschmuggelt", indem ich mich für die Dauer seines Besuches oben im Ashram in Luft aufgelöst hätte.
Ich geniere mich ein bißchen vor dem Doktor:
Zum Teil für meine bloße Existenz. Daß ich so dasitze, Raum verdränge – eine nichtsnutzige kleine Vertreterin der Menschheitspest – und außerdem bilde ich mir ein, dem Doktor, als Mitglied einer abgerundeten und in sich geschlossenen Familie, sei der Rest der Welt ohnehin leicht zum Ekel?
Doch der Fluchtweg war mir bereits versperrt...
Wenigstens muß man Opas zuweilen peinliches Gebaren nicht mehr so fürchten.
Die ganze Zeit saß er verdämmernd im Ohrensessel, und stellvertretend für den Doktor dachte ich:
"Warum lassen sie den müden alten Mann nicht einfach in Frieden verdämmern? Warum immer Öl nachgießen?"
Auf Rehlein war ich so stolz, weil Rehlein es verstand, Opas Zipperleingeschichten, die dem Doktor ansonsten wahrscheinlich in ermüdender

Epen-Form geschildert werden, taktvoll-zeitsparend und doch romanhaft-kernig aufzubereiten:
"meine Schwiegermutter...89........wie ein neuer Mensch...." hörte man sie zuvor festgelegte Worte bedeutsam ausbreiten.
„Kann man ihm ein bißchen Blut abzapfen?" machte Rehlein auf scharmante Weise „Männchen", doch der Doktor mußte das Ansinnen abschmettern, da man für eine solche Kontrolle ganz viel Blut benötige... nachher stürbe der Opa am Ende, weil ihm zu viel Blut abgezapft würde?
Der Doktor begann mit Rehlein ein ganz persönliches Gespräch über Politik und Literatur(en) (da es, laut Sigrid Löffler, der behäbigen Bratsche(?) im „Literarischen Quartett" nicht nur *eine* Literatur gibt), und in beiden wallte so etwas wie eine ungläubige Begeisterung darüber auf, daß man inmitten der einfältigen Normbevölkerung, mit der man sich sonst so abmühen muß, einen so tollen Gesprächspartner gefunden hat.
Etwas, was ich Ming später beim Mittagsessen so plastisch erzählte, daß die ganze Szene vor meinem geist´jen Auge nochmals wie neu ablief.
Der Doktor war so begeistert vom Film „Die Manns", und sprach davon, wie er den „Zauberberg" vor einigen Jahren beiseite gelegt habe, und sich zur Zeit durch den „Mann ohne Eigenschaften" quält.
„Schwere Kost zwar..." sagte er auf Kritikerart.
Rehlein, trotz ihrer 62 Jahre, sah heute so schön aus, und wenn der Doktor ehelich nicht verbandelt gewesen wäre, hätt man damit rechnen müssen, daß

er Rehlein am Abend noch einmal anruft um zu fragen:
"Dürfte ich Sie nächste Woche zum Abendessen einladen? Auf daß wir unser anregendes Gespräch von heute morgen fortführen?"

Beim Abendessen frug Ming, ob wir ihn uns als Yogi vorstellen könnten, da Ming´s nebulöses Berufsbild noch immer keine Formen angenommen hat.
Ich erzählte von den beiden Rohrblas-Yogis am Stuttgarter Schloßplatz:
Sie studierten fernöstliche Meditationsmusik um zu Geld zu kommen, doch als sie´s dann zur Meisterschaft gebracht hatten, spielte Geld in ihrem Leben und Streben keine Rolle mehr...
Dann fiel mir allerhand ein, was Ming noch machen könnte: z.B. als Hausierer zu arbeiten. Er fährt mit dem Wägele in die Dörfer, die Leute dürfen Wunschzettel abgeben, und Ming besorgt ihnen ihre Wünsche in der Stadt und kehrt alsbald damit zurück.
Oder aber Ming macht einen Laden auf, wo man sich Überraschungen (verpackte Päckchen) kaufen kann.
Dann massierte ich Mings Füße und sprach dabei über Zubettbrungsmodelle:
Das Kläuschen, so ich, zelebrierte einst mit seinen Kindern vor dem Bettgang ganze Gottesdienste: Zuerst wurde ein Lied gesungen, dann durfte ein Jeder erzählen, was ihn heut geärgert hat...dann folgte die Lesung, und zum Schluß gab´s nach Art

eines tagesbeschließenden Pralinées einen Abschiedskuß.

Aus dem Bad erscholl unsere persönliche Schicksalssymphonie: Die Symphonie Rotzpagnole.
Ich erfuhr, daß das Beätchen Friedels Eskapismus nach „good old germany" (wie der Neuschwachhochdeutsche hier an dieser Stelle womöglich schrüb?) sehr streng und kritisch gegenübersteht. Er hat, so das Beätchen, in Amerika zu arbeiten und für seine Kinder da zu sein, und darf sich nicht einfach aus der Verantwortung stehlen, indem er in Europa eine neue Beziehung eingeht...

Mittwoch, 9. Januar

Zart-blass sonnig. Schneeverkrustet

Im Gesundheitsjournal kam ein Artikel darüber, daß bei manch einem hochbetagten Greisen zuweilen mit einem Kissen nachgeholfen wird. Eine Sünde, mit der man ganz gut durchkommt, da der Hausarzt so etwas nicht zu bemerken pflegt, und man, wenn schon, einen Pathologen bemühen müsste.
(„Ich hab ihn nicht ermordet. Ich hab nur ein klitzkleines bißchen nachgeholfen, und gestorben wäre er sowieso!") ← Worte, im Inneren an sich selber gerichtet, die das Gewissen ein bißchen beruhigen sollen.

Einmal stand der Opa nur auf, um zu verkünden, daß er sich hinzulegen gedächte, und vielleicht tat er´s derothalben, weil ich ihm immer einen Kuß gebe und mit wohltuender Wärme in der Stimme „gute Nacht, liebster Opa" sage (egal zu welcher Tageszeit).

Der Opa vermisste seine grauen Filzpantoffeln, die wie vom Erdboden verschluckt schienen, und sich plötzlich und unerklärlicherweise an *meinen* Füßen wiederfanden.

Zu Mittag hatte Rehlein ein farbenfrohes Gericht gezaubert: Saitan, Bioketchup, Blaukraut und weiße Graupelkörner. Dazu gab´s Erdnüsse, und ich mußte dabei an Amy Carter denken – das kleine Mädchen mit den lustigen Sommersprossen, das einst ins Weiße Haus zog!

Ming las uns aus dem Schmöker „Männer" von Dietmar Schwanitz vor:

Eine ansprechende Lektüre in welcher sich fast jedes Ehepaar wiederzuerkennen glaubt, - und so manch eine Frau mag sich fragen: „Woher kennt der meinen Mann?"

Auch Rehlein sprachen die Worte aus der Seele, und einmal sagte sie so rührend: „Jetzt tun mir die Männer so leid!"

Ming las soeben über den Gleichmut der Männer beim Nestbau, und der Autor verstand sich so gut darauf, die richtigen Worte zu wählen, daß man als Lauschender die Männer plötzlich so gut verstehen konnte.

Donnerstag, 10. Januar

Bleich und schneeverkrustet

Der Opa hustete und prustete und beim *scheinbar* stummen Rotzauftakt ist die Luft immer schon mit jenem Vorbeben gespeist, in dem das offenbar Unvermeidliche so schmerzvoll mitschwingt…
Man möchte den Opa genießen so lange er noch da ist, doch zuweilen ist´s in dieser Hinsicht so, als schabe man in einem völlig leeren Marmeladenglas geräuschvoll mit dem Messer vergebens nach schmackhaften Resten herum.
Manchmal ist er aber auch anteilnehmend und frägt, wo wohl das Rehlein sei?
Heut mußte ich Rehlein extra wecken, da Rehlein mit Ming nach Wiener Neustadt zu fahren gedachte und bzgl. des fehlenden Fortimels* für den Opa schon in Aufruhr war.
*Astronautenkost für Uralte, vom Tode Vergessene, die gewaltsam am Leben gehalten werden sollen
Rehlein im Bett wirkte im bleichen Morgendämmer blass, so daß man sie sich direkt schon ein wenig auf dem Katafalk vorstellen konnte.
Die Heimkehr vom Traumesreich in die leibliche Hülle muß man sich wohl in Etwa so vorstellen, als wäre man ganz lange aushäusig gewesen. Das Haus ist tief verschneit, und innen ist´s ganz kalt und ungemütlich – zumindest so lang, bis man es sich wieder häuslich eingerichtet hat.

Ich genoß Rehlein intensiv – mir schaudernd dabei vorstellend, *meine Mutter läge bereits erkaltet auf dem Katafalk, Beweinung wäre angesagt, und man muß sich klamm eingestehen, daß man eigentlich nie Zeit für seine kleine Mama gehabt hat.*
Alles andere war immer wichtiger, und nun ist´s zu spät...
Da war ich so froh, daß Rehlein noch da ist und in der Blüte ihrer Jahre steckt.
Ich beschwor Erinnerungen herauf, die fast 40 Jahre zurückliegen: Ob ich morgens wohl losgeplärrt habe? Und wie´s dann war, wenn man mich ins eheliche Gemach geholt hat? Ich sah mich mit meiner kleinen, spitz in die Höhe erhobenen Frisur sogar vor mir, wenn auch, den Jahren geschuldet, sepiagetönt.

Frühstück:
Der süße Ming brannte so sehr darauf, uns das mit „A-ha-Erlebnissen" nur so gespickte Buch „Männer" weiter vorzulesen, doch Rehlein – wenn auch nicht unnett – stak abreisegemäß in einer derart angespannten Stimmung, daß es einfach nicht ging.

Freitag, 11. Januar

Schneereste. Bleich

Rehlein zählte mir alles auf, was ihr an diesem Haus hier nicht so gefällt: Nämlich leider ziemlich viel. Doch es einfach zu verkaufen und woanders ein

schöneres Haus aufzubauen bringt Rehlein auch nicht über´s Herz.
Häßlich ist z.B., daß die Zimmer alle so niedrig sind.
Es könnte sein, daß die Omi Mobbl damals, als das Haus gebaut wurde, und der Opa vielleicht gerade nicht hingehört hat, dem Schlitzohr von der Baufirma zugeraunt hat: „Wir hätten gern Bungalow-Format!"
Dies wiederum könnte Mobbl aus jenem Grunde gesagt haben, weil die vornehme Frau Privath eventuell mal gesagt haben könnte: „Unser zweites Haus ist ja ein Bängälou!"← (englisch ausgesprochen, da dies damals zum Vornehmsein einfach dazugehört hat.)

Beim Frühstück erzählten wir Rehlein, wie die Frau vom ottO sich sündhaft teure rote Schuhe gekauft hat, und der ottO – obwohl reich – nicht sehr erbaut darüber war, weil sie wahrscheinlich jeden Tag so etwas anbringt? Und daß eine verschwenderische Frau wie beispielsweise die Straps-Babs vom Boris, auch einen reichen Mann nervös stimmen kann, wenn sie´s gar zu arg treibt, ist ja wohl bekannt?
Yvonne Wussow habe die ganzen zwei Millionen, die der Prof. Brinkmann für die „Klinik unter Palmen" bekommen hat im Handumdrehen verjubelt, wußte ich zu berichten. Halbwissen zwar nur, aber es hörte sich interessant an, und so hab ich´s gern erzählt.

Abends rief Buz an. Buz ließ anklingen, daß er sich wegen der Dirigierprofessurbewerbungen noch länger in Trossingen aufhalten „müsse", und der wissende Ming dachte sich seinen Teil.

Ferner erfuhren wir, daß Buz eine schmerzhafte Sehnenentzündung am Daumen habe, weswegen er bereits einen Arzt konsultiert hat, der ihm den kranken Daumen schiente, so daß dieser jetzt nach Art einer Maus auf der Mausefalle auf dem Daumenkatafalk liegt.

Der türkische Doktor in der Trossinger Hauptstraße habe einst gar den Papst behandelt, wie die Fotos in der Ordination verrieten.

Doch der Papst wurde kränker und kränker und starb schließlich, so daß sein Leibarzt aus dem Vatikan flog, und in die Hohnerstadt Trossingen strafversetzt wurde.

Samstag, 12. Januar

Vormittags zart sonnig, dann weiß bewölkt.
Schneeverkrustet

Heute schlief ich fantastisch! Ich träumte auch sehr interessant, brachte aber nur das Gefühl „interessant geträumt" zu haben in den Alltag mit. Halt! Eins blieb mir haften: Daß ich eine große Glatze bekommen hab, und mit einem durchsichtigen Frisörumhang beim Frisör saß, und trotz des Jammers versuchte, dem Leben etwas abzugewinnen.

Dann weckte mich Rehlein nett aber auch leicht unpersönlich, indem sie ihre Grußworte nur im Türrahmen aussprach.

Rehlein geriet plötzlich ohne große Vorwarnung in Schwung, daß der Opa gebadet gehört.
„Ich wollt´ doch jetzt schlaaaafen…" sagte der Opa wie alle Tage, doch Rehlein hat gelernt, daß man auf solche Worte gar nicht groß eingehen sollte. Der Opa wurde einfach aus dem Bett gezogen, wie ein Möbelstück an den Wannenrand hingeschoben und entkleidet, und das allzeit umsichtige Rehlein achtete auf rüüüührendste Weise drauf, daß das Wasser 37 C° warm ist, also gerad so warm wie seinerzeit im Mutterleib.
Ich ließ die Gedanken 90 Jahre zurückwandern:
Bis zum 12. Januar 1912 und frug mich, ob der Opa durch großen Zufall an diesem Tag vielleicht zufällig auch gerade gebadet wurde?
Vor meinem geistigen Auge *tauchte der lebhafte kleine Opa in einem Waschzuber auf, und man sah ihn mit dem Wannenwasser umeinanderspritzen, und erheitert jubeln.*
Seine Eltern hatten damals ein Baby: Die kleine Lore (* am 18. Juli 1911).
Natürlich könnte man zum Ausgleich die Gedanken auch 90 Jahre vorausschicken bis hin zum 12.1.2092, und sich beispielsweise Opas derzeit jüngsten Urenkel, den kleinen Fabian vorstellen, wie er – bis dahin 90 Jahre alt – von Oberschwester Hildegard mit einem Schwamm gewaschen wird.

Der Opa richtete sich ein kleines Moribunden-Doc in seinem Gehirn ein: Darüber, daß heut die Vitzthums zu Besuch kommen wollten.
Beständig frug der Opa unergiebig und anstrengend: „Wer kommt? – Hä? – ach, die Vitzthums. Wann?"
„Da mußt du noch siebenmal schlafen!" sagte ich, obwohl der Besuch schon heute abend stattfinden sollte, doch der Opa geht ja den ganzen Tag ins Bett, und quillt nach ein paar Minuten bereits wieder herbei. Meistens laß ich mich erbarmen, und bringe den Opa ins Bett zurück.
Sonst hört der Opa nicht mehr viel, doch beim Wörtchen „nooooooh" („Leg di nooo!") hört er plötzlich wie ein Luchs. Ob man´s wohl gescheit nasaliert ausspricht?

Um 18 Uhr schauten wir uns eine spannende Reportage an:
Mord ohne Leiche.
Die Tragödie der Familie Crantz aus Ratzeburg:
Die blonde Mutti Monika verschwand spurlos, und Vater Hartmut sitzt im Bau. (Lebenslänglich.)
Die Kinder sprachen alle so wegwerfend über ihren Vater.
Der Sohn: „Der ist Luft für mich…."
Das fand ich so traurig.

Wenn ich im Freien stand und in den kalten Schnee hinausblickte, stellte ich mir vor, wie es sei, nachts in dieser Kälte zu übernachten?

Wenn man eingeschlafen ist, spürt man nichts mehr, weil man seine Hülle verlassen hat.
Doch wahrscheinlich kehrt man aus jenem Grunde immer wieder zurück, weil man noch nicht alles in Ordnung gebracht hat, und es einem peinlich wäre, wenn den Verwandten der Nachlaß so nackt und bloß präsentiert würde? Alles liegt noch herum, und ich z.B. hab ja noch Konzerte, für welche Frau Münch schon so emsig Plakate versendet hat.…
und außerdem möchte ich Rehlein, Buz und Ming noch eine Weile lang genießen.

Sonntag, 13. Januar

Weiß-grau getönt. Geheimnisvoll bleich verhangen.
Schneekrustendecke

Traum:
Frau Münch spielte mir vor, was ihre anstrengende, fast 90-jährige Mutti wieder für ein dummes Zeug auf den Anrufbeantworter geschwätzt hat, und einmal schwieg die alte Dame fast zwanzig Sekunden lang. Ein beredtes Schweigen, das eine große Pickierung um nichts und wieder nichts barg - um sodann etwas Poltriges zu sagen und den Hörer aufzuklatschen.
Ich stellte fest, daß ich aus einer befremdlichen Geistesabwesenheit heraus den Zuckersatz im Tee mit den Händen herausgeklaubt hatte, und die zähe, zuckrige Flüssigkeit durch die Finger in die Tasse zurücklaufen ließ.
Ming schaute mich ganz verwundert an.

Im Fernsehen kam eine Reportage über den 38-jährigen Sergej aus Moskau, der obdachlos geworden war, und das, wo im Winter doch Temperaturen bis zu -30 C° herrschen. (Zumindest nachts)
Der Sergej war mit der Eisenbahn in die Hauptstadt gefahren um sich Arbeit zu suchen, und auf der langen Reise wurden ihm sämtliche Papiere gestohlen.
Doch es heißt ja: Ohne Papiere keine Arbeit! Und so versank der Sergej in der Obdachlosigkeit.
Nachts versuchte er in Hauseingängen Ruhe zu finden, doch die Menschen in der Großstadt sind kalt und böse.
Einmal fragte er im Bahnhof einen Milizbeamten ob er sich im Bulleröfchenzimmer ein wenig aufwärmen dürfe, doch der Beamte jagte ihn wieder weg.
Und einmal ist der Sergej sogar im Schnee eingeschlafen. Im Schlaf wurde ihm plötzlich ganz warm, und er fühlte sich so, als sei er wieder zuhause.
Dann ist er allerdings doch wieder aufgewacht.
Diese kleine Geschichte zeigt, daß das Leben hier auf Erden doch nur eine kümmerliche kleine Episode ist. Aber eine freudige Gewissheit bleibt einem Jeden von uns: Der Tod, der am Ende des langen Weges zuverlässig auf einen wartet.

Gegen den Opa hatte ich mich leicht versündigt.
Oftmals denke ich ein wenig unfreundlich und voller Überdruß hinter dem schlurfenden und rotzenden

alten Tatterich her, und frage mich gleichzeitig, ob er diese Gedanken mit dem sechsten Sinn wohl fühlt?
Einmal lag der Opa halb aufgerichtet in seinem Bette und spuckte einen langen Schleimfaden in seinen Spucknapf hinein.
„Pfui Teufel!" sagte ich angewidert, und erst nach einer Weile fiel mir auf, wie häßlich das gewesen war. Wenn der Opa jetzt verstürbe, so wäre dieser wüste Ausruf das Letzte gewesen, das er von seiner Enkelin gehört hätt!

Historische Erinnerung - Spätsommer 1968

Bei Tisch hatten sich die jungen Leute wieder mal die ganze Zeit über die Uroma lustig gemacht. Weil sie nicht mehr so gut hörte, und etwas tütelig geworden war. Schließlich stand die Uroma pikiert auf, um das Geschirr abzutragen.
Ihre Tochter, Omi Mobbl, saß im Häusel, als aus der Küche ein ohrenbetäubender Krach ertönte: Ein Geschirrberg, der zersplittert auf dem harten Küchenboden gelandet war.
„Herrgott! Was hat sie jetzt schon wieder zerdeppert!" schnaubte Omi Mobbl verärgert auf dem Throne.
Und hernach lag die 83 ½ jährige Uroma tot auf dem Küchenboden. Ein jäher Pikierungstod, und die letzten Worte ihrer Tochter, die sie vielleicht noch gehört hat, waren so häßlich!

Als ich nochmals nach dem Opa schaute, lag er ganz eingemurmelt wie zu seiner Säuglingszeit da und schlief.
Die Hand, die seit Jahren in den Sarg gehört, hatte die Decke schützend über das halbe Gesicht gezogen

und blieb, wie von Leichenstarre erfasst in dieser Position liegen. Es sah aus, als wolle sich der Opa vor der Kälte und Bosheit der Umwelt schützen.
Und gestern abend hatte ich meinen kleinen Opa im Dunklen einsam am Kachelofen stehen sehen, so als hoffte er, die Wärme das Kachelofens würde ihn ein wenig über seine Einsamkeit hinwegtrösten.
Wieder füllten sich meine Augen mit Tränen.

Spät am Abend zur Bettgangszeit war der Opa so müd, daß man wirklich gar nichts mehr mit ihm anfangen konnte.
Nur zu Rehleins Kuss am Schluß, als er bereits im Bett lag, sagte er nett: „Danke!"

Wir wärmten jene Anekdote aus Rehleins Leben auf, als Rehlein *einmal* ganz überschwenglich sein, und aus sich herausgehen wollte: Sie busselte und knabberte am Opa herum, und dabei war's der Falsche...Beim Busselvorgang in Spanien sah Rehlein den Opa nämlich plötzlich am anderen Ende des Raumes sitzen und erstarrte somit mitten in ihren liebevollen Busseleien, die dem fremden, ebenfalls beglatzten Herrn so gut getan hatten.
(Eine Erinnerung aus einem Urlaub in Spanien, Ende der 50er Jahre.)

Montag, 14. Januar

Bleich. Verschneit. Trockener Krustenschnee

Am Morgen sah ich, wie sich der Opa im Bad seine weißen Glatzenreste kämmte, und fand diesen Anblick sehr interessant.
Und zweimal sah ich einen kleinen schwarzen Vogel auf der Terrasse. Ich bildete mir ein, es sei Opas Vöglein – der Tod.

Beim Frühstück erkundigte sich der Opa nach der Omi Ella, die den Rekord von Omi Mobbl geknackt hat, und übermorgen 89 Jahre alt wird.
Rehlein erzählte dem Opa, daß die Mobbi so gerne noch ein paar schöne Jahre als Witwe verlebt hätte, da der Opa es eh nicht hört, und bloß immer mit gesenktem Haupt ganz unzugänglich dasitzt.

Hernach begab sich Rehlein auf den rutschigen Weg, um Milch zu holen, und ich, während ich im Weihnachtszimmer auf meiner Violine übte, lief in Gedanken neben Rehlein her und entdeckte eine große Ähnlichkeit zu Buzen in mir: Daß ich offenbar dazu tendiere, mich hinter den Milchglasscheiben im Musikzimmer vor dem wahren Leben zu verschanzen.
Da nahm ich mir vor, mein Bestreben, wie ein Engel durch´s Leben zu schweben, ab sofort wieder aufzunehmen.

Wieder suchte der Opa Wärme und Geborgenheit am nackten Kachelofen.
Wir Kinder und Enkel sind zwar warm und nett zu ihm, küssen und umarmen ihn, doch der alte Mann glaubt zu spüren, daß man mit 92 Jahren nur noch eine Last ist. Die Welt gehört jetzt (vorübergehend) den Jüngeren, und es ist an der Zeit zu gehen…

Dienstag, 15. Januar

Unverändert blass. Krustenschnee

Meine erste Aktivität am Morgen war jene, den Opa ins Bett zu bringen.
Etwas daran gefällt mir immer sehr: Opas warme Hände anzufassen. Beim Führen kommt immer so eine nette Atmosphäre auf wie auf jenem süßen Foto, wo der dreijährige Ming seinen kleinen Vetter Dodi so liebevoll am Händchen führt.

Beim Frühstück lenkte ich die Rede drauf, daß sowohl der Opa, als auch Buz denken würde, Rehlein hätte in Ofenbach Dauerferien.

Im Banne von Opas Husterei fiel mir eine längst vergessene Episode aus meinem Leben ein, die sich **um das Jahr 1977 herum abgespielt haben dürfte:**

𝔇amals nächtigte Julia Goldstein in meinem Zimmer, und ich wäre so gern mit ihr befreundet gewesen, weil sie aus Moskau kam, und ich die Russen so interessant fand.
Doch der rechte freundschaftliche Funke vermochte nicht überzuspringen, weil die liebesdürstelige Julia nur Männer im Kopf hatte.
Einmal hustete ich zum Erbarmen, weil ich glaubte oder hoffte, auf Erbarmung könne man eine Freundschaft aufbauen!

Mittwoch, 16. Januar

Etwas grau und bleich. Schneereste

Jetzt könnt ich eigentlich – so, wie Buzens kühle Schüler- und Verehrerin Antje Poppinga an meiner Stelle vielleicht geschrieben hätte – schreiben:

„Meine Träume tun nichts zur Sache!" weil ich nicht gleich am Tagesbeginn schon wieder dichten wollte.
So trug ich die Träume wie einen lose auf den Kopf gesetzten Hut den ganzen Tag so mit.
Ein häufiges Motiv meiner Träume ist jenes, *daß ich ganz allein ein bißchen armselig lebe, und dafür tun und lassen kann was ich will. Jetzt verplemperte ich den Nachmittag damit, im Treppenhaus eines weißen billigen Miethauses herumzuhängen, in das zuvor zwei vertraute Gestalten hineingehuscht, und bislang nicht wiedergekehrt waren: Ramon und Charlotte.*

Obwohl die Stimmung gut war, und ich überhaupt kein Interesse an einem Streit verspürte, streute ich einfach Gedankenaspekte in die Frühstücksunterhaltung ein, an denen man einen Zwist hätte entfachen können:
Daß Buz früher oftmals mit Schnittlauch „Erika" auf sein Quarkenbrot geschrieben hat, und Rehlein mir diese so rührende Geschichte nie erzählt habe, weil sie sich immer bloß die negativen Geschichten merkt!
„Und wer hat den Schnittlauch wohl geschnitten??" höhnte Rehlein gutmütig, und doch verstanden wir uns einfach fantastisch.
Dann fiel Rehlein plötzlich etwas <u>ganz</u> Nettes über Buz ein:
Was er nämlich – grad für die Gegenpartei – für ein wundervoller Onkel sei.
Einmal kaufte er für Onkel Döleins Kinder Julie und Dave ganz schöne kostbare Stofftiere, für die er

ungewöhnlich tief in die Tasche greifen mußte, und Onkel Dölein war gerührt.

Da war ich so stolz auf den süßesten Buz!

Dann frug ich Rehlein nach meinem Onkel Rainer aus, weil ich ein wenig Angst verspüre, der Rainer könne meinen langen Brief, der zufälligerweise zur Weihnachtszeit kam, einfach ungelesen zu den nichtssagenden Weihnachtskarten auf den Kamin legen, weil er mit seiner Zeit genauso geizig ist, wie mit dem Gelde?

So frug ich Rehlein nach seinem Charakter aus, und Rehlein zeigte mir die wunderschöne Briefwaage, die der Rainer den Eltern einst zu Weihnachten gebastelt hat.

Da sagte der süße Opa, der in der Eckbank vor sich hingedurmelt hatte völlig überraschend:

"Du bist aber eine Knödelmadam!" weil ich gerade mit den Fingern geknödelt hatte. Bei mir ein Zeichen fassungsloser Begeisterung, so wie schon früher zu meiner Embryonenzeit.

Überhaupt waren die Überdrußgefühle gegen den Opa zerstoben, weil der Opa eine lichtere und nettere Ausstrahlung bekommen hat, und es wieder ein ganz klein bißchen so war wie früher.

Und ist der Opa so, so stört auch seine Rotzerei nicht mehr, und ins Bett bringe ich ihn ohnehin gern. So auch jetzt.

Der Opa blieb allerdings auf halber Höh´ gekrümmt wie eine Banane im Bett liegen. „Und jetzt?" frug er, dieweil er auf die Unterarme gestützt nur zur Hälfte

platt lag, und Rehlein lachte so laut und beglückt auf, und rief über und über aus:
"Du bisch so was an dei Geldle wert!"
Ich dachte, sie meine den Opa, doch Rehlein meinte mich, weil ich gesagt hatte: „Erst muß man natürlich die Handbremse lösen!"

Dann geriet ich in einen manischen Schwung und fabulierte Rehlein ganz viel davon vor, wie´s gekommen wäre, *wenn wir damals tatsächlich den Opa Gerhard nach seiner Entlassung aus dem Knast um 18 Uhr 30 in Leer abgeholt hätten:*
Der Opa Gerhard wär so völlig anders als der Opa: Total agil und jugendlich, dieweil er den Bogen raus hat, seine Batterie immer wieder aufzuladen.
Abends sagt er: "Habt ihr wohl noch´n ordentliches Bier??" und läuft sogar mit Buzen am Hause von Frau Tosch vorbei zur Tankstelle um eines zu besorgen.
Zu Rehlein sagt er überraschend kumpelig: "Nun setz dich mal neben mich, Mädchen, und erzähle mir, was du die letzten 50 Jahre so getrieben hast!"
Vor dem Einschlafen hört er ganz laut Musik aus seinem alten Transistorradio. Zuerst traut sich Rehlein nicht dagegen aufzubegehren, doch dann nimmt sie sich ein ♥, und zu ihrer Überraschung schaltet der Opa Gerhard das Gerät ab, und merkt es sich auch für die folgenden Abende.
Am nächsten Morgen traut Rehlein ihren Augen kaum:
Der alte Mann macht zehn Klimmzüge an unserem rostigen Wäschereck im Garten. „Wer rastet der rostet!" ruft er Rehlein zu.

Kurz nach dem Kennenlernen am Bahnhof hat Rehlein sich vor der Aufgabe, nun auch Buzens 96-jährigen Vater bei sich aufzunehmen, direkt ein bißchen gegraust, doch jetzt gefällt´s ihr, weil sie es faszinierend findet, daß jemand so anders sein kann als ihr Vater, der einfach vor dem Alter kapituliert hat, statt sich ihm entgegenzustemmen!

Am Vormittag – wie in die schmale Talsohle zwischen zwei Brüsten hineingebettet - dieweil ich ausgelost hatte 2 x 45 Minuten lang zu üben - wurde ich von Rehlein zum Milchholen entsandt.
(Diesen Satz hätte man doch wohl auch weniger umständlich formulieren können??)
Ich gehe nicht so gerne Milchholen, denn ich bin so langsam, und der Weg ist so weit. Allerdings freut mich die Aussicht, daß an dem Laternenpfahl neben dem Gasthaus vielleicht eine Parte hängt, über deren unfaßbaren Inhalt man beim Laufen nachsinnieren kann.
Diesmal aber, als ich den eisigen Schotterweg hinablief, mußte ich über die Frau vom Otto (Waalkes) nachgrübeln – und was sie sich wohl dabei gedacht haben mag, sich die teuren roten Schuhe gekauft zu haben?
Etwas Pepp in ein Leben bringen, von dem man sich nicht so recht eingestehen mag, daß es ein bißchen <u>zu</u> abgerundet und dadurch irgendwie kneippig und unbefriedigend ist?? Das leise und doch nagende Gefühl: Es gibt durchaus noch andere Männer, denen man gefallen möchte...

Am Fuße der Kalgasse entschmückte der Gastwirt Thurner seinen Weihnachtsbaum, und mir war es unangenehm, an ihm vorbeizulaufen, weil mir nie etwas einfällt, was ich ihm sagen könnte. Natürlich hätte ich etwas solcherart ausrufen können: "Was? Schon wieder alles abzupfen?" Doch der Satz schien mir aufgesetzt und hohl, und auf dem Heimweg lief ich ja schon wieder an ihm vorbei.

„Jetzt moach ma an Fousching draus*!" rief der Thurner jovial, und es sah so aus, als kämpfe er mit dem Lampenband, weil er es nicht abbekam.

*Jetzt machen wir einen Fasching daraus!

Daheim stand der Opa am Kachelofen, und wir freuten uns auf unsere neue Lieblingssendung in SAT1: „Zwei bei Kalwass". (Ehe- und Familienberatung)

Ich erläuterte dem Opa, daß die eine Dame, deren empört schnaubendes Gesicht soeben den Bildschirm ausfüllte, die Ehefrau, sei und machte ihm vor, wie sie vielleicht ausruft: "Dann bin ich also wieder die BÖSE?" und der Opa lachte süß.

Schließlich erläuterte ich dem Opa, daß ich vorhätte, ein Buch über ihn zu schreiben. Eine Idee, die mich nicht losließ, und das fertiggebundene Buch sah ich im Geiste auch schon vor mir: Es schaut aus wie Bernhard Schlinks „Selbs Mord", wo hinten draufsteht: „Ein nachdenklich stimmendes Buch über das Altern. Und genau das schwebte mir mit meinem Buch „Prohazkas Nachbar" auch vor.

In spätestens einigen Jahren (?) wird der Opa „Prohazkas Nachbar" sein, denn so heißt die Familie die neben unserem Familiengrab auf dem Lanzenkirchner Friedhof ruht.

Die Geschichte im wesentlich steht versprengt in viele Teile schon irgendwo in meinen unzähligen Diarien, und ist im Grunde schnell zusammengefasst und erzählt:

Sie handelt von einem ganz alten Mann, der immer noch älter wird und dann sogar noch älter...

all seine Verwandten sind längst verstorben, und nun hat er mit seiner ewigen Huster- und Prusterei auch noch den letzten Enkel unter die Erde gebracht.

„Mit anderen Worten schreibst du über mich?" sagte der Opa klug.

„Genau!" sagte ich mit jugendlichem Eifer in der Stimme, und fuhr fort: „Nun ist er ganz allein. Es ist Silvester. Der alte Mann gießt sich in der Küche ein Glas Sekt ein, tritt an den Spiegel, prostet sich selber zu und sagt feierlich: "Ein guuutes Jahr, Kurt, wünsche ich Dir. Gesundheit, Frohsinn und vieles mehr. Prost!"

Mittags kehrte der süße Ming von der Schule heim, und wir liebten uns unglaublich.

Rehlein hatte mir so eine köstliche Abschiedsmahlzeit gekocht (gelben Reis, Schrimps, Sprossen – hm, das schmeckte mir).

Dazu schauten wir die Eheberatung bei Angelika Kalwass, einer Psychologin, deren kernige Weisheit, aber auch die schwarze Windfrisur auf dem Haupte Rehlein sehr gefällt.

Ich parodierte Ming vor, wie es wohl wäre, wenn plötzlich Nicole und Prof. Kebap in dieser Sendung herumstreiten würden?

Der Professor erzählt klipp und klar, daß er schon zweimal verheiratet war, und jetzt eigentlich nur noch seinen Spaß wolle.

„Aber eine Beziehung zu haben bedeutet für mich, nicht nur Spaß zu haben, sondern auch etwas aufzubauen!" parodierte ich die Nicole, die ihre Handteller, ausgefahren und mit abgespreizten Fingern zur Unterstreichung der ernsten Worte vibrieren ließ, und auf deren Gesicht ein großer, fast entrüsteter Ernst gemalt war.

Unter der Dusche dachte ich mir beständig griffige Anfänge für mein Buch aus. Manche „bickten" andere nicht. Doch ich lebte bereits nach Schauspielerart ganz intensiv mit dem Opa Gerhard zusammen. D.h. in selber hatte mich in das verblüffte Rehlein verwandelt, und als ich durchs Treppenhaus lief, sprach ich mit mir selber, und es hörte sich an, als würden *zwei* Leute miteinander kommunizieren: Röhrend heiser, wie ein 96-jähriger mit welken Stimmbändern sagte ich: „Ihr jungen Leute...."

Doch dann tönte es rustikal zurück: "Ach Opa Gerhard! Sag doch nicht dauernd „Ihr jungen Leute". Ich bin über 60..."

Ich war ein bißchen deprimiert, weil Rehlein verschwunden war, und die rötliche Abendbeleuchtung dem Haus so eine einsame Ausstrahlung verlieh.
Ich hatte Angst, Rehlein hätte sich unten auf´s Urbett* gelegt, und wär für immer eingenickt.
*So heißt das alte Bett, weil es schon seit Urzeiten dort steht, und als Möbelstück völlig aus der Mode gekommen scheint.

Aber Rehlein lebte schon noch, und bald saßen wir lose herum. Ich erzählte Rehlein, wie ich meinem Mitbewohner in meinem farblosen Mietshaus in Trossingen, Dieter W.*, auf welchen ich in den letzten Tagen schon öfter die Rede geschwenkt hab, einen Brief schreiben könnte:

Hallo Dieter!

In einer Tagebuchnotiz vom 13.7.98 steht etwas über dich zu lesen, was Dich vielleicht interessieren könnte? D.h., wenn es Dich nicht interessiert, dann brauchst du nicht weiterzulesen und kannst diesen Brief gleich dem Altpapier überantworten. Ich sehe aber, daß Du doch weiterliest. Dort steht nämlich wörtlich:

"Dieter W., gestern noch ein Arsch von morgen, heute schon ein Arsch von heute..." Ich schrieb´s damals so locker aus dem Handgelenk nieder, aber jetzt tut es mir leid..."

(Rehlein lachte so entzückend).

*Ein gräßlicher Typ, der Ming einfach von oben herab wie einen Lakaien behandelt hat, als Ming ihn als Gast für den „Musikalischen Sommer" so freundlich vom Bahnhof abgeholt hatte

Der Opa blieb immer so lang auf dem Klo sitzen um ein Gnadenwürstl abzuseilen, daß man richtig Angst haben mußte, er sei in dieser harschen Winterszeit auf der Klobrille festgefroren.

Donnerstag, 17. Januar
Ofenbach - Stuttgart

Verkrusteter Schnee.
Ab Salzburg lieblicher Sonnenschein

In der Küche erzählte mir Rehlein ihren Traum, und sogar im Traum war Rehlein so aufmerksam, wie es eben nur Rehlein sein kann. Doch hört selber…
Man wollte in die Oper gehen (Don Carlos) und holte dazu Mobbl ab, die im Traume noch lebte. ←(Natürlich!)
Mobbl trug einen ganz großen Hut mit breiter Regenabfangkrempe, und sah so traurig aus. Etwas, das Rehlein im Traume allerdings logisch schien, da Mobbl ja gestorben ist. (Traumesunlogik)
Rehlein dachte allerdings auch, daß Mobbl doch den tropfenden Hut absetzen müsse, da die hinter ihr Sitzenden doch sonst überhaupt nichts sehen können!

Traurig stimmt´s mich immer, wenn der Opa zum Abschied „Leb wohl!" sagt, weil ich dann noch mehr denken muß, es sei das letzte Mal, als ich dies ohnehin immer denk´.

Bahnhof Wiener Neustadt:
Ich wartete auf den süßen Ming, stand hierfür mit meinem roten Koffer wie bestellt und nicht abgeholt an der Schiebetüre, und schaute mir alle jungen Männer an, die da hereinkamen: Verdrossen, verfröstelt, desillusioniert – sich auf einer sauren Durststrecke der Sonate des Lebens befindend. Sich verhaspeln habend und verzweifelt auf die Wiederkehr des Themas wartend, - und stellte mir dabei bei jedem vor, er sei „der Neue" an meiner Seite. Doch keiner paßte, und wieder mußte ich an die Erzählungen von Frau Kettler denken, die es bei Keinem lange ausgehalten hat.

Gemeinsam traten Ming und ich die Reise nach Wien an.
Der süße Ming, der die Zeit im Zug immer zum Studieren nutzt, borgte mir sein Biologielehrbuch aus, und ich las über die Mendelsche Vererbungslehre und schaute auf Mendels Bildnis drauf: Aus seinen runden Brillengläsern schaute er fragend und etwas weltfremd auf mich drauf.
Einmal stellte ich Ming eine Frage, und es schien so, als würde statt seiner die Dame, die uns gegenübersaß antworten, doch des Rätsels Lösung war die, daß die Dame enthemmt in ihr Händi hineinplapperte und zwar auf eine Weise, daß es uns Restreisenden peinlich war, selber zu reden.

Ich überlegte, wie Heiners wenig benimmgeprägter Sohn Marius wohl reagiert, wenn er später mal unterwegs ist, und in der Eisenbahn mit dem Händi telefoniert?
„Hee, seid mal still!" würde er die überraschten Mitreisenden womöglich anbarschen, wiewohl er doch bereits jetzt ein kleiner Haustyrann ist!

Abends in Stuttgart:
Der kleine Yussuf rupfte alle Adventskalendertüren auf und sagte dazu erklärend, daß dies eigentlich eine Schweinerei sei. Mit Betonung auf das Wörtchen „eigentlich".
Ich vermisste Rehlein & Ming.

Freitag, 18. Januar
Stuttgart - Trossingen

Am Morgen blauer Himmel
und eine zarte Aufklarung.
Sonst bleich. Schneereste

„Ich esse grundsätzlich nur weiße Brötchen!" sagte der Mohr beim Frühstück, und wir psychologisierten über die alte Bäckersfrau im Laden nebenan, die sehr streng sei.
Zu ihm sei die Bäckerin allerdings nicht so streng, weil er immer ganz klar und forsch sagt, was er haben will – nämlich *weiße* Brötchen.

Am schlimmsten seien jene Kunden, die sich beraten lassen und dann doch nichts kaufen, wußte sogar ich etwas Backpolitisches beizusteuern.

Hildes angeheirateter und verwitweter Onkel Axel (ein listiger Rumäne), so erfuhr ich, habe sich ein Haus gekauft und sich zur Ruhe gesetzt. Mit der Familie möchte er nichts mehr zu tun haben. („Vorbei ist vorbei"). Leider habe er sehr große gesundheitliche Probleme, weil er immer so viel geraucht hat.

Ich philosophierte die Hilde an, wie sich viele Leute jaaaaahrelang mit gesundheitlichen Molesten plagen – Rehakliniken, Rollator, Physio – dann sterben sie, und werden sofort wiedergeboren.

Na, das hätte man auch eher haben können.

Der Omar möchte der Hilde nicht erzählen, was er derzeit für einer Arbeit nachgeht, und morgens muß er auch nicht zu einem bestimmten Zeitpunkt zur Arbeit aufbrechen, wie ein normaler Arbeitnehmer. Doch je eher er geht, desto bälder kommt er auch wieder nach Hause.

Auf eine Art, die mich an Rehlein erinnerte, als sie mal im Jahre 96 zu Buzen sagte: „…oder hast Du jetzt einen Schlaganfall bekommen?" frug die Hilde wertungsfrei und sonnig im Tonfall über diese mysteriöse „Arbeit": „..oder hast Du sie verloren?"

In der Tat stellten wir uns später vor, daß der Omar wahrscheinlich irgendwo bei McDonalds als Klotaliban, bzw. Münzmohr arbeitet?

Obwohl die Hilde heut am Freitag ihren freien Tag hat, schien sie viel zu tun zu haben.
Zuerst saß sie am Tisch und schrieb ganz ernst irgendetwas ab. Sie schrieb etwas ins Reine, das sie zuvor als Konzept niedergeschrieben hatte.
Später erfuhr ich dann, daß es ein Brief an Buz war.
Überraschend hat die Hilde heut alle Geschenke Buzens zusammengepackt, und ich muß sie ihm nun zurückbringen.
„Ich will die nicht mehr. Das ist Vergangenheit," sagte die Hilde betont unsentimental.
Vielleicht hatte sie sogar seine Liebesbriefe zusammengebündelt, denn das Kuvert war ganz dick. Unter den Geschenken befand sich ein kostbares Bild, das Buz als Knabe gemalt hat, und ein Schmuckkästchen. Sie pferchte es in ein großes Kuvert, welches an einen Herrn mit Namen Atilla Melzer gerichtet war, zu welchem die Hilde auch keinen Kontakt mehr hat, und wenn ich´s verloren, oder vielleicht im Zug vergessen hätte, so hätte Herr Melzer dieses Päckchen bekommen, und sich gewundert.
Einmal begrabschte der kleine Yussuf meine Milchbunker und schaute tief in meinen Ausschnitt hinab.
(Wir Damen lachten)
Dann fuhren wir zur Drogerie, da die Hilde nämlich für den Kindergarten eine ehrenvolle Aufgabe übernommen hat: Berge an Windeln zu kaufen.
Sowohl im Auto, als auch im Shop heulte der Yussuf je laut.

In der Kita hat jedes Kind seinen eigenen Spind, der mit einem fröhlichen Familienfoto geschmückt ist, auf dem alle glücklich lächeln. Die Helferinnen denken natürlich, die Hilde wäre einem Herrn aus dem Busch verfallen, – doch ich weiß es besser.

Man mag es sich ja kaum eingestehen, doch wir Erwachsenen sind immer todfroh, wenn so ein plärrendes Würm endlich im Gewusel der Kita versickert ist.
Ein Gefühl, als hätte man endlich ein Schließfach für einen sperrigen Koffer gefunden, und könne nun richtig durchatmen – womit man aber nicht sagen möchte, daß einem der Inhalt dieses Koffers egal ist.

Daheim wirkte es nach Hildes Aktion „Seelischer Frühjahrsputz – weg mit den Erinnerungen!" kühl gelüftet, einsam- und traurig stimmend.
Fast ein wenig so, als kehrte man von einer Beerdigung zurück.
Ich mußte an Hildes Onkel Axel denken, und sah es noch vor mir, wie er in jungen Jahren auf einer Feier übermütig und berauscht vom Zauber einer jungen Dame mit der 18-jährigen Hilde getanzt hat.
Jetzt will er nichts mehr von Hildes Familie wissen, weil das Freund- und Feindschaftsgewebe wahrscheinlich in ein ungutes Schneeballsystem verwoben ist? Man hat das Gefühl, alle fordern nur von einem, doch in der Not ist niemand für einen da?

Samstag, 19. Januar
Trossingen - Hausach

Dunkelgrau. Vereinzelte Regentropfen.
Immer noch etwas Krustenschnee

Um zirka 17:31 kam ich in Hausach an. Ich begrüßte mich warm mit Herrn Koppelstätter, und Herr Koppelstätter half mir so nett dabei, das Gepäck ins Bischofszimmer zu tragen.
Während wir das Zimmer einräumten, das ich nun bezog, fiel mir siedendheiß ein, was ich vergessen habe: Mein Nachtgewand!
Und der Gedanke, nackt im Bischofszimmer zu nächtigen ist doch ein ziemlich starker Tobak, oder?

Abendessen mit Gerhard Koppelstätter und seiner Haushälterin Jeannette:
Ich solle mich wie zuhause fühlen, sagte Hausherr Gerhard warm, und ich versuchte es.
Eine Loggoröh lösen beide nicht in mir aus, aber unwohl in dem Sinne fühlt man sich auch nicht.
In dieser kleinen Familie geht es allerdings relativ zärtlich her.
Auf dem Wege zum Tisch legte die Jeannette kumpelig den Arm um meine Schultern, und als wir am Computer im Arbeitszimmer standen, legte der Gerhard warm eine Hand auf mein Schulterblatt. Das freute mich sehr, wenn ich auch auf typische Erwachsenenart nicht ganz mit dieser Gunstbezeugung umzugehen verstand.

Der Gerhard erzählte von der Predigt, die er morgen zu halten gedenkt: Rührend humorvoll über den Tiergarten GOTTES: Über die Gans, die ständig ihren Schnabel an anderen wetzt, den Elefant im Porzelanladen und über die Bezeichnung „Unschuldslamm".

Hernach spielten wir den ganzen Abend lang „Kniffel" (ein fröhlich stimmendes Würfelspiel). Zweimal gewann ich, und einmal der Gerhard.

Ganz zum Schluß maß der Gerhard seinen Blutdruck: 89:55

Dann borgte mir die Jeannette ein rosa Schlafgewand, und der Gerhard meinte warm, er hätte auch einen Schlafanzug für mich gehabt.

Im Treppenhaus küssten wir uns noch zur Nacht.

Sonntag, 20. Januar

Feucht. Dunkelgrau, doch kaum noch Schnee

Beim Zubettgang stellte ich mir bildhaft vor, wie ich mich – wie´s so manch verdorbene Frau an meiner Statt wohl getan hätte – *nackt in die Kammer des Geistlichen stehle, um ihn dort zu vernaschen!*

In der Predigt am nächsten Tag ginge es dann wohl darum, daß den HERRN die ganzen Frömmigkeiten, die ihm zur Huld veranstaltet werden, nicht so sehr interessieren. Er sieht es lieber, wenn man sich an verbotenen Früchten erfreut.

Der ausgehungerte, in der Kneifzange des Zölibats steckende Herr, wäre den Verführungskünsten einer ruchlosen Frau doch völlig hilflos ausgeliefert, und am nächsten Morgen würde es sich befremdlich anfühlen, aufzustehen und zum Gottesdienst nach Hornberg zu fahren.

Ich selber schlief am Morgen fantastisch, und erhob mich nur ungern.
Man hatte den Geistlichen mit der immer schlechter werdenden Gesundheit (gewaltsam bezwungenem, nun viel zu niedrigem Bluthochdruck, Harnsäure, Gicht) laut und asthmatisch husten hören, und dann entfernte er sich gemeinsam mit seinen Zipperlein.
Ich selber stopfte meine sterbliche Hülle ins bordeauxrote Sammetkleid, und trat somit sonntäglich erfescht an den Frühstückstisch.
Die Jeannette schenkte mir Kaffee ein.
„Besser kann sich Königin Elisabeth auch nicht fühlen!" versuchte ich das aufkeimende Behagen in Worte zu fassen, doch dann geriet ich darüber ins Philosophieren, daß sich die Elisabeth doch wahrscheinlich immer ins Royale einkorselettiert anfühlt? Was, wenn man 50 Jahre lang immer ganz steif beim Tee saß, und plötzlich Panik bekommt, dies könne jetzt womöglich noch ein paar Jahre so weiter gehen, und dann war´s das dann? Vielleicht hat sich die Elisabeth einen Lockerheitstrainer bestellt, der täglich von 17 Uhr bis 17 Uhr 30 nach Art eines Ergotherapeuten bei ihr sitzt und versucht, den dicken Panzer an Etikette und Tradition, in den die

alte Dame leider eingekerkert ist, mit passenden Worten zum bröklen zu bringen?

Ich frug mich, wie die Hilde wohl geschlafen hat, nachdem Buzens zauberhaftes Gemälde nicht mehr in der Wohnung hing? (Eine Frage, die mir den ganzen Tag lang durch den Kopf geisterte)

Nachmittags schauen sich meine Gasteltern Gerhard & Jeannette gerne Wintersport im Fernsehen an.
Der Gerhard erzählte, daß er hierzu zu schlummern pflege, und bloß wenn die Deutschen drankommen dann wacht er auf – dieweil er Patriot ist!

*****

Nach dem Konzert lud uns der schwatzhafte Nachbar, Herr Bettinger auf ein Glas Wein ein, doch der Gerhard schmetterte das Angebot einfach ab, weil er am Sonntagabend lieber entspannt zu Hause sitzt.
Jeden Tag spürt man nun, daß der Gerhard älter wird.

Daheim sprachen wir über´s Tagebuchschreiben. Etwas, was der Gerhard auch eine Weile lang betrieben hat. Er schrieb in ein weißes Buch, und las uns eine Stelle vor, die er lustig fand: Wie sich die Nonnen beklagt haben, daß er in seinen Bermuda-Shorts so sexy ausschaut.

„Ob ihnen meine Beine wohl gefallen haben?"
schrieb er nett, und es rührte mich, daß sich ein
reifer Herr einfach so hinsetzt und Tagebuch
schreibt.

Zum Schluß spielten wir wieder Kniffel, aber die
Jeannette wurde plötzlich sauertöpfisch und
ärgerlich, und hörte auf zu spielen, weil ihr Brotherr,
der angeheiterte Gerhard eine Spur zu oft ausgerufen
hatte: „Das habe ich geaaaahnt! Das habe ich
beschwooooren!"
Davon ist die Jeannette auf Ehefrauenart leider ungemütlich geworden, weil es schmerzhaft in ihr
nagte, daß sie in sechs Spielen nicht ein einziges Mal
gewonnen hat – und sie auch darüber hinaus nicht
viele Freuden im Leben hat.
Auf entspannte Weise erlaubte es sich der Gerhard,
etwas Öl ins „Ehe"zwistgeschehen zu gießen, und
sprach davon, daß die Jeannette jetzt gern die
beleidigte Leberwurst spielen würde, und die
Jeannette deckte zu diesen Worten geräuschvoll und
verärgert den Tisch für das Mitarbeiterfrühstück
morgen früh.

Montag, 21. Januar
Hausach - Trossingen

In Hausach grau.
In Trossingen atemberaubend schön. Voller Glanz

Um Punkt halb neun setzte sich der Mitarbeiterstab zum gemütlichen Wochenbesprechungsfrühstück zusammen.
Alle sind älter geworden, und die Sekretärin Frau Kaiser fehlte sogar ganz, dieweil sie in Pension gegangen ist.
Auf Gerhards und Jeannettes Teller lag jeweils eine halbe Pille für oder gegen irgendetwas. Wie bei einem Seniorenpärchen, das sich seine Pillen teilt.
Der Gerhard hat die beiden Pillen geschwind vertauscht, und schelmte in die Runde hinein, daß er sich nicht vergiften lassen wolle. *Doch der Jeannette sind diese ewigen Scherzeleien ihres Brotherrn derart vertraut, daß sie die Teller auf listige Weise schon vorher vertauscht hatte...*
Dann las der Geistliche, am Kopfe des Tisches sitzend, einen frommen, zum Nachdenken animierenden Text: Ich habe Dir eine Stimme geschenkt. Warum singst Du kein Lied?
Und nach und nach wurde alles aufgelistet, was der HERR uns geschenkt hat, und mit dem wir nichts anzufangen pflegen! Nichts, nix, rein gar nichts! Die solcherart Besungenen mußten sich fühlen, als seiense die größten Nichtsnutze auf der Welt.

Nach den Frömmigkeiten breitete sich dann allerdings eine echte Schwarzwälder Fröhlichkeit über der Tafel aus.

Ich kenne kaum jemanden auf der ganzen Welt, der einen mit so viel tiefem Gefühl verabschiedet wie die Jeannette: Sie packt einen rustikal an den Oberarmen, verfärbt sich vor Rührung, rüttelt auf bebende Weise an einem herum, so als wolle sie sagen: „Halt die Ohren steif!" und bekommt eine Ausstrahlung wie jemand auf der Hafenplattform, der einen engen Verwandten verabschiedet, der nun nach Australien auswandert, und den man nach menschlichem Ermessen in diesem irdischen Leben nicht wiedersehen wird. Man drückt sich ein letztes mal, und läuft sodann in beklommene und schmerzliche Gefühle gehüllt vondannen, - tränenblind und bemüht, sich nicht noch einmal umzudrehen, weil man sich den herzabschnürenden Anblick, wie das Schiff immer kleiner und kleiner wird, ersparen möchte.

Zu später Stund´ sah man die „Nicole" bei Beckmann (das Gesangswunder. „Ein bißchen Friede").
Zuerst hat man gemeint sie sei ganz reif, und ich konnte es kurzfristig kaum fassen, wie jemand, der zwei Jahre jünger ist als ich, eine solche Reife verkörpert? Doch dann fiel mir auf, daß sie leider doch nur lauter Weisheiten von sich gab, die man einfach so vom Boden aufklauben könnte:

„Intoleranz gegenüber Homosexualität, Kindsmißhandlung, Ausländerfeindlichkeit" – das sind so Themen, die ich nicht einfach ausklammern will!" sagte sie in großem wachrüttelnden Ernst über die „Heile Welt des deutschen Schlagers".
Zum Schluß wurde die Rede auf den Hit „Ein bißchen Friede" geschwenkt. Ein Lied, das seit dem 11. September aktueller sei denn je!

Dienstag, 22. Januar

Streng bewölkt. Zuweilen drohte es zu regnen

Sehr mäßig geschlafen. Gegen Morgen hatte sich die böse Fee, die für die Zipperlein zuständig ist, schon wieder etwas völlig Sinnloses für mich ausgedacht: Schnupfversogene Nasenlöcher, und auch wenn´s heißt, daß Gottes Wege niemals ohne Sinn seien, so war´s mir lästig!

Mein Lebenslauf auf meiner Webseit kam mir plötzlich so versnobt vor. Eventuelle Internetzapper – ohnedies vorwiegend Verwandte und Bekannte – könnten das Bestreben verspüren mich an den Schultern zu packen und wachrüttelnd auszurufen: „Hochmut kommt vor dem Fall!"
Vor der Türe rumpelte Herr Walter, unser Vermieter, und erzählte mir, daß er am Sonntag bei Frau Kettler in Basel war, um vierhändig am Klavier zu

musizieren, und nun sei er noch ganz erfüllt von diesem Erleben.

Abends rief ich die Hilde an, um zum eineinhalbsten Hochzeitstag zu randalieren, ääääääääääh zu gratulieren (schreibe ich schon wie Rehlein?)
Die Hilde war sehr erfreut, weil sie gar nicht daran gedacht hatte, und nun freuten sich die Eheleute im Duett, weil man etwas zu feiern hatte.
Nun wollte man zusammen eine gute Flasche Wein entkorken, auch wenn Omars Vater, wenn auch mehr im Scherze, einmal gesagt habe: „Erwische ich Dich mit einer Zigarette, so schlage ich dich krankenhausreif! Erwische ich Dich mit Alkohol, so schlage ich dich tot!" Für den Omar sind die Worte seines Vaters heilig, doch heute wollte er sich eine kleine Ausnahme gönnen.

Um 22:15 schaute ich in SWF3 noch eine Reportage, die mich brennend interessierte:
„Wo die Liebe hinfällt":
Über drei Paare mit gigantischem Altersunterschied.
Allesamt sehr wunderliche Leute.
Ein 83-jähriger schlanker und wohlerhaltener Maler mit einer graumlierten Vogelnestfrisur war mit einer ganz sonderbaren 22-jährigen verheiratet, die überhaupt nicht ausschaute wie eine Frau von heute.
Die Frisur hatte sie sich von Paula Modersohn-Becker abgeschaut, und der Mund war knallrot mit Glanz-Astor verschönt. Bei allen Fragen, die der

Reporter stellte, sagte sie gelangweilt: „Nööööö!"
(Muhend wie eine Kuh.)
Sie pflegt ihrem Mann Modell zu stehen, sitzen oder liegen.
Ferner lernte man eine 57-jährige Blonde kennen, die mit einem nachdenklichen 23-jährigen Yogi verbandelt war, der leicht an unseren Freund Dimka, den Naturapostel erinnerte.

Mittwoch, 23. Januar

Grau, so doch nicht ohne Reiz

Am Vormittag klingelte es laut an der Tür. Ich erschrak schrecklich, so doch gänzlich unnötigerweise, wie sich herausstellte: Gerhard und Jeannette waren´s!
Jetzt hatten wir uns vor zwei Tagen so warm voneinander verabschiedet, als hätte man sich zum letzten Mal im Leben gesehen, und nun sahen wir uns wundersamerweise wieder, als sei´s im Paradies!
Die Beiden waren gekommen, weil sie mir den Zeitungsausschnitt über´s Konzert persönlich vorbeibringen wollten.
Gestern hatte der Gerhard am Telefon bereits so rührend geschildert, wie da alles so toll beschrieben ist: z.B. wer Eugène Ysaÿe war!

Leicht verschämt zeigte ich den Gästen meine kümmerliche Wohnung. Auf dem Televisor stand unser Weihnachtsfoto aus dem Jahre 1963.
Damals hatte ich gar keinen Hals, doch das stolze Rehlein hatte mich trotzdem mit einer Halskette verschönt.

Ich beschelmte die Jeannette, daß wir doch theoretisch unser Leben tauschen könnten: Sie bleibt hier und wartet auf Buzen, während ich mit dem Gerhard nach Hausach zurückfahre.
Buz würde sich gewiss rasch an sie gewöhnen.

Nachdem meine Gäste mit ihrem Motorrad wieder hinweggeknattert waren, stellte ich mir vor, wie es wäre, wenn ich tatsächlich nach Taiwan auswanderte, wie Buz mir immer wieder vorschlägt: *Im Jahre 2026 kehre ich das erste, oder auch ein letztes Mal? wieder nach Europa zurück. Der Opa liegt schon lange auf dem Gottesacker, Rehlein ist ein uraltes Weiblein mit weißem Haar geworden. Ming mit seinen 61 Lenzen trägt einen Zwicker, und ist leicht in die Breite gegangen.*

Buz kam um 20:07 und war so süüüüß.
Gleich brachte er so viel jugendliche Frische und Fröhlichkeit in meine Wohnung, und da schmerzte es mich doppelt und dreifach, daß ich ihm heute noch den Brief von der Hilde überreichen sollte.
„Bitte mach das gleich!" hatte die Hilde ernst gebeten, da sie dieses Kapitel nun abschließen möchte, um nach vorne zu schauen.

Buz las das kühle Schreiben – scheinbar knapp in der Wortwahl, so doch in vielen Stunden mühsamster Überlegung zurechtformuliert, und im Zimmer breitete sich kurz eine ungewöhnliche Stille aus.

Das Schmuckstück, das ihm die Hilke zurückgesandt hat, mochte Buz mir auf eine verlegene Art nicht zeigen, da es ein Geheimnis sei.

Ich hatte den letzten Passus in dem Brief aufgeschnappt:

Danke und tschüss, Hilde

Buz meinte, es sei „Kappes", was da drinstünde, und faltete das Blatt, nach dem ich so interessiert hinschielte, rasch zusammen.

Donnerstag, 24. Januar
Trossingen - Stuttgart

Düster, grau und feucht. Fahrende Wolkengebilde

Mittags war ich zwar froh und hüpferig, doch andererseits auch eifersüchtig und verärgert, weil ich mir einbildete, Buz säße mit der albernen Koreanerin beim Griechen, und mich ruft er vielleicht an und tut so, als sei er aus hochschultechnischen Gründen heraus ganz und gar unabkömmlich.

Buz ist dann aber gottlob doch gekommen und sprach davon, daß ich der Hilde ruhig sagen dürfe, sie sei bescheuert – und Buz versteht in diesem Falle, wie ja schon vorauszusehen war, gar nichts.

„Jetzt bist du so enttäuscht!" sagte ich mitleids- und liebevoll, weil´s ja für jeden von uns eine Riesenenttäuschung sein dürfte, Geschenke einfach zurückzubekommen?

„Ich bin nicht enttäuscht – ich find´s nur saublöd!" irgendetwas solcherart sagte Buz.

Doch ich wiederum sagte begütigend, daß ich seine Schmähworte nicht weitergeben wolle. Wenn man zu Gast ist, schickt sich dererlei nicht, und die Leute haben es schwer genug.

Die Hilde fühlt sich immer unfroh, und würde jene flammenden und alles verzehrenden Gefühle, die sie für Buzen hatte oder hat, so gern auf ihren Mann übertragen. Doch es funktioniert leider nicht.

In dem nunmehr leeren Rahmen in welchem Buzens Gemälde vormals stak, steckt jetzt das Hochzeitsbild, doch auch dieser frohstimmen sollende Anblick bringt keine Linderung ihrer seelischen Qual.

Dann aber passierte etwas Trauriges: Beim Essen biss sich Buz einen halben Zahn ab (einen Seitenzahn), und mußte seelisch sehr daran herumknabbern.

Beständig rannte er zum Spiegel, um sich über den unfaßbaren Anblick zu grämen, und man wundert sich, daß einen eine solche Kleinigkeit auch mich als Tochter seelisch derart aus der Bahn wirft!

Einmal rief ich Rehlein an um zu erzählen, was ich gedacht habe: Daß Rehleins Bluthochdruck vielleicht von ungelöschter künstlerischer Glut herrühre?

Nach dem Vengorow-Konzert war er derart gestiegen, weil es das künstlerische Rehlein so gejuckt hatte, wenigstens dabei zu sitzen, um die Seiten zu wenden!

Besuch bei Ute B. in Rottweil:
Ich erzählte plastisch von den Ehepaaren mit dem gigantischen Altersunterschied. Es sei, so ich – als wolle mein Pabba in 20 Jahren die kleine Rosalie heiraten!

Besuch bei Ute M. in Herrenberg.
Ich hatte so gehofft, die Ute wäre allein zu Haus, doch den Martin konnte man bereits von hinten am Eßtisch sitzen sehen.
Lustig ist, daß meine Verlegenheit den Männern gegenüber darin zu gipfeln scheint, daß ich wünschte, sie wüßten gar nichts von meiner Existenz, da mir der Gedanke, von ihnen gewogen und für zu leicht befunden zu werden, überaus peinsam ist!
Noch schlimmer aber wäre der Gedanke, von ihnen gewogen und als zu schwer empfunden würde.
Der kleine Julian lag großzügig umzäunt auf dem Boden und strampelte vor Freude über den Gast. Dann strahle er mich gleich freundlich an.

Abends in Stuttgart:
Die Hilde war allein zuhaus, und wirkt in letzter Zeit leider immer etwas müd und unfroh.

Sie durchforstete die Zeitung nach einer Vier-Zimmer Wohnung, da das kleine Yüsslein gar kein eigenes Zimmer hat.

Doch der kleine Yussuf mit seinen senegalesischen Wurzeln ist genetisch darauf programmiert mit vielen Geschwistern in einer kleinen Hütte zu leben, und wäre er etwas älter, so würde er vielleicht ausrufen: „Ach Mutter, so laß das doch. Wegen mir braucht man beileibe keine Vier-Zimmer Wohnung!" Einmal rief Hildes Papa an. Die Hilde hatte selber geplant, ihn anzurufen, doch die zu bedenkenden Worte „Was, wenn die böse Frau abhebt?" hatten Hildes diesbezüglichen Schwung ein wenig erlahmen lassen, und nun kam uns der Opa mit seinem Telefonat zuvor, und wir erfuhren, daß er für die Hilde einen Termin beim Kardiologen ausgemacht habe, da es mit Hildes Ohrenrauschen leider nicht besser geworden ist, und somit gesundheitlich bedenklich sei.

Mein Blutdruck war wieder so gesunken, und ich frug die Hilde, was sie wohl machen würde (täte?), wenn ich morgen tot im Bette läge, da sie ja wohl weder Buz noch Rehlein diesbezüglich anrufen möchte?

Freitag, 25. Januar
Stuttgart – Bad Vilbel

Grau bewölkt und unauffällig

Im Traume war ich eine reife Frau, die mit einem Mohren verheiratet war. Mein Mann erzählte mir, daß in seiner Firma zu irgendwelchen makaberen Tierversuchen Känguruhs geliefert worden seien, und regte an, daß wir uns eines ins Haus holen. Zum Schutz vor den Tierversuchen zum einen, und als Ergötzung für unseren 10-jährigen Sohn zum zweiten.
So ungefähr wie die Hilde in zehn Jahren mußte man sich mich somit in etwa vorstellen.
Mein Mann erzählte weiter, daß die Känguruhs nachts nicht schlafen können, Die Idee, daß nachts ein Känguruh durch unsere Wohnung hüpft, fand er amüsierlich.
Ich selber hatte etwas von der Stütze gekriegt: Einen Scheck und einen 20 Mark Schein. Später hörte ich dann, daß man das Geld zurückgeben müsse, wenn man sich kein Känguruh hält.
So nahm ich mir vor, alles, inklusive den grünen Schein wieder zurückzubringen, während ich mir meine schönen, allerdings seit kurzem leider mit weißen Fäden durchsetzten Locken bürstete.
Dann erhob ich mich.

Vom kleinen Yussuf hieß es, er säße mißgelaunt auf dem Bett. So schaute ich nach ihm, und er, mit seinem Schnuller im Munde in einem weißen Body steckend, verfiel augenblicklich in ein grantiges Plärrkonzert.

Es dauerte dann allerdings nicht sehr lang, und er wurde wieder lustig. Zur Hilde sagte er überraschend: „Beim Beten darf man nicht pupsen!"

Etwas, was ihm sein Papa gestern beigebracht hatte, und die Hilde lachte fröhlich über den Kindermund, und im Zimmer bereitete sich somit eine frühlingshafte, frohe Stimmung aus, die das Entzücken über ein Kleinkind umrankte.

Leider währt das Entzücken nie besonders lang, da das Yüssle die Gewohnheit hat, so zirka alle 7 – 11 Minuten in ein unmotiviertes Heulkonzert zu verfallen. Er schreit: „Nein, nein!" so wie Friedels Tochter Maika immer „No, no!" schreit, und es gellt durch´s ganze Haus. Die Hilde schabte ihm so nett ein Äpfelchen für die Joghurt-Speise, und frug den Knirps, ob er wohl noch etwas davon naschen möchte, bevor der Apfel ganz weggeschabt sei, doch der Yussuf heulte davon noch viel lauter.

Dann quängelte der Yussuf auf, weil er eine Kassette hören wollte.

„Was willst du denn hören? Das Lied von der Katze?" frug Mutti Hilde mild.

„Nein, das mit dem Hampelmann!" heulte der Yussuf.

Als der Yussuf wenig später zu den „Stupsnasen" gebracht wurde (einer Kindergartengruppe), bin ich mitgefahren.

Vor dem Hause bekundeten zwei alte Damen ihr Entzücken über den Dreikäsehoch. Sie dachten, das sei ein ganz lieber kleiner Bub, der seine Puppe in der Sonne spazieren fährt, was ja im Grunde auch wirklich sehr nett vom Yüsslein war.

Vom Fenster der Kita aus wunk bereits der kleine Christian, ein sehr hübscher Junge aus Äthiopien, der auch noch ein putziges kleines Schwesterlein hat: Die kleine Helena.
Die eine Helferin saß so schlapp mit einem Kleinkind im Arm auf dem Boden, und wirkte leicht bekifft.
Als Hilde und ich von dannen strebten, brandete Geschrei hinter uns auf, so daß man wenigstens ein bißchen hätte annehmen können, der Yussuf könne uns hinterhergerannt sein, und würde nun womöglich auf der Straße von einem Auto überrollt – doch die Hilde hielt es für pädagogisch zweckmäßiger, einen klaren Schlußstrich zu ziehen, und so drehte sie sich nicht nochmals nach ihrem Kinde um.

Daheim kaufte mir die Hilde noch zehn CD´s ab, falls man mal ein Geschenk machen möchte, und als Geschenke kommen für sie rührenderweise immer nur CDs von uns, oder Opas „alternative Bibel" infrage, von denen sie alle drei bereits verschenkt hat.

Besuch bei Margarethe und Konrad in Bad Vilbel:

Etwas untypisch für eine junge Mutti weckte die Margarethe die Kinder auf, damit sie sich mitfreuen, daß jetzt Besuch da ist.
Die kleine Rebekka war eh noch wach. Sie lag in der Wiege und strahlte mich so freundlich an.
Wir schleppten die Kinder in die Küche, um uns dort an ihnen zu ergötzen.

Ich erfuhr, daß Margarethes Mutti eigentlich durchgehend ein wenig nörglerisch sei, während der Vater entweder *ganz* nett oder *ganz* schrecklich ist. (Einen Zwischenzustand gibt es bei ihm nicht.)
Ich stellte uns vor, wie die Eltern auf der Heimfahrt hinter der Margarethe herpsychologisieren:
Die Mutti sagt: „I weiß net. Die Margarethe isch jetzt zwar dreißig, doch wenn man sie mit den Kindern rumagieren sieht, könnt ma grad meinö sie sei 16!"

Margarethe und Konrad spielten mir einen selbstkomponierten Tango vor, und ein Nikolaus-Gedicht an der Wand in der Küche – im Stile von „Mainz bleibt Mainz" verfasst - zeugte von Konrads großem dichterischen Talent.
Über Margarethes Launen dichtete er:
„Man übe sich da in Geduld,
denn die Hormone, die sind schuld"

Die Margarethe sagte: „Du kannsch die ganze Nacht duschö!" und als ich mit Rehlein telefonierte sagte sie: „Du kannsch ganz lang telefonierö!" so, als bekämpfe sie das Schwabentum in sich aktiv!

Ich fand es so interessant, daß ich das Ehepaar mit seinen beiden Kindern jetzt erlebe, denn ich neige dazu, verstohlen in die Zukunft zu schielen, und so weiß ich jetzt schon genau, wie´s früher war – zumal ich mir bereits den ruppigen Umgang zwischen Vater & Sohn in zehn Jahren ausgemalt habe.

Samstag, 26. Januar
Bad Vilbel - Wetzlar

Zunächst Sonnenschein, dann graue Wolken.
Manchmal ein zager blauer Himmel

Frühstück:
Die Sonne schien dem Konrad leider so ins Gesicht, daß man die Rolläden hat herablassen müssen. Es sah lustig aus, wie sich die gelben Streifen, die die Sonne durch die Ritzen in die Stube hineinwarf, wie Muster auf Konrads blankpolierten Stirn bzw. Glatze niederließen.
Beinah hätte ich unbedacht nach Art einer höheren Tochter eine Bemerkung darüber gemacht.

Derzeit ist man sehr bestrebt, den kleinen Leopold zur Stubenreinheit zu erziehen.
Der kleine Schatz hat die Gewohnheit, sich ein jedes Mal, wenn er ein Ei zu legen gedenkt, betont unauffällig hinter den Vorhang zu stellen.
Beide Elternteile bemühen sich so sehr, den Knirps für die Klobrille zu erwärmen. Mutti Margarethe ruft

ganz oft animierend: „Klooooo!" und der Konrad als engagierter Vater stimmt in die Gesänge mit ein!
Man hat´s mit Güte und Strenge versucht, doch bis jetzt fruchtete nichts, und die Rebekka schaut immer so, als könne ihr all dies nicht passieren.

Mir gefiel es, oben aus dem Fenster zu schauen, als gehöre ich in dieses Haus wie ein Kuckuck in eine Kuckucksuhr. Ich schaute auf die junge Mutti Margarethe drauf, wie sie sich mit ihren beiden Kleinkindern entfernte, und auf den Konrad der, wie es von einem guten Ehemann erwartet wird, die grüne Mülltonne hinfort trug....dann übte ich im Kinderzimmer auf meiner Violine.
Theoretisch hätten Konrad und ich nun wie zwei Ertrinkende übereinander herfallen können, doch wir machen uns gegenseitig nur verlegen, und meiden einander somit.
Natürlich hätte ich aber auch ins Computerzimmer gehen können, um ihn verlegenheitstreibend zu bequasseln: „Ich find dich so suuuuuuuper!"
Doch nichts dergleichen geschah.

Manchmal kann man Omi Agnes und ihre beständige Nörgerlei gut verstehen:
Die Margarethe hatte bereits angedeutet, daß es heut Tankstellen-Pizza gäbe. Etwas, was es bei ihnen fast jeden Tag gibt, da die Margarethe meist zu faul zum Kochen ist. Böse Stimmen könnten sagen: Sie hat den schwäbischen Geiz, der ihr genetisch eingegeben

sen mag(?), ihr jedoch höchst unangenehm ist, gegen die Faulheit eingetauscht.
(Tauschbörse für schlechte Eigenschaften)
Jetzt aber hörte ich, wie sich der Konrad erbot, selber zu kochen, da ihm nach etwas Handfesterem zumute war. So einigte man sich auf Spaghetti Bolognese mit Soße aus dem Glas.
Ich erbot mich, die Familie zum Einkaufen zu begleiten.
Die Margarethe, obwohl wirklich wahnsinnig nett, wirkt trotz allem immer eine Spur autistisch, so als wolle sie das alles nicht wirklich etwas angehen.
Kaum verließen wir das Haus, als sie schon einen Blödsinn machte, der die Omi zur Weißglut getrieben hätte: Sich eine Cigarette anzuzünden…
Auf dem Heimweg beplabberte ich die Margarethe modulierend: Ich erzählte von Ernest Chaussons Poème, das ich gestern im Radio, interpretiert von Isabelle Faust, gehört habe, und dann sprach ich davon, wie die Margarethe im Jahre 2010 mit 39 Jahren einem Herrn in der Stadt verfallen wird…
Beim Mittagessen vertiefte ich wiederum jenes Thema, wie der Onkel Hambum wohl reagiert hätte, wenn die Frau, die er soeben wegen ihrer wallenden, weichen Frisur geheiratet hat, nur einen Tag nach der Hochzeit die Haare auf acht Millimeter hätte stutzen lassen?
Etwas, was dem Konrad mit der Margarethe passiert ist, doch ihn stört es nicht.

Die Margarethe war leicht geladen, weil Kinder ihr so auf den Wecker fallen, und sie den Vormittag mit vier Kindern verbracht hatte.

Die Kinder hatten gar nichts getan was einen aufregen müsste, und es war bloß ihre reine Anwesenheit, die die Margarethe so genervt hatte, und nun ließ sich die Gereiztheit gar nicht mehr abschütteln!

„Gell, das hätte dich auch genervt?" frug die Margarethe den Konrad mehrfach, weil sie immer denken muß, das sei nicht normal.

„Absolut!" brummte der Konrad gutmütig, weil er ja weiß, daß bloß die Hormone schuld sind.

Sonntag, 27. Januar
Wetzlar – Bad Honnef

Höchst verregnet

In der Zeitung las ich über die Maxima, die eines Tages die neue Königin der Niederlande sein wird. Die Beatrix sei sehr eifersüchtig – so, wie die Omi Mobbl einst. Ferner las man, daß die Mette-Marit bald ihr Lächeln verlöre, wenn´s so weiterginge: Ständig muß sie irgendwelche nervtötenden Staatsbesuche absolvieren, und der Haakon zischt ihr übellaunig ins Ohr: Du vil smile, smile, smile. Kone!"

(Du wirst, lächeln, lächeln, lächeln! Frau)

Mein Konzert gefiel allen sehr – besonders dem Kläuschen. Durch die Tür der Sakristei konnte ich sehen, wie das Kläuschen einen Herrn über die Werke anreferierte.

Abends bei Friedel und Doris:
Morgen geht die Doris zum Elternsprechtag, doch dort muß sie sich immer nur Schmähkanonaden über ihr Söhnchen anhören, so daß sie schon ganz geduckt und gebeugt hingeht. Und dabei würde sie doch so gerne mal etwas Nettes über ihn hören.
Der Friedel sagt Dinge wie: „Ich halt mich da raus!"
Und so könnt´s passieren, daß der David später geringschätzig über ihn sagt: „Ach, nur der Freund meiner Mutter!" Statt Worte zu machen wie ich über das Kläuschen: „Mein wahrer Onkel ist das Kläuschen!"

Der Friedel erzählte mir, daß er im Jahre 1998 jeden Tag eine Zeichnung von seinem damals zweijährigen Töchterlein, der kleinen Maika, angefertigt hat – doch die Leslie nahm´s wie selbstverständlich hin, und sagte nie etwas Nettes darüber.

Montag, 28. Januar

Wechselhaft. Vormittags sehr grau. Regen.
Einmal ein peitschendes Aufgraupeln,
und später dann wunderschön!

Im Bad hängt ein gerahmter bunter Fisch, den der David gemalt hat, und Mutti Doris föhnte sich ihr tropfnasses Haar, während ich das Bild bestaunte.
„Das auch?" frug ich etwas ungebildet über das Bild von Chagall, welches daneben hing. Dann fuhr mich der Friedel, der heut in Bergisch Gladbach zu tun hatte, zu meiner Tagesmutter Antje nach Bonn, denn er hatte es geschafft, mich zu einem Blieb bis zum nächsten Tage weichzuklopfen.
Auf der Fahrt hörte sich der Friedel seine Mailbox-Neuigkeiten an, und besonders gespannt war ich auf die Syrerin von der es heißt, sie habe sich in den Friedel verliebt, und riefe ihn beständig an.
Einmal besuchten sie gar gemeinsam ein Restaurant. Dort öffnete sie sich dem Friedel ganz – doch der Friedel hat strikte Grundsätze über die er mich auf seine kühl-sachliche Art nun anphilosophierte.

Im „Berliner Ring" war vorerst nur das Kläuschen daheim, und das Kläuschen krümmte sich soeben über den Bonner Generalanzeiger.
Die Antje stak noch in der Krankengymnastik (allgemeine Verrenkungen) und vom Kläuschen – da das Kurzzeitgedächtnis in diesem Alter nur noch

„guut", aber leider nicht mehr fantastisch ist, staubte ich sage und schreibe gleich vier Küsse ab.

„Ich weiß gar nicht, ob ich dir schon welche gegeben hab?" sagte der Klaus nett, und lachte verbindend, wozu er auf entzückende Weise die Nase kräuselte.

„Ich kann immer welche brauchen!" bemerkte wiederum ich, und bekam somit zwei neue!

Das, was das Kläuschen dem Friedel gleich erzählte, zeigte wiederum den hohen und gleichsam interessanten Seifenopernpegel in dieser Familie:

Der Heiner habe angerufen, daß er sich heut frei zu nehmen gedächte, und dies wiederum ließ das vorsichtig gewordene Kläuschen darauf schließen, daß in der Familie schon wieder alles drunter und drüberginge?

Tatsächlich erfuhren wir dann von der besorgt zurückrufenden Antje, daß die Mel heut einfach davongelaufen sei. Dann kam sie aber doch wieder, weil´s so ja wiederum auch nicht geht, und nun bot Schwiegermutti Antje ihr an, ein wenig mit ihr zusammen am Rhein spazieren zu gehen. Und dann einigte man sich darauf, daß Schwiemu Antje mit dem Auto vorbeikäme, um sie hierfür abzuholen.

Im Auto erzählte mir die Antje plastisch, wie schlimm es in dieser Familie zugehen würde.

Der Melanie wächst alles über dem Kopf zusammen, und manchmal schreit sie den kleinen Marius so unfaßbar wüst zusammen, daß das ganze Haus unter diesem unkontrollierten Wutausbruch zu zittern und beben scheint.

Das tägliche Einerlei mit Kleinkindern macht die Melanie ganz mürbe, und immer noch hat sie´s nicht geschafft, den dreijährigen Marius zur Stubenreinheit zu bekehren.

Die Antje fuhr manchmal ganz kühn, und eher „auf gut Glück", denn besonnen vorausschauend, und wurde demzufolge von einem silbernen Auto erbost behupt.

Mit der unschönen Vorausahnung, welch ein Frühjahrsputzelend wohl in der Mendelssohnstraße auf mich warten mag, und einer gewissen Erleichterung, keinen problematischen Anhang zu haben – betrat ich das z.T. so liebevoll geschmückte Haus, das doch eigentlich als kuscheliges Familiennest gedacht ist, und nicht als Brütofen für ein drohendes Familiendrama.

Im Wintergartenfenster hängt die fröhliche, himmelblaue Geburtsanzeige vom kleinen Fabian, und die Tür selber ist mit lustigen gelben Luftballons geschmückt, da die Melanie immer gerne alles ganz schön, gemütlich und liebevoll haben will.

Sie begrüßte mich auch lieb, indem sie warm: "Du Liebe!" zu mir sagte, und mich ganz fest umarmte. Das freute mich sehr, und die Antje hatte mir auch erzählt, daß die Melanie sich beständig an ihre Freundinnen hängt, bzw. schaut, wer wohl Zeit für sie habe?

Doch die Freundinnen haben es nicht, dieweil sie alle mit ihrem eigenen Familienleben kämpfen.

Der Marius saß am Tisch, und auch wenn es ein Verwandter von mir ist, so mag ich ihn leider nicht so besonders.

Als ich ihm sein Haupt tätscheln wollte, sagte er gleich izzelig: "Laß mich in Ruhe kneeeeten!"

Vor ihm stand eine Knetmaschine, und eigenäugig konnte ich mitansehen, wie ihm die gestresste Mel, um Mütterlichkeit bemüht, einen bunten Knetwurm ausknetete.

Etwas ungezogen und störrisch sträubte sich der Marius noch gegen allerlei, bevor wir endlich loskamen. An einer Stelle blieb er wie ein Maultier einfach stehen. Er war hingefallen, und fast alle Salzstangen, die er mit sich herumgetragen hatte, waren zersplittert. Die Mel wollte ihm aber aus pädagogischen Gründen erst neue austeilen, wenn er die vier restlichen, fast heil gebliebenen verputzt hätte.

Ich versuchte, die Mel in eine freundschaftliche Unterhaltung zu verwickeln.

Offen erzählte sie mir, daß es ihr sehr schlecht ginge: Sie fühle sich im tiefsten Kellerloche steckend, und dieser Zustand hielte bereits seit einem halben Jahr an!

Wir liefen nur so ein bißchen durch die Straßen, und eigentlich ist´s mit den Kindern nie so ganz gemütlich, und das, obwohl der kleine Fabian in der Kinderkarre so freundlich ist. Das Wetter war ein wenig luguber geworden, und wenn es wohl bald zu regnen begänne, so würde es dem kleinen Fabian mitten in die Nasenlöcher hineinregnen, sinnierte ich.

Ich mit meinem einen kaputten Schuh (einem Überbiss des Zehengebildes geschuldet) fühlte mich inmitten der beiden Damen ein bißchen „zwischen den Stühlen sitzend" weil ich vielleicht unbewußt etwas der folgenden Art gedacht haben mag:

Laufe ich neben der Antje her, so denkt die Mel vielleicht, sie sei mir uninteressant, bzw. ich hätte von der Gegenpartei schon so viel Negatives über sie gehört, daß ich jetzt auf Distanz gehe? Doch liefe ich neben der Mel her, dann wiederum fürchtete ich, sie könne denken: "Sicher ist sie neugierig, wie ein schwer depressiver Mensch wohl so ist?"

Einmal besuchten wir extra dem kleinen Marius zur Huld eine kleine Kapelle mit lauter kalten Gedenksteinen an der Wand, wo so ziemlich ausnahmslos auf jedem einzelnen zu lesen stand: "Danke!" oder „Der Mutter Gottes sei Dank!"

Der Marius drohte an jedem Hause zu klingeln, doch die Mel hat ihn zumindest schon so weit erzogen, daß er seine kleinen Finger nur auf die Klingel legt, und die Mel dann fragend anschaut.
(Fragend, um zu schaun, ob sie wohl auch schaut, und sich auch ärgert?)

An einer schönen Stelle vor der Bäckerei, unter einer tausendjährigen Eiche, lud uns Omi Antje zu einem Kaffee und einem Schokocroissant ein.

Der Fabian im Kinderwagen war eingeschlummert, doch ein jäh aufbrausender Wirbelwind bepustete den schlummernden Säugling aufs bedrohlichste!

Ein Briefträger, der in der Bäckerei genußvoll seine Frühstückspause abzuhalten pflegt, erinnerte mich leicht an den Heiner, so daß ich die Frage aufwirbelte, ob die Mel wohl überrascht wäre, wenn sie den Heiner irgendwo erwischt, wie er als Briefträger arbeitet, und das, wo sie doch immer gemeint hatte, er hätte einen guten Job in der „Kompjuterbrounsch"?
Mit dem Briefträger, der dann wenig später mit einem Mohren plauderte, sprachen wir darüber, daß es leider aus der Mode gekommen sei, Briefe zu schreiben.
Omi Antje erzählte, daß sie ihrer Tochter Annette (einer Jugendsünde) eigentlich lieber Briefe schreibt, statt mit ihr zu telefonieren, denn am Telefon wissen die beiden Damen leider nicht viel miteinander anzufangen, und verstummen bald.
Vor kurzem heiratete die Annette einen Moslem, und vergaß, ihre Mutti darüber zu informieren. Und so platzte Antjes Anruf etwas ungeschickt mitten in die Hochzeitszeremonie hinein.

Die Mel mußte den Marius sehr ausschimpfen, weil er in einem kleinen Lädchen alles angegrabscht hatte, und hernach ohne nach links und rechts zu schauen über die Straße gerast war!

Einmal begrüßten wir Inge Niemeyer: Eine ältere Dame mit schlanken, haarigen Beinen.
„Die Dame aus dem Tagebuch!" rief ich bei der Begrüßung aus, da diese Dame in Antjes Tagebüchern vielfache Erwähnung findet.

Dann liefen wir heim, und der Spaziergang hatte mir nur mäßig gefallen – in jenem Sinne, daß ich bereits dem nächsten Kapitel meines Lebens entgegenfieberte.
Nachdem wir die Melanie mit ihren Söhnen zuhause abgeliefert hatten, besuchte ich mit der Antje einen Blumenladen, und die Antje unterhielt sich intensiv mit dem freundlichen Besitzer. Der war mal früher in der Jugend der beste Freund von unserem Onkel Andi, – und auch für mich ist er somit „ein Seitenzweig meines Lebens".
Dieser Herr ist sehr einsam: Seine Frau starb, und seine beiden Kinder zogen sehr weit weg (nach Australien).

Hernach fuhren wir wieder nachhause.
Die rührende Antje, die immer nur für die Anderen da ist, vergnügt sich an der Idee, daß der freundliche Blumenverkäufer doch wohl der richtige Mann für ihre frisch geschiedene Schwester Kathi wäre?

Zur Mittagsstund´ rief das süßeste Rehlein an, um mir eine Botschaft Buzens zu übermitteln: Daß für den Nachmittag in Norddeutschland eine Orkanwarnung ausgesprochen worden sei!

Buz ist immer sehr besorgt um seine Lieben, und ich fühlte mich so froh davon!
Während des Telefonats zeigte sich in Ofenbach der Opa und hatte, laut Rehlein, so schreckliches Nasenbluten. Er hatte zu viel in der Nase gewühlt, und grad so wie über Kleinkinder, muß man sich auch über Senioren leider beständig ärgern.
Und ich saß in einer Entfernung von bald tausend Kilometern da, und konnte nicht helfen!

Mittags aß ich gemütlich mit Antje & Kläuschen ein Mittagsmahl am Tischlein-deck-dich in der Küche, und nach dem Essen musizierte ich, wie schon am Vormittag, mit dem Kläuschen. (Vormittags Bach Sonaten, nachmittags Haydn Trios, so jedoch leider ohne hinzugehöriges Violoncello.)
Ich spielte auf Antjes Violine, und stellte mir vor, ich sei die kleine Daaje, die für ihr Alter wirklich ganz erstaunlich spielt.

Am Nachmittag war ich mit Antje und Kläuschen in der sonnigen Stadt.
Die Antje wollte sich ein Kleid kaufen, und ich wiederum saß mit dem Kläuschen sehr gemütlich in einem Glaspavillonscafé durch welches man mitten auf den belebten Marktplatz draufschauen konnte. Ich liebte das Kläuschen unendlich, und während wir – auch am Abend nochmals – gemeinsam musizierten, war´s mir manchmal vor mir selber ein bißchen peinlich, daß in meinem Diarium so oft respektlos „Kläufchen" mit „f" zu lesen steht.

Nach unserer Heimkunft hat mich die Antje aus ihrem Kleiderschrank eingekleidet, und fuhr dann mit dem Geiger „Wolfgang" hinweg, um dessen Vater ein Ständchen zum Geburtstag zu bringen.
Und somit saß ich zur Dämmerstund mit dem Kläuschen beim Kaffee am großen Fenster im Kaminzimmer.
Die Aussicht in den Garten gefiel mir, doch viel zu früh fuhren die Rolläden hinab, und quetschten das zauberisch vor sich hindämmernde Tageslicht aus unserem Leben. Etwas, was mich immer leicht depressiv stimmt, denn mein Dopaminspiegel sinkt analog zur herabfahrenden Jalousie.

Der Besuch beim Heiner war leider nicht so begeisternd.
Die müde Mel saß dort, wo sie schon bei meinem letzten Besuche saß, und stillte den Fabian.
Der aufmerksame Friedel wärmte mir ein Spinatessen auf, und der Heiner mühte sich oben mit dem Bettbrung für den störrischen Marius ab.
Der Heiner hat z.Zt. die Ausstrahlung eines Mannes, der sich vorgenommen hat, das unmögliche Verhalten seiner Frau nicht mehr lange zu dulden, und andere Töne anzuschlagen.
Der Friedel erzählte, daß Astrid Lindgren, 94-jährig verstorben sei.
Die weisen und schönen Züge auf dem Gesicht der alten Dame erinnerten mich an den Opa, und ich erfuhr, daß sich die letzten Jahre für die Dichterin als

höchst beschwerlich erwiesen haben, so daß der Tod Erlösung bedeutete.
In völliger geistiger Frische wurde sie blind und taub, – und was macht man mit so einem Lebensrest?
Seh- und Hörkraft sind ihr einfach um einen Schritt vorausgegangen.

Nach einer Weile trug ich den kleinen Fabian liebevoll herum, und bebusselte ihn zart aber beharrlich und multipel.
Der kleine Fabian ist (noch) so weich und biegsam, daß er sich mit dem Zeh in der Nase bohren könnte, wenn er wollte. Etwas was doch wohl kaum ein Erwachsener hinbekäme?
In der Küche erzählte mir die Mel, daß sie vier Jahre alt war, als der Vater die Familie verließ, und zehn Jahre alt, als ihre Mutter schwer erkrankte: Schizophrenie und manisch-depressive Psychose.
Zwei sehr häßliche Krankheiten, die in eine vorzeitige Verblödung mündeten.
Mels Laune war etwas gestiegen, weil sie sich auf die Sendung „Wer wird Millionär?" vorgefreut hat.
Wir schauten sehr interessiert, und löffelten dazu ein köstliches Eis.
Eine Dame die Millionärin werden wollte, war so schrecklich nervös.

Beim Abschied war ich etwas wehmütig in jenem Sinne, daß man wohl kaum davon ausgehen darf, daß man die Mel heut in zehn Jahren noch hat?

Im Auto erzählte mir der Friedel, daß die Melanie sich einen Mann wünscht, der sie auf Händen trägt, und der Heiner wünscht sich eine ganz normale, gesunde Frau, die mit beiden Beinen im Leben steht, und ihm abends sein wohlverdientes Bier hinstellt.

In Friedels Wohnung zurückgekehrt saßen wir noch an Doris´ Bett. Die Doris schreibt auch Tagebuch, und liest Bücher mit Titeln wie: "Der Weg zum Selbst: Östliche und westliche Denkansätze."
Zum Zwecke von Gemütlichkeit und Behagen zündet sich die gefühlvolle Doris gerne eine Kerze an.
Als wir – zuvor – aus dem Auto ausgestiegen waren und auf das Haus zuliefen, spürte man an Friedels elastischem Gang die Vorfreude und Selbstsicherheit, gleich zu einer ganz normalen, netten Frau nach Hause zu kommen. Doch nun zoffte sich die Doris leicht mit ihm.
Es ging um Allgemeinbildung.
„Was, bitteschön ist „Allgemeinbildung"??" schnaubte die Doris leicht verächtlich, und der Friedel saß zu diesen zänkischen Worten etwas elvis- oder machohaft im Sessel.
Wenn man z.B. so ungebildet ist, daß man nicht mal weiß wie die Grundtonart heißt…. dererlei beispielsweise würde den Friedel stören.
Die Maika hatte dem Friedel heut eine Zeichnung geschickt, und der Friedel versuchte, sich seine aufgewühlten Gefühle nicht so anmerken zu lassen. Stattdessen erzählte er, daß seine Exe Leslie so

verschwenderisch war: Beim Spülen ließ sie einfach das Wasser laufen! Doch da spürte er den Opa in sich.
Ob er sie da wohl verdroschen hat?

Ganz zum Schluß zeichnete mich der Friedel beim dichten.

Dienstag, 29. Januar
Bad Honnef – Bonn – Aurich

In Bonn sonnig,
doch ab dem Münsterland grimmig bewölkt,
und in Aurich regnete es gar!

Gestern suchte ich noch etwas Wärme und Geborgenheit in Friedels reinlicher, aber etwas kahl wirkenden Badewanne, die von ihrem sparsamen Besitzer immer nur aus Not, und hinzu in größter Eile benutzt wird.

Heute lernte ich den kleinen David mit seinen Segelohren kennen, der den Kopf bereits nach mir umgebogen hielt, als ich die geschmackvolle kleine Küche betrat.
Ich kannte ihn ja bereits von den beiden Fotos an der Wand – etwas, mit dem man angenehm klingende und verbindende Kennenlernungseinleitungsworte machen konnte.

Jetzt sei er bereits zwei Jahre älter, erklärte mir der David auf eine ansprechende Art, so daß ich ihn gleich gemocht habe.

Mutti Doris mußte den kleinen Schatz in die Schule bringen und gelobte, hernach noch einen Kaffee mit uns zu trinken. Etwas, von dem man leider nie weiß, ob´s wohl der letzte gemeinsame Kaffeetrunk in diesem Leben ist, denn der Außenstehende kann sich nicht vorstellen, wie das mit dem Friedel wohl lang gutgehen soll?

Als das Mutter/Kind-Gespann das Haus verlassen hatte, erzählte mir der Friedel seinen Traum: *Er war in Amerika, und fühlte sich dort gänzlich fehl am Platze. Die Leslie tat immer etwas anderes: z.B. mit dem Bräd* telefonieren, und beachtete ihn auf demütigenste Weise kaum.*
*Dem Neuen an ihrer Seite

Wir schauten dazu aus dem schönen Fenster mit den Rüschen-Vorhängen – auf die Doris wartend – in den aufbläuenden Tag hinaus.

Die Doris kam dann bald, und wir ritzten wieder jenes so überaus bannende und doch wirklich traurige Thema an: Heiner & Melanie.

Leider darf die Melanie vom Friedel kein Verständnis erhoffen, erläuterte mir die mitfühlende Doris. Da die Männer eben „so" seien. (Worte, die Alice Schwarzer nicht gutheißen würde.)

Der Heiner strahlt jene Haltung aus, daß er sich das nicht mehr lange bieten lässt, und der Friedel sagt Dinge wie, daß die Melanie unbewußt das Leben ihrer Mutter weiterführen will, und bezeichnete sie sogar als „Schlampe".

Etwas, was die arme Mel nun wirklich nicht ist.
Die Doris kann Friedels Meinung da in keinster Weise teilen, und wurde bald schon wieder laut und heftig.
Sie erzählte uns ein trauriges kleines Beispiel aus Mels Alltag, von dem ihr die Mel gestern weinend am Telefon berichtet habe. Das Baby erbrach die wertvolle Muttermilch in einen Schuh, und da schleppte der böse Marius den vollgekotzten Schuh zu dem kostbaren schönen Teppich hin (Mels ganzer Freude). „Marius, hör bitte auf!" rief Mutti Mel zweimal flehentlich.
„Meinst du, der hört auf diesen Satz??" fauchte die Doris den Friedel regelrecht kampfeslüstern an.
Voll Zorn warf die Melanie dem Marius eine Windelpackung an den Kopf.
Im Grunde eine Harmlosigkeit, doch der Knirps fing ein Geschrei in den höchsten Lagen an, so daß das Familienoberhaupt Heiner bedrohlich und polternd die Treppen herabkam.
„Was hast du denn jetzt schon wieder mit dem Marius gemacht?" frug der Heiner streng, und die Mel, die ja immer alles richtig machen will, sagte kleinlaut: „Ich hab ihm die Windeln an den Kopf geworfen!"
„Ich sehe, du schaffst das alles nicht mehr. Wir bräuchten eine Tagesmutter…" stöhnte der Heiner.
Hier endet die traurige Geschichte, die uns die Doris erzählt hat.

Fahrt mit dem Friedel nach Bonn:

Der Friedel, nach außen hin oft scheinbar kühl und arrogant, hat romantische, warme und aufmerksame Züge an sich, die mich zuweilen direkt an Ming erinnern, die er jedoch meist unter Versschluß hält, damit sie kostbar bleiben.

An einer Stelle stieg er aus, weil die Sonne so schön auf einen Felsen draufschien, um mich vor dieser malerischen Kulisse zu fotografieren.

Mittwoch, 30. Januar
Aurich

Grau

Eine Sorge kreiste durch mein Hirn: Die arme Melanie. Ming erzählte ich im Geiste dichterisch aufbereitet, daß die Melanie beim Abschied plötzlich immer so wehmütig wirke, solcherart als würde sie vorausahnen, daß man sich in diesem Leben wohl nicht wiedersieht?

Jetzt spielte ich im Geiste das Szenarium durch, wie es wäre, wenn ich eine ganz nette und gute Frau wär, und die Melanie einfach zu uns nähme, um sie bei uns zuhause aufzustellen?

„Unser Papa ist ein lustiger, anteilnehmender Mensch. Der würde dich rasch auf andere Gedanken bringen!" könnte ich am Telefon Frohsinn schüren.

Die Melanie würde somit von einer guten Tat umhüllt, – bloß würde dann die Lücke, die sie hinterließe an anderer Stelle das brave Kläuschen berempeln, denn im Falle ihrer Abwesenheit müsste die Antje den Marius zu sich holen

Mittags rief Buzens Spezi Peter aus Krems an:
Der einsame Yossi habe sich wieder bei ihm gemeldet, und sei sehr nett gewesen. Er sprach von einem großen Konzert in Amerika, das er am 2. August mit dem Peter abzuhalten gedächte…

Kaum zu glauben aber wahr. Die Romanze zwischen der Ina im Hause gegenüber und ihrem Liebhaber setzt sich fort, und nicht genug damit: Auf dem Weg zur Haustüre zwickte der Liebhaber seine Angebetete übermütig in ihren Knackpo!
Wenig später zog eine Hand oben im Badezimmer die Vorhänge zu, und beraubte mich meiner Sicht.

Ich schaute eine Reportage über die Hochzeitsvorbereitungen von Prinz Willem Alexander, und erfuhr, daß die Maxima vor der Hochzeit 309 Tage lang bei ihrer strengen und unbeugsamen Schwiegermutter Beatrix auf „Huis ten Bosch" residieren mußte.
Wie sich die Mahlzeiten wohl angefühlt haben?
Auf der einen Seite des Tisches der zittrig und debil vor sich hintrülende „Claus" mit starrem Blick, und auf der anderen Seite das strenge Landesoberhaupt mit der Betonfrisur.
Mir persönlich wäre es lästig, so eine Hochzeitszeremonie über mich ergehen lassen zu müssen.

Donnerstag, 31. Januar

Grau.
Lediglich die herbe Nachmittagsstund mit ihren kleinen, kaum merklichen Auflichtungen gefiel mir

Am Morgen war´s noch ganz dunkel, und draußen gischtete ein nordisch ungemütlicher Perlregen, so daß man sich als alleinstehende Frau im Grunde ganz einsam fühlen müßte. Ich fühlte mich aber nur halbeinsam, da überall in der Nachbarschaft Lichter angeknipst worden waren, und ich das Leben der Nachbarschaft heimlich mitzuleben pflege.
Ich mußte mich geduckt ankleiden, da ich gesehen hatte, wie in der Dachkammer von Frau Sophie Oettken Licht brannte, und die Dame vom alten Schlage sich entrüsten könnte, wenn ich mich so schamlos entblößt am Fenster zeigte?
Ich bildete mir ein, der gestrige Anruf, wo eine strenge, ältere Dame einfach aufgelegt hatte (so zumindest fühlte er sich an), sei von ihr gekommen, und sie hätte mir streng sagen wollen: „Moin, Oettken hier! Ziehen Sie doch bitte die Jalousie zu, wenn Sie sich entkleiden! Es gibt nämlich noch so etwas wie Sitte und Anstand in dieser Straße…"

Auf dem Wege zum Heiko dachte ich über den Heiner nach: Aus dem süßen Heinerlein, der einst von Omi Mobbl und der Uroma im Duett in einem Eimer gebadet wurde, ist ein reifer, mitten im Leben stehender Mann mit Kanten geworden, und man weiß nicht, ob man seinen bezaubernden Burschenscharm wohl noch oft zu spüren bekommt?

Davon ausgangsassoziierend dachte ich über den Heiko nach, der sich ebenfalls mitten auf jenem Wege befindet, an dessen Ende der weißhaarige und vollbärtige Opa Rudi als Beispiel dessen steht, wie es wohl werden <u>könnte</u>!

Beim Heiko:
Ich blieb sehr lange dort, und mir war zumute, als sei die Zeit stehen geblieben.
Beständig wurde der Heiko angerufen.
Ich saß in seinem Windschatten und zeichnete ein Bild für den Opa Rudi zu seinem morgigen 75. Geburtstag.
Vor uns leuchtete aus dem Computer die von Frau Münch zensierte und bearbeitete Rohfassung meines Lebenslaufs heraus.
Etwas despektierlich hatte Frau Münch beispielsweise das „junge" vor Geigerin durchgestrichen, und hat wohl im Grunde recht damit.
Als Alternative schlug ich vor „reife" hinzusetzen.
Der Heiko saß neben mir, um den Lebenslauf professionell mit mir durchzupflügen.
Ich bekam einen Schrecken, weil er so ziemlich jeden Satz dreh- und wendete, und es mich direkt an die Proben mit einem unbequemen Musiker erinnerte.
Über jenen einen von Ming erdichteten Satz, der mir so gut gefiel: „Sie reist umher und spielt die Meisterwerke für klassische Violine", meinte der Heiko, das sei ein völlig überflüssiger Satz.

Er stünde so separiert da, als sei´s ein Goethe-Zitat, spöttelte er gutmütig.

Ein paar Versatzstücke, die mir zu sehr nach Frau Münch klangen, eliminierte ich wieder: „Das Repertoire wird ständig erweitert" und „…bemerkenswerte Fortschritte".

Dann drängte ich den Heiko darauf, daß er nun zum Mittagessen müsse, da sonst die Moni vielleicht nörgelt.

„Das tut sie sowieso!" brummte der Heiko desillusioniert.

Daheim tat ich so, als wäre jemand zuhause, der sich auf mich freute, indem ich laut und frisch ausrief: „Halloho!" und „Mutti, ich bin´s!"

Doch niemand antwortete mir.

Manchmal sah ich die windverblasene Frau von gegenüber, die mit ihrem Schirm ganz stringent geradeaus lief, und aus falsch verstandener Höflichkeit *kein bißchen* zu unserem Fenster emporblickte.

D.h. ich redete mir ein, daß dies aus falsch verstandener Höflichkeit geschah, und in Wirklichkeit haben wir vielleicht gar keinen Platz in ihren Gedanken?

Dabei dürfte sie Rehleins Rundbrief längst bekommen haben.

Wahrscheinlich ist es klüger, sich mit seinen Nachbarn nicht zu sehr zu befreunden, denn sonst müsste man ja alle Nas lang erfreut ans Fenster klopfen oder enthusiastisch winken, fegte ich vorangegangene Gedanken in gesunder Unwirsche beiseite.

In schaute „Brisant":
Berichtet wurde über den Satansmord von Witten: Ein schauderhaftes Ehepaar – Daniel und Manuela Ruda, 26 bzw. 23 Jahre alt - ermordete auf grausame Weise einen Herrn.
Jetzt saßen sie vor Gericht, und begrüßten den Richter gar mit dem Satansgruß! Zeige- und Kleinfinger hörnersymbolisierend in die Höhe ausgefahren, die restlichen Finger eingerollt.

Februar 2002

Freitag, 1. Februar

Grau

Ich loste aus, endlich meinen Roman in Angriff zu nehmen und befahl mir, ohne abzusetzen zu tippen.
Einfach schreiben, so als läse es keiner.
Währenddessen begleitete mich das Gefühl, der Text könne kahl und banal klingen.
„Und? Was will sie um Himmelswillen damit aussagen?" dachte ich beispielsweise stellvertretend für einen imaginären Leser – doch später, beim Durchlesen gefiel es mir wenigstens ein bißchen.
(In jenem Sinne, daß man sich zurufen möchte: „Weiter so!")

Frau Schinke kam zum Unterricht.
Ich erzählte von meinem Tagebuch, und sah es schon vor mir, wie ich´s beim Lesen heut in zehn Jahren bildlich vor mir sehe, wie damals Frau Schinke zum Bratschen-Unterricht erschienen war.
„Wenn sie noch lebt, dann müßte sie jetzt 78 Jahre alt sein!" denke ich dann womöglich, und vielleicht bin ich ja auch ganz nett und rufe mal an??
Später stellte ich mir vor, wie ich sie anrufe und frage, ob ich eine Telefonfreundschaft mit ihr eingehen dürfe?
Frau Schinke würde etwas irritiert und staubig auflachen.
Ich hätte mir schon immer eine Freundin mit Namen „Hildegard" gewünscht, könnte ich als Begründung angeben.

Ich erzähle ihr dann, daß ich gerne entweder ganz alte oder ganz junge Freunde hätte – mit Gleichaltrigen könne ich absolut nichts anfangen, - und dann könnte ich ihr meine Freundinnen auflisten: Marianne Kamp, 76 Jahre, Martha Picker, 69 Jahre, Maria Kettler, 54 Jahre, Daaje Kircher 7 Jahre…

Im Radio wurde das Unfaßbare vermeldet:
Hildegard Knef, die immer bloß *fast* gestorben wäre, ist nun ganz gestorben, und als ich auf die Straße hinaustrat, da war die Welt eine andere!
(Für mich zumindest)

Samstag, 2. Februar

Absolut fantastisches Wetter.
Orangefarbene Beleuchtung, wolkenfrei

Morgens im Bett:
Ich schickte meine Gedanken nach Amsterdam, wo heut ab acht Uhr im ZDF über die Hochzeit des Jahres berichtet würde, und nun stellte ich mir vor, wie´s wohl so ist, wenn der depressive Claus, sich nach einer schlaflosen Nacht wie gerädert fühlend, aus dem Bett herausquält, und sich zwingen muß ein froh aussehendes Gesicht hinzuknautschen?
Dann hatte mich der Schlaf einfach wieder aufgepickt, und im Traume sah man *wie der Opa kindisch geworden war, und im Sonnenschein auf der Terrasse einfach ein Puppengeschirr aufdeckte!*

Schließlich erhob ich mich, und schaltete gleich den Fernseher ein, wo es hieß, das ZDF übertrüge jetzt sechs Stunden lang einfach nur an der Hochzeit herum.

Durch die Hochzeit kam ein gewisser Ausnahmezustand auf, indem sich die Meisten unter uns wohl so fühlten, als sei man der normalen Mühen und Arbeiten, mit denen man sich eigentlich den Tag zupflastern sollte, enthoben, – und hinzu kam auch noch das wunderschöne Wetter.

Einmal wurde das rauhe Seemannsgesicht vom Onkel Jesse auf Rehleins Ölgemälde ganz hell erleuchtet.

Auf dem Bildschirm gab´s derweil ein fast schon ergreifend zu nennendes Wiedersehen mit all unseren Illustrierten-Bekannten.

„….und Claus!!" rief die holländische Reporterin plötzlich mit großer, unüberhörbarer Rührung aus, da man allgemein damit gerechnet hatte, der hinfällige alte Mann würde daheimbleiben, so wie ja auch Königin Juliana, die man nie wiedergesehen hat, und von der es bekümmerlicherweise heißt, sie würde, 93-jährig und alzheimerbenagt, irgendwo vor sich hindörren.

Der gebrechliche Claus stand neben der rustikalen Beatrix, die als Kontrast, zusammen mit ihrem junggebliebenen Vater, dem 91-jährigen Bernhard, so einen überaus vitalen und positiven Eindruck vermittelte.

So könnte der Opa Gerhard in meinem Roman sein, dachte ich über den Bernhard, der in jeder Hinsicht noch immer mitten im Leben steht.
Dies dachte ich, weil ich unterschwellig ständig mit meinem Roman beschäftigt bin.

Schockierendes aus Ofenbach:
Das süüüßeste Rehlein ist heut mit ihrem Radl schwer gestürzt, und nun lag sie im Musikzimmer, und Ming kümmerte sich besorgt um sie.
Herr Hartl, der Nachbar, hatte die Schwerverwundete hergebracht: Rehlein hatte sich ein Knie angeschabt, und die Schulter ausgekugelt, und stand zudem ihrem sensiblen Naturell gemäß unter Schock!

Eigentlich hätte ich losziehen, und dem Heiko ein Geburtstagsgeschenk kaufen sollen, doch mir fiel nichts ein, und so rief ich ihn erstmal an, und obwohl es doch schon nach elf Uhr war, sagte ich, daß ich heut extra ganz früh aufgestanden bin, um die erste Gratulantin zu sein.
„Ich war ja eigentlich bei einer Hochzeit in Amsterdam eingeladen, doch die hab ich abgesagt, weil ich lieber mit Dir Geburtstag feiere!" sagte ich warm und sprach davon, daß ich jetzt auf den Markt gehe, um ein Geschenk für ihn zu kaufen. Mir schwebe bereits allerlei vor: z.B. ein sprechender Papagei.

In der Fußgängerzone beggnete ich der Frau von gegenüber. Sie grüßte allerdings nur unverbindlich, und hinzu ohne die Ambition, stehen zu bleiben, und ich hätte doch so gern warme Lobesworte auf Rehleins schönen Rundbrief gehört!

Bei dem herrlichen Wetter fühlte ich mich beim Üben wie ein Kind, das zu Stubenarrest verdonnert worden war.
Eins muß ich noch kurz erzählen, während der Leser mich noch beim Üben assoziieren möge:
Heute glaubte ich anhand einer Todesanzeige in der Zeitung, daß unsere ehemalige, warmherzige Direktorin des Gymnasiums, Frau Dorn, gestorben sei. Ganz betroffen überlegte ich mir bereits, daß ich sie doch noch in der Aufbahrungshalle besuchen sollte – aber dann sah ich, daß es wohl doch eine andere Lehrerin i.R. sein mußte, denn die Entschlafene war doch erst 70, während Frau Dorn selber steinalt sein dürfte!
Da ließ ich das Telefon bei der echten Frau Dorn aufklingeln.
Hätte sie abgehoben, so hätte sie einen etwas seltsamen Anruf entgegen nehmen müssen:
Von jemandem, der geglaubt hat, sie wäre schon tot, und sich nun freute, daß sie doch noch lebt!

Ich rief meine Großkusine Nikola in Gießen an.
Die Nikola kicherte vergnügt, so wie sie ja praktisch immer vergnügt kichert. Obwohl sie schon bald 38 Jahre alt ist, geht´s bei ihr immer so zu, als hätten Kinder sturmfreie Bude, so daß alteingesessene Erwachsene froh sein können, nicht dabei sein zu

müssen. Rehlein, Tante Irma und Tante Ruth würden wohl die Hände über dem Kopf zusammenschlagen.

Sonntags z.B. hat die Nikola immer ein sog. „full house", wie sie nun auf neuschwachhochdeutsch mit schwäbischem Akzent berichtete. Die halbe Nachbarschaft trifft sich zu Spaß und Gaudi.

Rehlein war heut im Spital, und man stellte fest, daß ein Stück von ihrem Schulterknochen abgesplittert ist, so daß Rehlein sich nun die nächsten drei Wochen einbandagiert durch´s Leben quälen muß.

Zu später Stund rief Buz aus Trossingen an.
Innerlich wurde ich leicht grantig als ich hörte, daß Buz mit den Schülern auf dem Klippeneck* war – eifersüchtig assoziierte ich gleich die gackrige Koreanerin, und tatsächlich machte sich Buz beim Aufzählen ein wenig verdächtig: "die… äh Gloria" ← betont beiläufig und unauffällig in die Mitte der Aufgezählten hineingemogelt, die Marie-Helène (deutlich flüssiger aufgesprochen), und einige mehr. Die Gloria glaube ich ihm auf´s Wort, doch den Rest?
*Beliebtes Ausflugsziel

Der süße Buz war so mitfühlend, als er von Rehleins Unfall hörte.

Sonntag, 3. Februar

Zunächst sonnig.
Doch dann wurden wir wieder
in milde Gräue gehüllt

Ich erfuhr, daß Hildegard Knef mit 43 Jahren ins Zipperleinalter gekommen ist. Das bedeutet: In meinem Alter ging´s ihr *noch* gut, aber nicht mehr lang.

In der Mausefalle vor dem Kühlschrank war eine kleine Maus grausam ums Leben gekommen, und als ich sie im Garten vergrub, berührte ich aus Versehen das erkaltete kleine Haupt und fühlte mich bekümmert.
Der Tod kam mir in diesem Moment so kneippig und unangenehm kalt vor.

Ich übte, richtete den Blick auf die Graf-Enno Straße, und mußte währenddessen darüber nachdenken, daß es wohl kaum eine noch überflüssigere Arbeit für das Weltgeschehen gibt, als am Fenster zu stehen und ein gefällig dahinplätscherndes Werk für Violine und Gitarre von Giuliani zu üben.
Ob dieser Komponist überhaupt ein Begriff ist?
Manchmal schaute ich auf ein paar gescheiterte Existenzen drauf, die durch mein Blickfeld liefen. Jede einzelne Gestalt schien eine Geschichte zu erzählen, über die ich als Übende nun nachsinnieren mußte, da ich zum Glück vielkanalig denken kann:

Ich schaufele mir das Werk in Kopf und Finger, denke über fremde Leute nach, und der russische Violinlehrer Sachar Bron, kleingeklickt auf meinem Schulterblatte, posaunt mir in sowjetischer Unbeugsamkeit pädagogische Befehle ins Ohr...
Um mich als Übende bei Laune zu halten, stellte ich mir vor, meine Mutter hätte mir befohlen, so lange Geige zu üben, bis zehn Autos vorbeigefahren sind.
Da wir gerade Mittag hatten, fuhren nicht so wahnsinnig viele Autos herum, und ich freute mich über jedes einzelne.

Nach dem Tode von Hildegard Knef schien sich das Leben so leergefegt anzufühlen, bis mir plötzlich klar wurde, daß es gar nicht das Leben war, das sich so anfühlte, sondern unser Haus ohne Rehlein!
Nach fast zweijähriger Abwesenheit beginnt Rehleins persönliche, körperliche Aura in diesem Hause zu verblassen, auch wenn man froh sein kann, daß Rehlein, im Gegensatz zur Omi Mobbl, wenigstens an einen Ort vertopft wurde, den man kennt...

Buzen wähnte ich in Villingen mit der Gloria im Chinalokal, und hörte im Geiste das Gelächter am Tische.

Montag, 4. Februar

Nur einmal kurz leuchtend schön.
Sonst trübe und windig

In der schmalbrüstigen 15-Minuten Pause, die ich mir zwischen den beiden ersten 45-minütigen Übschichten zu genehmigen pflege, erlebte ich eine freudige Überraschung:
Der versprochene persönliche Brief von Onkel Dölein, mit dem ich schon gar nicht mehr gerechnet hatte, war eingetroffen. Ich fand ihn sehr anschaulich und anregend, und vermeinte zwischen den Zeilen herauszulesen, daß Onkel Dölein schon jetzt vom Walter-Hurst-Syndrom* befallen worden ist, da er seinen Urlaubsort in Florida als häßlich, und die Leute als unfreundlich beschrieb: Lauter Rabbiner, die beständig den Talmud studieren, und deren Lippen weltfremde Frömmigkeiten vor sich hinmurmeln, während sie die Menschen um sich herum - auf hocharrogante Weise als unwichtig befunden - völlig herausfiltern. Etwas, was dem heimatverbundenen Oheim ganz fremd sein dürfte.
*Walter-Hurst-Syndrom: kurz WHS. Die Rückblicksphase, in die der Mensch mit etwa 79 Jahren hineinstrudelt

Besuch vom Joachim.
Ich erzählte vom Lehrer Runge, der im Hause gegenüber wohnt. Er sei ein sehr beliebter und engagierter Lehrer, der sein Leben in den Dienst

dessen stellt, daß wir bald mal eine bessere Jugend haben mögen.

„Er versucht, viel Lebensqualität abzuschöpfen!" berichtete ich plastisch.

Dann erzählte ich von Frau Priwitz, die mir angeboten hatte, auch nachts jederzeit bei ihr anzurufen, falls ich als Alleinstehende in meiner Wohnung überfallen würde. Sie würde dann die Polizei rufen.

Scheinbare Moribundenlogik, doch in Wirklichkeit ist´s so, daß Frau Priwitz so gerne in der Dienststelle ihres Mannes anruft. Dort ruft sie ständig an, und man ist bereits an sie gewöhnt, da sie immer brauchbare Hinweise zu Mordfällen gibt.

„Frau Priwitz, ihr Mann ist seit mehr als zwanzig Jahren tot!" habe der Polizeichef zunächst gestöhnt, doch heute ist man dort froh und dankbar für die Hinweise einer lebenserfahrenen alten Frau, die sich in ihrer Freizeit als Miss Marpl versucht.

„Zu dem Fall selber kann ich Ihnen nichts sagen", beginnt sie knapp, verdrossen und realistisch, „aber vielleicht interessieren Sie die Gedanken einer fast 90-jährigen Frau? Halten Sie Ausschau nach einem untersetzten Mann mit Glatze etwa 52 – 57 Jahre alt, arbeitslos und beziehungsunfähig. Lebt noch bei den Eltern…"

Und dann stimmt´s stets!

Dienstag, 5. Februar

Regnerisch

Noch vor neun Uhr rief ich Buzen in Trossingen an, obwohl dies für mein Seelenheil auch ein gewisses Risiko barg. Denn hübe Buz nicht ab, so müsse man als Frau davon ausgehen, daß er die Nacht aushäusig mit dem exotischen Hascherl verbracht hat.
Doch der süße Buz hob ab, und ich am anderen Ende der Leitung parodierte eine unkeusche Asiatin.
„Wer aber liegt dann neben mir im Bett?"
(mag Buz gedacht haben). ← so zumindest in meinen Sinnen.
Ich erfuhr, daß Buz keine Karte mehr zum Anne-Sophie Mutter-Konzert bekommen habe. Nur eine Vereinzelte wurde noch feilgeboten, und diese einzige hätte 200 € verschlungen.
Die ganze Haute-Volaute der Hochschule sei dagewesen, um die makellos auftönende Stradivari und das Kleid von Dior zu bestaunen, und ich hatte Buz gestern abend somit richtig assoziiert: Im Kreise der Schülerschar beim Vietnamesen in Villingen.
Buz zählte, beginnend mit der Marlies, ein paar unverfängliche Schülernamen auf, und ließ die Liste wie beiläufig schon ausklingen, bevor die Gloria drankam, so daß er sie nun an meinem Wissen vorbeigeschmuggelt zu haben glaubte.

In der Stadt dachte ich darüber nach, daß es wahrscheinlich schon einen Sinn hat, daß man im Alter ständig von Zipperlein gebeutelt wird, denn wie sonst bekäme man noch Kontakt? Jemand frägt: „Wie geht´s?" „Gut." „Schön [für Sie], na denn. Schönen Gruß zuhause!" (Ende des Dialogs)

Daheim versuchte ich zu schlafen, weil ich sehr müde geworden war, und legte mich zu diesem Zwecke auf Buzens Bett. Zuerst war mir das Kissen zu hoch, dann wär´s fast gegangen, doch dann rief Frau Nagel von der Altersvorsorge an.
Ich fand oder find´s eigentlich so nett von Frau Nagel, daß sie sich um meine Altersvorsorge sorgt, und nun frug ich mich, ob sie wohl enttäuscht ist, wenn sie hört, daß ich eben mal 24 000 Mark pro Jahr verdiene, und nun von dieser matten Summe auch noch etwas für die Altersvorsorge abknappsen soll?

Auf dem Anrufbeantworter befand sich eine Botschaft von Michael Kühn, die eigentlich in diesem Sinne gar keine Botschaft war: Er nannte lediglich seinen Namen, und legte dann ganz erschrocken über seinen eigenen Mut sofort wieder auf.

Nach dem Konzert in Esens saß ich mit Gaßmanns und Großmanns im „Dolce Vita".
Die Ingrid lacht immer so süß nach Art eines Backfisches, mit dem man von der ersten Sekunde an ganz eng befreundet ist, und winkelt beim Erzählen anmutig die Arme, wie eine balinesische Tempeltänzerin.

Einmal schmiss die kleine Edith ein Wasserglas um, und Mutti Ingrid ist davon so erschrocken, weil sich ihr Rock plötzlich so nass und kalt angefühlt hat.
Der Joachim macht immer ein so übertriebenes Getue drum, daß das doch *gar nicht* schlimm sei, doch Mutti Ingrid war stocksauer. Das merkte man ihr an.

Ich erfuhr, wie die drei Kinder von Frau Großmann heißen: Daniela, Frank und Mark! „Jetzt heißen sie Euro!" scherzte ich lose, und die Ingrid lachte wieder so entzückend über diesen kleinen Scherz, da sie ganz leicht zu erheitern ist.

Hi und da schrieb ich kleine Erinnerungsversatzstücke auf meinen Notizzettel.
„Was schreibst du denn da?" frug mich die kleine Edith neugierig.
Später kritzelte auch sie ganz viel in ihr kleines Büchlein, das ich ihr mal geschenkt habe.
„Was schreibst du denn da?" frug der beleibte und gutmütige Herr Großmann.
„Etwas Lustiges!" sagte die kleine Edith
Es war nur ein Gekritzel zu sehen, doch Herr Großmann tat so, als könne man es lesen, und las laut vor: „Liebe Mami! Es tut mir so leid, daß ich dein schönes Kleid mit Wasser befleckt habe!"

Donnerstag, 6. Februar

Grau verquollen – hi und da blaue Himmelsoasen –
nachmittags dünner und doch intensiver Sprühregen

In der Musikschule.
Ich staunte nicht schlecht:
Auf dem Titelblatt der „Ostfriesischen Nachrichten"
zeigte sich die Mutti vom Kümmeltürken Deniz,
dem ich mal eine gescheuert habe.
Mit verdrossenem Gesicht steht die ernste, vollbusige Türkin da, und man konnte lesen, daß sie für ihre Landsleute aus jenem Ort sammelt, wo jüngst das große Erdbeben gewütet hat.
Sie sammelt für Decken und warme Kleidung, damit die Schicksalsgebeutelten in ihren Zelten bei – 10 C° nicht frieren müssen.
Da sieht man, was das für eine gute Frau ist, und wie der Schein mal wieder trog, dachte ich bei mir, und schickte den ausgeschnittenen Zeitungsartikel im Geiste bereits Rehlein.
Dann widmete ich mich dem verfrühten Schüler Christoph mit seiner blonden Deckelfrisur, den ich auch verfrüht wieder loszuwerden hoffte.
Zwei kleine Lieder spielte er verblüffend: Nämlich fehlerfrei.
„Das hätte nicht besser sein können!" lobte ich, [für einen Anfänger]← fügte ich im Stillen noch hinzu.
Ich hielt mich bei der Belobigung jedoch aus pädagogischen Gründen zeitlich knapp, und man hat´s

auch nur ein kleines bißchen gemerkt, wie das Lob den nordisch zurückhaltenden Knirps freute.

Beim dritten Lied ist er mir dann durch seine geistige Schwerfälligkeit so auf den Wecker gegangen, daß ich am liebsten in eine unkontrollierte Raserei ausgebrochen wäre.

„Das kann so schwer nicht sein!" rief ich sogar einmal aus, wenn ich auch die Heftigkeit, die diese Worte begleiten sollte, aus Höflichkeit bedeckt hielt.

Beide schauten wir die ganze Zeit unverhohlen auf die Uhr und konnten es je nicht fassen, daß die Zeit plötzlich zum Stillstand gekommen schien.

Ob es den Eltern vielleicht ein bißchen arg wird, daß Buz seine Schüler monatelang auf „Hänschen-Klein" festnagelt?

Statt Noten haben sie immer nur einen Zettel mit Zahlen dabei. Nach „Hänschen-Klein" lernt man dann noch „alle meine Entchen", und dann gehen Buzen so allmählich die Lieder aus.

Telefonat mit Ofenbach:

Leider sieht´s mit Rehleins Arm schlimm aus: In jenem Sinne, daß man eine lange Therapie in Angriff nehmen muß.

Heut habe das Lindalein einen Anruf angekündigt, und der süße Ming war den ganzen Tag erwartungsfreudig zuhause geblieben. Erst kurz vor Einbruch der Dunkelheit, riet ihm Rehlein, rasch noch joggen

zu gehen, und kaum war der süße Schatz hinweggehuscht, da kam der ersehnte Anruf!
„Jetzt ist er geraaaade weg!" sagte Rehlein, und die Linda wiederum meinte, sie wolle doch mit *Rehlein* sprechen – so, als sei Ming halt nur ein Verflossener („das ist vorbei!"). Da tat mir mein lieber, joggender Ming im Nachhinein so leid!

Donnerstag, 7. Februar

Am Vormittag hell-sonnig.
Dann trübte es sich wieder ein

Ich muß gestehen, daß ich heute an einem Punkt angelangt war, wo ich wirklich nichts mehr mit mir anzufangen wußte. Ich hatte ausgelost: „Einkaufen!" und dadurch, daß es grad außer Zahnpasta und einer neuen Buchfolie nichts gab, was man hätte einkaufen können, bin ich völlig aus dem Tritt geraten und mußte drüber nachdenken, wie nutzlos ich doch bin.

Dadurch, daß ich in der Literatur einen neuen Anker gefunden zu haben glaube, geht´s mir nun mit der Geigerei so, wie es so manch einer Ehefrau schon mit ihrem Manne gegangen ist.
Der ein oder andere würde über meine literarischen Versuche vielleicht ausrufen: „Kind, laß die Finger davon! – bleib bei deiner Geigerei! Schuster bleib bei deinen Leisten" und so manch eine Ehefrau hat schon mal geglaubt, einen dollen Typen kennen-

gelernt zu haben, und ihren guten Mann dafür
sträflichst vernachlässigt…

Buz am Telefon kündete sein Kommen in zwei
Stunden an. Das bedeutete, daß ich mich etwas
hübscher machen müsste, und im Voraus empfand
ich Buzens Aura als ein bißchen hemmend – in
jenem Sinne, daß ich sogar schon beim geistigen
Vorgeprobe der neuen Zweisamkeit gar nicht wußte,
was ich ihm sagen solle. Mit meinem eigenen Papa
ging es mir somit, wie es Herrn Heike mit den
Damen geht. Hatte ich ihm nicht schon oft
vorgeschlagen, sich einen kleinen Spickzettel mit
Themen vorzubereiten, die die Damen interessieren,
und mit denen man vielleicht auf einen verbin-
denden Pfad gelangen könnte?
Und dann war der süße Buz so nett!
Wieder zeigte sich, daß das Leben viel schöner ist,
wenn Buz da ist.
Buz hatte den „Spiegel" mit Günther Grass und dem
sinkenden Schiff mitgebracht, und füllte das Haus
mit seinem warmen Zauber und seiner Aura.
Dadurch, daß es mit der Hilde scheinbar wirklich aus
ist, fühlt Buz sich nun an, wie ein heimgekehrter
Sohn.

Für Buz war ein persönlicher Brief von Johannes
Neckermann eingetroffen, in welchem der Johannes
dem einstmals sehr verehrten älteren Freund aus
Jugendtagen ein Wiedersehen am 11. März in
Düsseldorf vorschlug. Der Satz „vielleicht hast du ja

ein Mobiltelefon? Damit kannst du anrufen, wenn du Dich verfahren hast!" verriet eine große, burschenhafte Vorfreude auf den alten, leider eher treulosen Kameraden, der sich von alleine niemals melden würde.

Fahrt in die Teestube:
Im Auto erzählte mir Buz die wahren Interessanzen aus Stuttgart, die er Rehlein natürlich nicht erzählen kann: Buz ist so sauer auf die Hilde, daß er ihr am liebsten eine gescheuert hätte, da die Hilde immer so tat, als würde sie ihn gar nicht kennen, und als sich eine Begegnung gar nicht mehr vermeiden ließ, habe sie sich mit Fleiß ganz unpersönlich gegeben.
Buz war sowieso vorher schon verärgert, weil sie ihm seine Geschenke zurückgegeben hatte: Das schöne Kettchen, das er ihr vor Jahrzehnten mal geschenkt hat. „…und wenn dir das Bild nicht gefällt!" hatte Buz sie am Telefon mit Fleiß mißverstanden, wie´s ja die Erwachsenen leider Gottes öfters zu tun pflegen.
Nach dieser Episode wird die Hilde womöglich noch unfröher. Heftiger denn je nagt in ihr die Erkenntnis, die in den Meisten von uns nagt: Daß das Leben eine Mogelpackung ist! Es hat nicht gehalten, was es versprach.
Alle Gefühle, die die Hilde je hatte, liegen hier in Aurich in der Tiefkühltruhe, - für Mann und Sohn muß sie nun tief in den Reservetank greifen, und ist davon wahrscheinlich vollkommen ausgehöhlt?

„Du hast mein Leben in die falsche Spur gelenkt!" scheint eine Zwischenschicht ihrer Persönlichkeit Buzen anklagend vorzuwerfen – doch was bringt´s?
So, wie Buz Frau Kettler einst geraten hat, ihr Lampenfieber an der Türklinke abzuhängen, so hängte Buz nun sein Päckchen mit dem ganzen Verdruß an der Teestubenklinke außen ab, um die schöne Teestunde mit mir und unserer gemeinsamen Freundin Birgit, der Sekretärin aus der Werbeagentur Baumfalk, zu genießen.
Wir bestellten köstliche heiße Getränke und warmen Käsekuchen, und in gewisser Weise streifte Buz sogar mal „Birgits Thema", indem er einfach ungefragt darüber referierte, daß dicke Frauen viel gemütlicher seien.
„Wer ist die beliebteste Frau in der Musikschule?" frug Buz, und gab sich die Antwort gleich selber: „Die Frau Ruuudolph!"
Ferner sprach Buz darüber, daß seine koreanischen Schüler Lisa und Paul heiraten wollen. Doch es gäbe Probleme, da die Lisa katholisch, und der Paul evangelisch sei. Man begäbe sich somit auf das rutschige Parkett einer bireligiösen Ehe.

Daheim schaute Buz sich meine Webseite an, und wühlte dazu in der Nase.
Ich wollte Buz dazu animieren, Spohrs „Gesangsszene" auswendig zu lernen, da man ja davon ausgehen muß, daß der Johannes Neckermann beim Treffen inmitten alter Freunde plötzlich ausruft: „Der Wolfram macht uns sicherlich die Freude,

etwas auf der von uns gesponserten kostbaren Guadagnini zu musizieren?!"

Buz versuchte die Hilde zu vergessen, und rief Rehlein in Ofenbach an.
In jener frisch gebündelten Fröhlichkeit, mit der Buz einem Neuanfang entgegenzutreten trachtete, erzählte er Rehlein von einem Brief, den ihm eine dankbare Chinesin geschrieben habe: Darauf steht schwarz auf weiß zu lesen, daß Buz vielen Menschen das Geigenleben einfacher gemacht habe, so daß all die quälenden Gedanken, die man sonst mit sich herumschleppt, an diesen schönen Worten - lustvoll in Rehleins Ohr geträufelt – zerschellen mußten.

Dann kam uns die Christiane mit den Kindern besuchen.
Der kleine Hendrik spielte uns, wenn auch etwas stümperhaft, den ganzen ersten Satz von der Mozart-Sonate vor. Ich fand ihn mit seinen frechen Zahnlücken so goldig. Die kleine Evi mit ihrer leuchtenden Vorhangsfrisur hob ich oftmals in die Höh´, und bebusselte das appetitliche Kleinkind.
„Hast du es gern, wenn man „Du süßer kleiner Schatz!" zu dir sagt?" frug ich.
„Ja!" strahlte die kleine Evi ganz entzückend.

Freitag, 8. Februar

Hellwölkig. Windig

Am Morgen erhob ich mich einfach so in die Schwärze der Nacht hinein, um nach langer Zeit mal wieder mein Teepicknick am Fenstersims abzuhalten, da ich ja seit gestern wieder „Hobby-Mutti" bin.
Unten schlief „mein 15-jähriger Sohn Wolfram", welcher nicht der Fleißigste ist, denn als ich bereits eineinviertel Stunden lang Elgar geübt hatte, schmurgelte Buz immer noch im Bett.
Doch zunächst entfaltete ich das Tagesblatt und feuchtete mir das Innenleben mit Jasmintee an.
Interessiert las ich, daß Roy Blacks Ehefrau Silke (48) Selbstmord verübt hat. Im Inneren des Blattes konnte man sogar Tiefpsychologisches lesen:
Daß nämlich die Silke dem Roy das ♥ brach, weil sie eine eher kalte Frau war.
Eine Unglücksvariante, die jeden Herrn treffen könnte: Die Frau, die er liebt, entpuppt sich im Alltag als kühl und unnahbar, so daß man gezwungen ist, in ihrem Windschatten leise aufzutreten.

Buz lag noch immer im Bett, und parodierte mir vor, wie auch der Opa immer noch im Bett läg und „Häää?" sagt, und ich sagte wie die Frau Waguscheidt im Film „Kehraus" auf bayrisch: „Hoffentlich wirst du net au ö mal so!"

Ich schwenkte meine Erinnerung zurück bis nach Indien, Anfang Juni 1973: Damals war der Opa* zwei Monate jünger als Buz es heute ist, so daß man´s zwar nicht ausspricht, aber denkt: „Eile beim Genießen ist angesagt…"

*Für uns Kinder die allergrößte Freude im Leben: Der OPA!
Der tollste Mensch auf Erden: Reichhaltig, lustig, geistreich und fürsorglich, voller Leben, voller Überraschungen - der nur einen kleinen Fehler hatte: Er schlief immer so lang. Den ganzen Tag freute man sich auf ihn vor, und wenn wir aus der Schule zurückkehrten, schlief er immer noch. (Damals in Taiwan.)

Nach einer Weile klingelte es, und die Christiane besuchte uns. Zu Verschönerungszwecken hatte sich die Verliebte kleine Ohrringe angesteckt, und zur Begrüßung rief sie auf buzschem Humore aus:
„Ich muß doch kontrollieren, ob ihr auch artig seid!"
Böse Zungen werden jetzt wohl denken, sie suchte einen Vorwand, um ihren Schwarm zu beehren.

Bald darauf kam allerdings auch Heidi Abel.
Buzens magische Anziehungskraft zeigte sich somit darin, daß sich in unserem Haus, wo sich seit Wochen außer Frau Meyer niemand mehr hat blicken lassen, nun gleich zwei Damen befanden, - angesogen von Buzens magischer Sogwirkung.

Ich radelte auf den Markt, um für ein simples Freitagsgericht einzukaufen: Fisch und Kartoffeln, und mit dem italienischen Kartoffelverkäufer entspann sich direkt ein kleiner Flirt! Er dachte natürlich, ich sei eine verheiratete Mutti, die, wenn schon, selber auf ihn zutreten müsse, doch er ließ seine Blicke sprechen und packte ganz viele Kartoffeln für nur einen symbolischen €uro ein!

Daheim kochte ich ganz komisch. Rehlein wäre entsetzt gewesen: Zuerst kochte ich zwanzig Minuten lang an den Kartoffeln herum, und dann schälte ich die kochendheißen Kartoffeln mit Gummihandschuhen, um sie in eine andere Brühe zu werfen.
Buz hat allerdings nicht gemerkt, daß das Blödsinn ist, sondern küsste mich nach Art eines Ehemanns, der ein schlechtes Gewissen hat, zart in den Nacken und ließ verlegen die Frage anklingen, ob die Heidi wohl mit uns mitessen dürfe?
„Natürlich!" sagte ich warm, denn jene zartbeküsste Frau, die einem Herrn eine Bitte abschlägt, die möchte man doch mal kennenlernen!

Beim Mittagessen erzählte ich von meinem Trossinger Nachbarn Hikaru, der kein Kostverächter sei, wie das Gegacker aus der Nachbarswohnung vermuten läßt, und von seiner Vormieterin, meiner Ex-Nachbarin Franziska W., die heute Arztfrau sei, und früher im Hobby-Orchester von Aachen nicht so beliebt war, weil sie Haare auf den Zähnen hatte! Etwas das sie dann allerdings bereut hat, als sie fromm wurde.

Am Nachmittag setzte Buz ein Vorhaben von sich in die Tat um: Hildes Mutti Ursula, seiner ehemaligen

unehelichen Schwiemu, das verschmähte Kettchen für die Hilde zu schicken, auf daß sie es ihr irgendwann einmal vererbe! Ich fand den Gedanken so ergreifend, wie die 64-jährige Hilde eines Tages ihr Kettchen wieder hat, denn *als die beiden Geschenke – das Bild und das Kettchen – im Januar 2002 aus dem Hause waren, wurde Hildes Leben noch kneippiger, kühler und anstrengender.*
Buz trug das Päckchen persönlich auf die Post, um einen endgültigen Schlußstrich zu ziehen, und während seiner Abwesenheit klingelte das Telefon wie wild. Ich bildete mir ein, es sei die Christiane, die uns hysterisch hinterhertelefoniert – aus Angst jemand anderes als sie könne am Abend mit uns zum Konzert fahren, und *sie* habe dann womöglich die Hermelinlaus* am Bein?

*Eine gepuderte uralte Dame aus Aurich, die beständig eine Mitfahrgelegenheit zu Konzerten sucht

In meinem Zimmer lag, grad wie in einer Roald Dahl Geschichte, Buzens Brille, so daß ich Buz leicht verdächtigte, heimlich in meinem Tagebuch gelesen zu haben, weil es ihn so brennend interessierte, wie es im Januar in Stuttgart bei der Hilde war?

In der Konzertpause erfuhr ich Folgendes:
Heute heiratete Tones Bruder Gisbert eine Ärztin aus dem Dorf.
So viele Leute lobten Rehleins Rundbrief!

Samstag, 9. Februar

Grau

Buz sprach davon, daß er heute einen gewissen „Herrn Ohm" zu unterrichten gedächte. Einen 45-jährigen Herrn, der mir in Form seines Namens auf Buzens Stundenplan bereits ein Begriff war, und über den ich sogar schon nachgedacht hatte, da ich ja noch gar kein inneres Bildnis von ihm habe.
„Ich finde es so toll, daß sich jemand zum Pianisten umschulen läßt!" sagte ich mit einem inneren Knödeln der Begeisterung und erzählte plastisch, wie man Herrn Ohm beim Arbeitsamt geraten hatte, sich zum Pianisten umschulen zu lassen. Dann malte ich mir auch noch aus, wie Herr Ohm kommt, und zwischen uns wie ein zischender Blitz die Liebe einschlägt!
Buz hatte bereits anklingen lassen, daß ich nach Ofenbach reisen solle, weil er sich Sorgen um Rehlein macht. Buz hatte Angst, daß Rehleins Schulter und Knie plötzlich ganz schlimm würden, wenn er demnächst mit ihr in Urlaub fahren will.
Sogar eine Salbe mit magischen Eigenschaften hatte der rührende Buz Rehlein zur Mittagsstund gekauft.
Natürlich muß man auch ein bißchen argwöhnen, daß Buz – so gern er mich auch hat – sturmfreie Bude braucht, weil er die Koreanerin an meinem Wissen vorbei, mit nach Aurich geschmuggelt, und vorläufig bei Frau Schneider untergestellt hat?*

Die Koreanerin wird langsam unruhig, da sie Buz weder anrufen noch besuchen darf, und Buz sie nur manchmal eine halbe oder dreiviertel Stunde besucht, wenn er zuhause vorgibt, einen Unterricht absolvieren zu müssen. („Ich regel das schon…")

Wahrscheinlich aus eben dieser Überlegung heraus schmetterte Rehlein meinen Besuch telefonisch so mehr oder minder ab: Rehlein möchte nicht, daß ich wochenlang einfach in Ofenbach herumhänge, und Buz sich womöglich die Petra oder ein anderes geigerisches Pinup-Girl nach Aurich bestellt.

Buz war oftmals so bezaubernd zu mir, und dadurch daß er Rehleins Besuchsabschmetterung einfach so hingenommen hat, darf man ihn eigentlich nicht weiterverdächtigen, oder?

Sonntag, 10. Februar

Zunächst ein wenig Sonnenschein,
wie auf einem alten verrunzelten Gesicht,
auf dem sich eine längst vergangene
schöne und doch wehmütig stimmende
Erinnerungen spiegelt.
Dann nieselig und sehr grau

Immer wenn jemand gestorben ist den ich gekannt habe – so wie in diesem Fall Prinzessin Margret – fühlt sich die Welt für mich kalt und windschief an, während die neu Hinzugetretenen an meinem Welt-

bild nicht viel ändern, da man sich ja erst an sie gewöhnen muß.
Und so richtig gewöhnt habe ich mich bislang nur an Hendrik und Evi, Leopold und Rebekka und den kleinen Julian – kleine Kinder, aus welchen sich vielleicht ein Bekanntenkreis von morgen rekrutieren ließe?

Ich wühlte den „Campus" von Dietmar Schwanitz aus Buzens Bett heraus, und das Kissen war noch so schön ofen- und buzeswarm.
„Hast du gelacht?" frug ich Buzen neugierig wie ein kleines Töchterlein über diese Lektüre aus. Ich konnte mir Buzens Ausdruck, der sich beim Lesen auf seinem Gesicht breitmacht, so gut vorstellen. Ein Ausdruck, aus dem man wiederum nicht schlau wird.
„Oder hast du es herabgelöffelt wie eine Buchstabensuppe, die man löffelt ohne drauf zu achten was man da ißt?"
Buz gab keine verwertbaren Antworten auf meine Babbelagen, und so plabberte ich einfach in einem fort: „Wie war das denn früher, wenn ihr ein Referat über ein gelesenes Buch halten solltet?"
Buz gab womöglich ein leeres Blatt ab, und der Lehrer mag gesagt haben: „König! Ihnen ist doch hoffentlich klar, daß das jetzt eine 6 ist?"
„Das macht doch der 6 nichts aus!" sagte Buz dann, und fuhr tatsächlich auf diese unreife Art durch's Leben.
Jetzt erzählte mir Buz einen Witz, und lachte so entzückend darüber:

Eine uralte Frau fährt jedes Jahr von Bremen nach Wurmlingen.
„Wie kommt es, daß sie jedes Frühjahr nach Wurmlingen fahren?" frägt der Kontrollator im Zug.
„Klassentreffen."
„Darf man fragen, wie viele noch übrig sind?"
„Die letzten dreimale war ich allein!"

„Die Eri will nicht, daß ich nach Ofenbach komme. Aus Angst, du würdest dir ein paar geigerische Pin-Up-girls einladen," sagte ich in normal sachlichem Tonfall zum geistesabwesend in der „Strad*" lesenden Buz, und an einer kaum merklichen Zuckung der Ohrspitze glaubte ich ablesen zu können, daß Buz bei diesen Worten doch herhörte.
*Einem teurem Hochglanzmagazin aus London für Geigen- und Geigernarren

Ich fischte einen langen Brief vom Onkel Rainer aus dem Computer und freute mich unglaublich darüber. Ich freute mich so sehr, daß ich zum Dank gleich einen Roman über den Rainer zu schreiben begann, von welchem zur Stund´ die ersten beiden Seiten in meinem schönen neuen Lederbuch zu lesen stehen.
Es war nicht ganz einfach, aus einem schlichten Familienreport, wo man sich als Außenstehender womöglich fragen mag: „Und?? Ich kenne diesen „Onkel Rainer" nicht. Warum soll ich über ihn nachlesen?" ins Erzählgeschehen hineinzufinden. Doch mein vielbesungenes Talent schlug sich darin nieder, daß mir so etwa alle zehn Schreibminuten

eine kleine Lustigkeit, die man beschmunzeln darf, einfiel.

Zur Mittagsstund´ hatte auch Buz ein paar Seiten geschrieben, die ich vorlesen sollte. Gleichzeitig hieß es, wir sollten jetzt Mittag essen, und außerdem wollte der stolze Buz die „Bogen-Doc´s", die er niedergetippt hatte mit mir durchgehen.
„Ja, was denn nu??" hätte eine Ehefrau fünsch gefragt.
Doch ich kombinierte alles, indem ich mich erbot, vorzulesen, wenn Buz-Schatz dafür die Nudeln in dem großen Topfe rührt.
Der süße Buz rührte eifrig, und erinnerte dabei an Zwerg Nase.

Die Omi am Telefon erzählte allerlei:
Sie erzählte, daß die Hilde gar nicht mehr anrufen würde. Einmal allerdings rief sie Buz an, um ihn zu fragen, ob sie mit seiner Familie in Kontakt treten dürfe, und Buz sei nicht sehr höflich gewesen.
„Ich bin sehr höflich gewesen!" sagte der übende Buz später, und spielte sein Rondo Capriccioso plötzlich allerdings sehr schlecht.
Von der Omi erfuhr ich ferner, daß der Carlo seit ein paar Wochen ein neues Töchterlein habe: Teresa.
Es sei jedoch leider schwach und kränklich, und mußte bald nach seiner Geburt ins Krankenhaus, weil es nur schwer Luft bekam. Jetzt ist es wieder daheim und weint ganz viel, so daß es bislang keine große Freude ist.

Da füllten sich meine Augen mit Tränen, und das kleine Kind tat mir so leid.

Montag, 11. Februar

Stürmisch, gischtig und regnerisch

In der Zeitung gab es unglaubliche Dinge zu lesen:
Über die Ehemisere von Uschi Glas, deren 57-jähriger Mann in einem Kornfeld Hand in Hand mit einer Dame Liebesgesäusl säuselnd gesichtet, und von Reportern abgelichtet worden war.
Uschi Glas redete mit der Bild-Zeitung so wie andere mit ihrer besten Freundin.
Uschi: „Da scheint was dran zu sein!"
Und dem Bernd geht nun auch der Arsch auf Grundeis, denn wie erklärt man so etwas?
(„Es ist anders als du denkst! Sie hatte Liebesgram und wollte sich bei mir altem Manne ausweinen!")←z.B.
Dann las ich noch von einem höchst pedantischen Ehemann, der Eheverträge mit ganz vielen Paragraphen austüftelte.
„Das Fenster hat beim Kochen in einem Winkel von 90° gekippt zu sein".
Und wenn seine Frau gegen die Paragraphen verstieß, dann folterte er sie und hatte sogar extra Folterungsparagraphen mit sich selber ausgehandelt, die er dann in steifstem Beamtendeutsch niedergetippt hat.

Dann las ich über den Green-River-Mörder, der ganz in der Nähe vom Beätchen lebte, und als Autolackierer tätig war.
Man grub bereits im benachbarten Kanada nach 50 vermissten Sharyns…

Dienstag, 12. Februar

Trocken und zuweilen sonnig

Mittags kochte ich für die Familie Martin. Vom Küchenfenster aus sah ich Mutti Christiane mit ihren beiden behelmten Kindern im Garten eintreffen.
Freudig öffnete ich die Türe, und der kleine Hendrik reckte mir einen Blumenstrauß hinter der Wand hervor. Ein kleiner Scherz, der von mir hätte stammen können, und ich mußte gerade sehr aufpassen, daß mir mein Brokkoli nicht ankokelt, da das ganze Öl bereits aufgesaugt war, so daß man hätte meinen können, da koche ein ganz dummes Ding, das gar nicht weiß, daß man zum Kochen Öl nehmen muß?
Der Hendrik frug, ob er ans Klavier dürfe, und weil er so schnell ist wie der junge Ming, tönte auch augenblicklich seine Mozart-Sonate los.
„Er klingt schon wie ein echter Pianist!" sagte ich ermunternd zu Mutti Christiane, „nur die Albertibässe sollte er leise und zart wie eine Fee nehmen!"
Wenig später traf auch Familienoberhaupt Johann ein, und ich spaßte, daß es bei uns nun so sei, wie bei

einer richtigen Familie, die ein Sonntagsessen bei der Omi einnimmt, und warf hierzu auch gleich die Frage auf, ob der Hendrik mich wohl später, wenn ich einmal alt bin, im Rosenhof* besucht?
*säuerlich muffelndes Altersheim in Aurich
„Warum nicht?" sagte der kleine Hendrik unkompliziert.
Einmal saß der Hendrik so unglaublich lang auf dem Klo. Da er die Türe nicht geschlossen hatte, erhaschte ich einen Blick auf ihn, und sah ihn kurz halb eingesunken auf der Klobrille sitzen – ein Anblick, der den verwandtschaftlichen Gefühlen nur förderlich sein kann.

Beim Blick auf Frau Priwitz auf ihrem Balkon dachte ich mir aus, *wie Frau Priwitz ihre eigene Beerdigung organisiert, da sie ja genug Geld und Zeit hat. Sie kauft einen Sarg, einen Platz auf dem Friedhof, bestellt den Sargträger und verschickt Parten. Dann mischt sie sich wie selbstverständlich unter die Trauergäste, und löffelt beim anschließenden Leichenschmaus ein Süppchen mit.*
Alle wundern sich, doch keiner sagt etwas.

„Brisant" am Nachmittag:
Die Rede wurde auf Gary Rigdway, den Green-River-Killer geschwenkt. Die Mordserie in Seattle hörte im Jahre 1984 einfach auf, und dafür begann in Kanada eine neue.
Ferner wurde die böse Dajana aus Hessen lebenslänglich in den Knast entsandt, da sie die Frau ihres Geliebten erwürgt, hernach zweimal verbrannt, und

ihr dann sogar auch noch den Kopf abgesägt hat.
(Eine Untat ohnegleichen)
(Und all dies passierte unweit von Grebenstein)

Mittwoch, 13. Februar

Oftmals sonnig.
Dann wieder rasch vorbeiziehende
graue und feuchte Wolken

Gestern schlich ich mich noch bedrückt zu Bett, weil Buz nicht angerufen hatte, ob er wohl gut in Münster angekommen sei? Und da ich leider beständig mit dem Schlimmsten rechne, fühlte sich die Welt für mich bereits ganz leer und kahl an.

Am Vormittag fühlte ich mich seelisch ungut, obwohl ich mich jetzt, zu Beginn einer Hobbyrentnerwoche, eigentlich hätte fantastisch fühlen müssen. Doch ich stand wie unbestellt und unabgeholt in einem Leben, das mir mit einemmale so unnatürlich mühsam schien, daß sich meine innere Batterie - ohne Buz, und ohne Niemanden – rapide zu leeren schien.
Lästig in meinem derzeitigen Leben ist, daß ich gerade eine Diät halte, und dabei seltsame Eßstörungen entwickele – in jenem Sinne daß ich, einmal in die Schwingung des Ehrgeiz´ geraten, gar nichts mehr essen mag. So lang, bis ich gar nichts

mehr wiege, und vielleicht nur noch in Form eines
Fleckes auf dem Teppich „existiere".

Heute hatte ich schon darüber nachgedacht, daß ich
mir viel zu selten jemanden einlade, und auf diese
Überlegung hin fertigte ich in meinem kleinen
Cezanne-Notizbuch eine Liste mit Leuten an, die
man einladen könnte: z.B. die kleine, krumme Frau
Dorn, die ich so nett finde. Bevor sie tatsächlich nur
noch in Partenform in der Zeitung steht.
(Ein letztes Aufgedenken, bevor man endgültig in
die Ewigkeit hinweggesogen wird.)
Ferner erinnerte ich mich daran, daß ich doch mal
die Hilde anrufen sollte. Doch davor hatte ich direkt
einen leichten Bammel, denn was, wenn sie mir zu
verstehen gibt, daß sie eigentlich in den nächsten
Jahren keinen Kontakt mit unserer Familie mehr
wünsche?
„Gut", würde ich überraschend sagen, „doch zum
50. Geburtstag sind wir dann doch wohl wieder
eingeladen?"

Donnerstag, 14. Februar

Sagenhaft schön.
Orangegetönte warme Beleuchtung auf
wolkenfreiem Himmelsgrund

Gleich am Morgen machte ich mir Gedanken über
meine Knoblauchfahne, da heut zwischen halb zwölf

und zwölf ein Herr von der Versicherung zu erscheinen gedachte, um mit mir über meine Altersversorgung zu plaudern.

Mein Brief an Onkel Dölein geriet mir äußerst verschachtelt: Ich wollte plastisch berichten, wie Buz und Herr Schüt bei der zweiten Einladung assoziativ-modulierend genau die gleichen Geschichten erzählt haben wie bei der vorhergehenden, hatte mich dabei in ein schriftstellerisches Labyrinth begeben, und war vor dem Ohr von Kantor Schmitt stehengeblieben, wohin es mich, weit vom Thema, hinweggeschwemmt hatte. Das Ohr eines Herrn, den Onkel Dölein doch überhaupt nicht kennt! Wie ich als angemietete Musikantin bei der Beerdigung von Frau Schüt direkt vor der so reinlichen Ohrmuschel von Kantor Schmidt zu stehen kam.

Ich machte ein unglaubliches Gedöns um den Versicherungsvertreter, der heute kommen wollte, kleidete mich etwas hübscher, und wärmte die Teetassen bereits vor.
Dann schaute ich beim Üben gespannt wartend auf die Straße.
Ich stellte mir einen sympathischen jungen Mann mit Brille vor, aussehend so ungefähr wie Ute M.s Mann Martin, und hatte irgendwie gar keinen Zweifel, daß er so aussehen würde. Die kamen erst auf, als sich ein schwerfälliger Hornbrillentypus, der raumfüllend in seinem Auto saß, suchend umblickte.

Dadurch, daß heut Valentinstag herrschte, hatte ich vor, ihn mit weit geöffneten Herzen zu empfangen.

Und dann war´s doch noch ein ganz anderer, der mich sodann mit seinem schwarzen Aktenköfferchen aufsuchte: Ein zirka 52-jähriger, gutmütiger norddeutscher Lehrerstypus.

Er stellte seinen Läptop bei uns auf den Tisch, und ich brühte einen Jasmintee auf.

„Sie sind geboren am 4. 11. 62 – werden somit in diesem Jahr 40 Jahre alt!" eröffnete er die Konversation fast feierlich im Klange.

„Wollen Sie damit andeuten, daß ich zum alten Eisen gehöre?" hätte ich im Grunde aufbrausend sagen können.

Dann ließ er auf seinem Läptop Zahlenkolonnen aufblitzen, worauf man schwarz auf weiß sehen konnte, wie das so ist, wenn ich beispielsweise hundert Mark pro Monat einzahle?

Wenn ich Pech habe, bekomme ich als Rentnerin im Jahre 2027 nur die Mindestgarantie: 182,77 DM pro Monat, so daß man dann von einer mageren Rente sprechen darf.

Mehr als 300 Mark werde ich allerdings kaum flüssig machen können, und wenn ich die Rente endlich bekomme, dann bin ich doch schon älter als die Tante Irma!

Trotzdem machte mich der Besuch fröhlich. Herr Siebels meinte zwar, es sei mehr als unwahrscheinlich, daß man nur die Mindestrente bekommt, doch *er* ist ja bis dahin schon längst alt und verkalkt.

Jetzt aber fühlte ich mich erstmal froh und beschwingt.

„Diese ganzen Versicherungen! Das ist ein Riesenbetrug!" hörte ich im Geiste Anderle und Rehlein sagen, als ich dann später auf der Beinschere im Fitnesklub saß, doch zunächst mochte ich mir meine schöne Stimmung nicht verderben lassen.

Am Abend widmete ich mich wieder meinem Roman über meine beiden Opas und geriet in Fahrwasser.
So wie Beethovens Musik nur aus Tonleitern und Dreiklängen zu bestehen scheint, so bestehen gute Bücher nur aus simplen Feststellungen und Dialogen, auf daß man alles bildhaft vor sich sähe.

Freitag, 15. Februar

Wunderschön sonnig

Ich finde es so toll, daß in meinem Diarium immer zu lesen steht, wer heute Geburtstag hat. Immer jemand, dem man hätte schreiben sollen oder können. Man hätte ein ganzes Jahr lang Zeit dafür gehabt!

Die Fotos, wie beispielsweise das heut vor zwei Jahren geschossene, wo Buz so unglaublich süß lacht, schaue ich mir heute schon aus der Warte einer

85-jährigen an – in dem Sinne, daß das halt eine bewegende Erinnerung aus alten Zeiten für mich ist.

Samstag, 16. Februar

Sagenhaft schön

Auf dem Marktplatz.
Meine Schritte führten mich in den brillenglasartig polierten Salon von Optiker Max Strecker, dem besten Verkäufer, den ich jemals kennengelernt habe.
Seine verkäuferlichen Qualitäten fußen wahrscheinlich auf einem sehr gut trainierten und organisierten Gedächtnis. Er merkt sich von allen Kunden den Namen, so daß er sie gleich verbindend damit begrüßen kann, und außerdem hat er ihre Optikgeschichte weitestgehend im Kopf gespeichert, so daß er Kunden mit kleineren Anliegen leichtfüßig dazwischen schieben kann.

Heute ließ ich mir mein rechtes Auge ausmessen, und wie so viele einsame Frauen, wiederholte ich meine Beobachtungen über meine Sehqualität mehrfach, weil ich mich von der Anteilnahme eines Max Strecker regelrecht „getragen" fühlte. Sogar ein Kompliment machte ich ihm, und fühlte mich dabei wie eine reife Frau, die in einer ZDF-Serie bei ihrem Arzt auszurufen pflegt: „Herr Doktor, ich habe ja ein solches Vertrauen zu ihnen!"
Ich beglückwünschte ihn, was er für ein toller Verkäufer sei, und später besuchte ich seinen blitzenden kleinen Shop erneut, so als sei ich verliebt.

Eine Möglichkeit, die ich noch gar nicht erwogen hatte: In den Verkäufer irgend eines Ladens verliebt zu sein. Blöderweise in einem Laden, den man nicht jeden Tag aufsuchen darf, wollte man sich nicht im befremdlichen Licht eines heimlich Verliebten präsentieren.

Im Schreibwarenladen kaufte ich heute ein kleines Türmchen mit buntem Papier, da ich vorhatte, Licht und Ordnung in unsere unendliche und völlig unübersichtlich wirkende Kassettensammlung zu bringen.
„Rot" könnte beispielsweise für „fantastisch", und „grün" für „Mittelklasse" stehen?

Zur Mittagsstund hatte Herrn Schmitt-Kowalski, eine Botschaft auf dem Anrufbeantworter hinterlassen.
Auf seine poltrige und gleichzeitig *scheinbar* etwas gleichgültige Art bot er Buz eine Freikarte für die Uraufführung seines Violinkonzerts an, und jetzt rief ich an und frug, ob er nicht vielleicht *zwei* Freikarten hinterlegen könne?
„Das interessiert mich brennend!" sagte ich eifrig wie das junge Rehlein.
„Hoffentlich ist es wunderschön – so wie das Violinkonzert von Brahms!" schob ich auch noch schwärmerisch ein weiteres Wortbrikett nach.
„Ja, ich glaube es ist ganz schön," brummte Herr Schmitt-Kowalski stolz und froh über sich und seine künstlerische Ader.

Dann begann ich aber endlich mit der geplanten Kassettenordnerei: Gleich auf der ersten Kassette befand sich unser Reepsholder Konzert vom Juli 01, und ich fand das Brahms Sextett gar nicht schlecht, obwohl Ming damals auf Expertenart daran herumgemäkelt hatte.

Und so dachte ich bei einem Gang zum Häusl über Ming in ähnlichen Worten, wie Ming mal über mich dachte, als ich solcherart über Hildes Mohr referiert hab, als sei´s ein Orang-Utan.

„Kann es sein, daß du manchmal auch schwätzest?" hatte Ming damals konsterniert mit heraushängenden Augen gefragt.

Abends rief ich die Omi an, und empfand das verglimmende kleine Lebenslicht am Ende der Leitung als Anker in einem Meer an Einsamkeit das mich umbrandete, und als ich sagte: „Ich besuche dich bald!" da meinte ich´s auch tausendfach so.

Zwar habe ich Onkel Dölein heute mehrere Schmähtiraden gegen meine Omi aus dem Januar 01 abgetippt, doch ich stehe nicht mehr zu meinen Worten von damals.

Heute stört mich die Omi nicht mehr, und *ich* war´s sogar, die das Telefonat extra ein bißchen ausdehnte. Und als die Omi bereits eine Verabschiedungsbestrebung in ihre Worte legte, ritzte ich noch die Bluttat von Dajana K. (24) an, die ganz in der Nähe von Grebenstein passierte, und für die Bevölkerung einfach schockierend gewesen sei.

„Is'n armes Mädchen!" sagte die Omi abgeklärt über die rohe Tat.

Abends sehnte ich mich nach Ming, und erfuhr von Rehlein am Telefon, daß Ming tanzen gegangen sei.
Da schickte ich meine ganze Liebe zu Ming auf die Tanzfläche.

Montag, 17. Februar

Sagenhaft schön. Kein Wölkchen am Himmel

Im Traume *saß Buz mit den Beimers und Sarikakis´ aus der Lindenstraße plaudernd im Kuscheleck, und ich raunte ihm zu, daß diese Leute doch auch mal ins Bett müssten!*
Da man ja weiß, daß die Hessen kein Gespür für dererlei haben.
Einem Hessen kann man beispielsweise sagen: „So, ich muß jetzt…morgen früh, Großkampftag Hannover!" und er sagt: „Passense uff…" und erzählt irgendeine Banalität von einem Nachbarn, den man doch überhaupt nicht kennt.

Ich schrieb der Margarethe, daß es auch von Helmut Kohl ein Buch mit dem Titel „Mein Tagebuch" gibt, und obwohl ich es zur Stund´ noch nicht gelesen habe, verstand ich´s dennoch trefflich, darüber zu referieren. Über die Hannelore schrieb der Helmut nur selten, und wenn, dann nur beiläufig, da es Wichtigeres zu geben schien, aber auch, weil er

damals wohl kaum geahnt hatte, daß ihre Lebenssanduhr bereits am Ausrieseln sei?
So huscht die brave Hannelore praktisch nur wie ein kaum sichtbarer Schatten durch das Tagebuch, und dabei sollte eine Ehefrau im Zentrum des Lebens, den Gedanken und den Schriften ihres Ehemannes stehen! bepredigte ich die Margarethe regelrecht.

Ich saß auf einer Bank im Friedhof, und las den „Campus" von Dietmar Schwanitz weiter.
Hi und da liefen alte Ehepaare vorbei. Bei einem waren beide Köpfe wie auf Gänsehälsen synchron in die andere Richtung gebogen, so daß ich es gar nicht begrüßen konnte und außerdem liefen sie völlig synchronisiert wie ein vierfüßiges Tier.

Telefonat mit meinen Lieben in Ofenbach:
Dem Opa geht´s wieder viel besser, und das süße Rehlein war heut schon drauf und dran, die Omi mal wieder anzurufen. Das kleine, verglimmende Lebenslicht wird leider weder von Ming noch von Rehlein kaum jemals angerufen, weil sie glauben, ihr Moribundensoll mit dem Opa ausreichend zu bedienen.
Allerdings schreibt das süßeste Rehlein zuweilen ein Brieflein.

Ich würde ja sehr gerne mit Buzen nach Düsseldorf fahren um den Johannes Neckermann zu treffen, doch was, wenn Buz für diesen Trip schon die

Koreanerin angemietet hat, die er dem Johannes stolz als „die Neue" an seiner Seite vorführen will?

Montag, 18. Februar

Zunächst häßliches Regenwetter.
Mittags Sonneneinstrahlung – sodann eine leicht müde wirkende Sonnenbeleuchtung.
Wunderschöne, klare Dämmerung
mit rosa Wölkchen

Heute zog´s mich seelisch in die Tiefe, daß Frau Rudolph angerufen und verkündet hatte, daß Herr Seibold nicht mit einer Vertretung für Buz einverstanden sei. Buz muß die versäumten Stunden nachgeben.
Damit wollte der Seibold in Anlehnung an die Weinflasche, die ich ihm zur Weihnachtszeit im Sinne Buzens vor die Türe gestellt habe, und für die er sich noch immer nicht bedankt hat, zu verstehen geben: „Ich bin unbestechlich!"

Zum Essen hörte ich Bartoks 2. Streichquartett mit Buz und Rehlein.
„Das König-Ansambel musiziert" schrieb ich auf das bunte Blatt für die Kassette, und fühlte mich in vergangene Zeiten getunkt, die plötzlich ganz nah waren.

Abends rief ich die Omi aus einem völlig anderen Grund an als sonst: Ich sehnte mich so nach ihr, und freute mich, daß ich sie noch hab, und somit saß ich jetzt in Omis welkem Ohr in der warm beleuchteten Stube in Grebenstein, und beplauderte sie.
Ich erzählte fast genüßlich von meinem rheumatischen Gliederreißen, und die Omi war so nett zu mir.
Die Omi hatte ihren „guten Jungen" da – ihren Enkel Gerhard, und auch mit ihm plauderte ich eine Weile lang. So lang, bis meine innere Batterie wieder aufgeladen war.
Ich erfuhr, daß er eine Freundin mit Namen „Marie" habe, die bis zum Sommer noch in Oxford studiert. Doch Gerhards Briefe selber sind´s, die etwas seltener und kühler geworden sind…

Dienstag, 19. Februar

Düsterer Küstensturm.
Zuweilen waren alle Wolken von unsichtbaren
Lippen hinweggepustet, und durch die daraus
resultierende Kahlflächen
schien verstohlen
die Sonne

Traum:
In einem engen Raum saß ich neben Ingrid Gaßmann und hatte entsetzliche Schweißfüße, so daß es die Ingrid gar ermüffelt hat. Aber sie selber riecht ja nach kaltem Tabak,

also sind wir uns quitt! dachte ich mir, und machte vor der Ingrid ein Brimborium drum, daß nur <u>ein</u> Strumpf so röche. Der andere wiederum röche absolut neutral.
Im ganzen Haus fand sich kein freier Strumpf mehr – so, daß ich sogar Heiko und Moni bemühen mußte. Die Moni legte mir fünf verschiedene ausgeleierte Socken auf den Boden, und ich war ihr so dankbar.
Dann lag ich erstmal behaglich im Bettgehäuse, um diesem absunderlichen Traum hinterher zu sinnieren. Der plätschernde Regen draußen erinnerte mich in seiner Unartigkeit an ein garstiges Kind, und das peitschende Sturmwetter drum herum wurde so finster, daß es regelrecht unheimlich war.
Einmal rief ein Fräulein von einer Lotteriegesellschaft an, um mir ein sagenhaftes Angebot zu unterbreiten, welches nur 80 ganz auserlesenen Personen offeriert würde: 24 mal darf man für nur 11 € pro Schein spielen. D.h., das Ansinnen war wahrscheinlich mit Fleiß ein wenig schwammig gehalten, so daß ich´s hier nicht mehr korrekt niedertippen kann. Gleichwohl hörte ich mir alles geduldig an, um dann am Schluß zu verkünden: "Hm…, das will ich eigentlich lieber nicht…" Eine Aussage die auf das Fräulein wie ein Schwapp mit kaltem Wasser mitten ins Gesicht gewirkt haben mag, denn man will mir doch helfen, ordentlich Geld zu machen! Nach dem Telefonat war mir tatsächlich ein wenig heiß in jenem Sinne, daß ich mich so fühlte, als hätte ich soeben einen Koffer mit Gold abgewiesen…
Doch dann kriegte ich mich rasch wieder ein.

Schön wäre natürlich gewesen, ich hätte dem Fräulein sagen können: "Ich habe schon Glück in der Liebe und mit der Gesundheit. Da will ich nicht noch mehr herausfordern."

Mittags telefonierte ich mir einen Mittagsgast herbei: Die alte Frau Dorn, von der ich der Hilde später schelmisch erzählte, daß ich mir eine Totgeglaubte eingeladen habe. Doch das wisse sie nicht.
Frau Dorn am Ende der Leitung war ganz baff, darüber hinaus jedoch hocherfreut.
„Ich hole Sie gerne ab!" bot ich an, doch die von schwerster Osteoporose gemarterte Frau Dorn hat sich zum Ziele gesetzt, ihrer gekrümmten und gnomenhaften Gestalt zum Trotze jeden Tag eine ganze Stunde lang zu laufen.
„Da pustet Sie doch der Sturm von der Straße!" sagte ich dichterisch – doch Frau Dorn gelobte, um 13 Uhr zu kommen, so daß ich mich innerlich schon auf sie einstimmte, obwohl ich mir auch ein bißchen komisch dabei vorkam, denn eigentlich hab ich doch immer das Bedürfnis, mich von unseren Moribunden zu erholen, und nun lad ich mir eine Moribunde zum Mittagessen ein. Vielleicht weil ich eine Antwort auf meine Frage: "Was mache ich eigentlich zwischen 70 und 90?" erwartete, oder mir sonst etwas erhoffte?
Nach einer Weile schellte Frau Meyer, und wütete bald darauf geräuschvoll oben im Bad.
Ich sprach der Hilde auf Band, und bat um Rückruf. Solcherart, als hätte ich etwas mit ihr zu bereden.
„Das wäre nett..." sagte ich frisch – und dabei sehnte

ich mich nur nach einem guten Wort. Tatsächlich rief mich die Hilde später an, und war so warm und freundlich, daß meine Batterie davon wieder aufgeheizt wurde.

Die Hilde war fröhlich, weil ihr Ohrrauschen verschwunden war, und sogar auf das unerfreuliche Zusammentreffen mit Buzen in der Landeshauptstadt lenkte sie von sich aus die Rede.

Hilde, verlegen lachend: "Ich dachte schon, jetzt kommt das Donnerwetter!"

Daß sie Buz im Konzert einfach ignoriert habe! Aber es ging irgendwie nicht anders, weil beim vorangegangenen Telefonat beide wutentbrannt den Hörer aufgeschmissen hatten.

„Das Wölflein ist sooo böse auf dich!" sagte ich in neutralem, fast heiteren Tonfall.

Doch die Hilde ist – auch wenn nicht explizit die Rede darauf geschwenkt wurde - wahrscheinlich deshalb so verstimmt mit Buzen, weil er ihr nicht rechtzeitig geraten hat, einen passenden Beruf zu ergreifen, und sie dann, - einmal in den Pisspott-Beruf der Klavierlehrerin gedrängt - nie beim Musikalischen Sommer hat auftreten lassen, nachdem er ihr in jungen Jahren den Floh ins Ohr gesetzt hatte, eine „Horowitzine" aus ihr zu machen.

*Vladimir Horowitz (1903 – 1989). Bedeutender Klaviervirtuose, der in der Pianistenszene als Heiliger vergöttert wird

Im Sommer macht die Hilde Ferien auf Juist, doch nach Aurich kommt sie ganz sicher nicht.

Ich machte der Hilde ein wenig Mut damit, daß man ohnedies immer wiedergeboren wird.

„Die meisten Erwachsenen glauben nicht daran", sagte ich bedeutsam, „doch es ist auch gut, daß sie nicht daran glauben, denn wenn man wüßte, daß das Leben nur eines unter vielen ist, dann würde man es nicht mehr ernst genug nehmen."
„Man schwimmt durch die Lethe und vergisst alles!" verkündete ich der Hilde, so als sei ich allwissend, und bildete mir ein, zu spüren, wie sich Hildes Ohr solcherart an meinen Weisheiten festsaugte, als würde ihr damit ein Anker auf hoher See geboten.

Mittags freute ich mich auf Frau Dorn vor. Ich stand oben an meinem Fenster, um eigenäugig zuzuschauen, wie das alte Knochengestell im Sturm herbeiwackelt.
Doch man sah nichts…Erst später sah ich, daß der Anrufbeantworter flackerte: Und tatsächlich hatte die alte Dame eine leichte Verspätung angekündigt. Dann erschien sie doch.
Frau Dorn ist seit einigen Jahren nur noch auf den Füßen unterwegs.
Früher fuhr sie noch Rad, doch das geht wegen ihren morschen und porösen Knochen nun nicht mehr.
Den Schirm hatte die alte Dame, 78 Jahre jung, gar nicht erst mitgenommen, da er ihr beim letzten Aus-dem-Haus-Gang vom Sturme beinah entrupft worden wäre!
Regenbesprenkelt stand sie somit da, und entblößte zwei Reihen jahresgegilbter Zähne zu einem liebenswürdigen Lächeln.

Zunächst stellte sie sich zu mir in die Küche, und redete ganz viel. Z.B. über die Leute, die vor 50 Jahren im Haus Nummero 22 gewohnt haben, und während sie mit beiden Händen Erinnerungen hervorzukramen schien, tischte ich das schöne chinesische Essen von gestern auf, und wir Damen saßen uns bald gegenüber. Frau Dorn aß ganz langsam, und hinzu so wenig wie ein Vögelchen, während mein Teller bald leer war.

„Jetzt erzählen *Sie* aber mal was!" sagte Frau Dorn auf einer vom „alten Schlage" herrührenden Art, wo man nun doch schmerzlich die Generationenkluft spürte – indem sie nämlich keinen Mitteilungsschwung in mir zu mobilisieren verstand.

„Was hören Sie denn gern?" frug ich hilflos, und merkte, daß die alte Dame, wenn zwar nicht unnett, so doch als Lehrerin vom alten Schlage, meine innere Batterie eher aussaugt, statt sie mir aufzuladen. .

Nett finde ich, daß Frau Dorn alle Kollegen zum Geburtstag anzurufen pflegt, und da es mehr als 150 an der Zahl sind, hat praktisch jeden zweiten bis dritten Tag jemand Geburtstag.

Drei Tage nach Weihnachten wird sie jedes Jahr traditionell von einer Handvoll Ehemaligen besucht – darunter unserem Zahnarzt Jörg, der diese Zusammenkünfte immer liebevollst organisiert.

Die Ohren spitzte ich allerdings, als die Rede auf die geheimnisvolle Frau von gegenüber geschwenkt wurde, die ich am Vormittag beim üben am Fenster schon im Verdacht gehabt hatte, launenhaft wie die Melanie zu sein?

Ich erfuhr, daß sie die Exfrau von unserem Kunstlehrer Herrn Heyse sei, der ein außerordentlich netter Mann ist, und sogar einen außerehelichen Sohn gezeugt hat: Den heute zirka 18-jährigen Maximilian.

Vor einigen Jahren stand Herr Heyse kurz vor der Auswanderung nach Australien, als es eines Tages an der Türe schellte. Draußen stand ein verstockter Jüngling, der ihm einen Brief überreichte:

Nun kümmere Du Dich mal um ihn! stand darin in mürrischer Frauenschrift zu lesen, so daß Herr Heyse seine Auswanderung vorerst auf Eis legen mußte, da er *hier* gebraucht wurde.

„Das ist ja ´n Ding!" dachte er, freute sich jedoch sehr, denn sein größter Traum im Leben war ein eigenes Kind.

Vor dem Carolinenhof traf ich Buzens 8-jährige Schülerin Annika mit ihrer Mutti und ihrer kleinen Schwester Kaja.

„Bis Freitag!" rief die Kleine vergnügt.

„...hätte eigentlich heut sein sollen! Wurde aber auf Freitag verschoben!" sagte die Mutti, eine füllige Dame in meinem Alter, und machte dazu eine übertriebene Ratlosigkeitsgeste, weil sie findet, daß in der Musikschule für die unverschämten Gebühren alles drunter und drübergeht.

„Warum fiel das eigentlich aus?" wollten die Damen wissen.

„...aber dafür ist Herr König ja Professor", sagte ich stolz, „er versteht sich wie kein zweiter darauf, aus Stroh Gold zu spinnen!"

Da verstummte Mutti Billich verschämt.

Im Carolinenhof mußte ich über den Besuch von Frau Dorn nachdenken. „Die lad´ ich mir nie wieder ein," dachte ich gar. (Angestrengte Konversation, und zwischen uns eine fast unbezwingbar scheinende Generationenkluft.)

Ich beschloß jedoch, mich nicht entmutigen zu lassen, meinem wieder aufgeflammten alten Hobby, Gäste einzuladen, nachzugehen. Und zwar Gäste, die man sich eigentlich eher *nicht* einladen würde – bloß, daß ich die mir eben *doch* einlade: Die Bastians, Ehepaar Schumacher, Herrn und Frau Hirthe... allerdings wäre Rehlein wohl entsetzt, wenn ich ihr am Telefon davon berichte?

Wieder daheim, waren die grauen Wolkenbäusche zusammengerafft und hinfortgepustet worden, so daß ich tatsächlich zu einer sehr späten Zeit, als die Sonne bereits untergegangen, und ein ermatteter Himmel den Tagesrest umhüllte, in der Abendfrische joggen gewesen bin.

Hernach schrieb ich eine Seite von meinem geplanten Roman über den Onkel Rainer, und wer hätte

jetzt gedacht, daß dies eineinhalb Stunden in Anspruch nähme?
Die Hauptarbeit ging für´s Bügeln bzw. die Nachkorrekturen drauf, denn zuerst hatte ich mit dem Mut zur Lächerlichkeit wie eine ganz gewöhnliche Schriftstellerin erstmal ohne abzusetzen eine ganze Seite niedergetippt.
Nach der Nachkorrektur durfte man nun auf eine dichterisch wertvolle Seite blicken: Wichtig ist der „doppelte Boden" und vorallem, daß nach Ende der ersten Seite ein Umblätterungsschwung ausgelöst wird.

Mittwoch, 20. Februar

Sehr windig und aprilös, sprich: Ein launenhaftes Wetter mit der Neigung, Kapriolen zu schlagen. Kalt, grau, hi und da Windböen, die die Wolken derart umeinanderpusteten, daß die Sonne verschmitzt hinter der ein oder anderen zusammengeblasenen Wolkenkahlfläche hervorlächeln konnte

Ich schaltete den Televisor an, um mich im Sinne von Omi Mobbl an einem Eiskunstlaufspektakel zu ergötzen.
Doch zu Beginn sah man nur den Zweierbob, und dadurch, daß der Bob so wahnwitzig schnell ist, daß man´s kaum fassen mag (Pfarrer Brüning aus Emden: „Fasse es, wer kann!"), empfand ich diese Sportart als interessant und mußte mir eingestehen,

daß viele Dinge außerhalb meines Interessenradius´ eigentlich interessanter sind als jene im Interessensradius.

Die Kurzkür der Damen sah man erst ganz zum Schluß, und auf Platz eins liegt, wie in Amerika schon erwartet, Michelle Kwan. Um den Traum ihres Lebens nicht wie ein Kartenhäusl zusammenpurzeln zu lassen, lief sie auf Nummer Sicher, und der Ausdruck der Musik paßte nicht so recht zu ihrer ehrgeizigen Mimik.

Ihr Vater, ein bedrohlicher Asiate, wirkte sehr nervös – so, als dürfe man sich erst freuen, wenn die Goldmedaille wirklich am Hals herabbaumelt.

Donnerstag, 21. Februar

Sehr schöner Sonnenschein

Heute hatte ich mich so auf Buzen vorgefreut, wie einst in Taiwan auf den Opa. Sogar mein Haupthaar hatte ich gewaschen, doch mit der gewaschenen Frisur sah ich plötzlich so „überreif" aus, und grämte mich über den Anblick, den ich da bot.

Kann aber auch sein, daß dies Empfinden der Beginn einer leichten Frühjahrsdepression ist, denn mir fiel auf, daß ich nach dem Haupthaareswusch plötzlich so wenig Freude empfand. Selbst mein Tagebuch kam mir hohl vor, und meine Romanseiten sowieso.

Im Rahmen meiner Depression, klang mir mein Stil, - von einer gewissen Härsche in liebliche Milde aufgeweicht - als sei er von jemandem mit großen naiven Kuhaugen verfaßt worden.

Heute war für mich eine Sammelmappe mit Versicherungsvorschlägen von der DKV gekommen, doch im Gegensatz zu neulich, als ich meiner Rentenzeit noch mit frischem Elan entgegengesehen hatte, stimmten mich die Papiere heut leicht deprimant, da mir nun bis zur Rentenzeit im Jahre 2027 pro Monat 150 € weniger zur freien Verjubelung zur Verfügung stehen.
Und so, wie ich ständig denk´, ich *sei* schon 40, denk ich jetzt auch noch zuweilen, ich *sei* schon in Rente!
Buz neben mir schnurrte vor meinem geistigen Auge schon zu einem fast 89-jährigen Greisen zusammen, der er nämlich sein wird, wenn ich am 1.3.2027 in Rente gehe.

Buz war meist schweigsam, doch wenn die richtigen Saiten in seinem Gehirn bezupft wurden, geriet sein stillstehender Plauderschwung doch wieder in Bewegung: Wenn z.B. die Rede draufgeschwenkt wurde, daß das Jade Quartett in Spaichingen einfach <u>unglaublich</u> gespielt habe.
Ich psychologisierte Buz über die Hilde an.
Die Hilde möchte sich auf *das* besinnen, was sie wirklich hat, weil sie ansonsten doch quer am Leben vorbeilebt! Sie liegt mit ihrem Mann im Bett, verzehrt sich aber nach einem Anderen. Sie schaut ihren quengeligen, anstrengenden, fremden Sohn an,

und stellt sich vor, wie sagenhaft die Kinder mit Buzen geworden wären. Rund um sich herum vermeint sie lauter glückliche, verliebte kleine Familien zu sehen – und da <u>muß</u> man sich doch eines Tages wirklich dazu aufraffen, zu schauen was man hat: Nämlich einen lustigen netten Mann aus dem Busch, von simpler Struktur und mit einfachem, aber doch köstlichem Humore, und einen gesunden, süßen Sohn, und was will man mehr? Es sei, so psychologisierte ich Buz weiter an, so, als ob die Verwandten den Tod eines Familienmitglieds einfach nicht akzeptieren, und nichts in seinem Zimmer verändern. Dann verharrt die Trauer in festgefahrenem Zustand - so ich.

Buzen brannten noch zwei andere Themen auf der Seele: Daß er in Trossingen bereits ein zweites Streichquartett ins Leben gerufen habe: die…äh, Gloria, die Marie-Helene, „die übrigens sehr gut wird.."←fügte Buz eifrig hintan, da ihm das Violinspiel von der Gloria offenbar bereits gut genug ist.

Ferner erzählte Buz, daß er den kropfkranken Professor B. dazu eingeladen habe, mit seiner mehrköpfigen Familie die Ostervakanz bei uns zu verbringen.

Im Combi:

Auf dem Parkplatz bewunken wir uns mit Johann Holstein, und vorallem der süße Buz strahlte über sein ganzes liebes Gesicht, weil er so nett bewunken wurde.

Dann trafen wir Beate F., eine ehemalige Schülerin der Kreismusikschule Aurich.
Wir erfuhren, daß Beate F. immer noch in Esens bei ihrer alten Mutter lebt, und daß es *ganz schlimm* sei, da die alte Dame schwer gehbehindert, fast immer sauertöpfisch gestimmt, und hinzu höchst zankeslüstern veranlagt ist.
"Meine Oma haben wir ja jetzt glücklich unter die Erde gebracht", erzählte Beate F., da es mit *der* offenbar noch schlimmer war?
Buz riet, den Absprung zu wagen, da das Leben sonst immer schwieriger würd.
„Nachher pflegt dann deine Tochter dich!" mutmaßte er gar.
„Die gibt´s ja GOTTSEIDANK nicht!" sagte Beate F. so als laute ihr Lebensmotto strikt: „Kinder? Nein danke!"

Buz gratulierte der Veronika zum Geburtstag.
„n´Gruuuß!" sagte ich auf Art von der Veronika, und sprach dann wiederum selber mit der Jubilatorin, die heute 57 Jahre alt wurde.
Ich sprach über meine Rentenversicherung, und sandte die drumherum gerankten Worte schon bald in die Zukunft – zum 1. März 2027. Ob Buz, Herrn Herberger gleich, mit 88 Jahren vielleicht noch einen allerletzten Violinabend gibt? Begleitet womöglich vom bis dahin 33-jährigen Hendrik M. am Klavier?

Abends mußten wir uns die größten Sorgen um den Opa machen, und ich wurde so niedergeschlagen davon.

Natürlich ist es Zeit für den Opa, und man wünscht ihm eine sanfte Ruh´, doch daß das Ende so häßlich sein muß? In Ofenbach erwog man soeben, den Opa ins städtische Spital zu schaffen. Er ißt und trinkt nichts mehr, und ihm ist andauernd übel.

Freitag, 22. Februar

Sehr stürmisch. Hi und da peitschender Regen.
Nur am Nachmittag war´s mal schön

Der Opa ist seit heut im Spital, und Rehlein am Telefon klang so bezaubernd.

Schon für mich in Aurich war´s unglaublich, geradezu surrealistisch, daß die Ofenbacher Wohnung nach soooooooooo vielen Jahren, erstmalig opafrei ist. Wie muß sie sich da erst für Ming und Rehlein angefühlt haben? Etwas, was man zunächst auch erst fassen können lernen muß?

Auch wenn´s vielleicht nur ein kurzer Urlaub auf Ehrenwort vom Moribundenthum ist?

Der dehydrierte Opa wird im Spital rehydriert, und man weiß ja, wie es damals bei Herrn Herberger ablief: Eines Tages fand ihn die Zugehfrau leblos vor seinem Bett, und zwei Jahre später gab er noch ein finales Bratschenkonzert.

Am Telefon riet bzw. befahl Rehlein, daß ich mein Herz untersuchen lassen solle, so daß ich, von Unbehagen erfaßt, davonschlich, da es mir vor Ärzten und Arztpraxen gleichermaßen graust.
Zur Mittagsstund´ lag ich tatsächlich sehr gemütlich auf dem Bett. Ich hatte direkt das Gefühl, es ein <u>bißchen</u> in der Hand zu haben, jetzt einen Herzstillstand zu er"leiden", und stürbe in diesem Falle ein ganz kleines bißchen früher als der Opa, so daß ich im Himmel bereits mit weit ausgebreiteten Armen auf ihn warten könne! Ein tröstlicher und berührender Gedanke, der mich da umhüllte.

Ich sprach mit Ming, mit dem ich schon so lange nicht mehr geplaudert hab.
Ming tun vorallem Opas Mitinsassen leid.
Der schwäbisch-versicherte Opa ist in einem Vierer-Abteil eingeknastelt, und was die drei anderen wohl über einen alten Mann denken, der in der Nacht alle zwei Minuten „Ueij shö mo*?" sagt.
*„WAAAARUM?" auf chinesisch
Die Jahre mit dem Opa haben tiefe Rillen im Gehirn von Ming & Rehlein hinterlassen. Beim Fernsehen glauben sie ständig, den Ton leiser stellen zu müssen, und ohne den Opa fühlt sich das Haus sehr seltsam an.

„Brisant" am Nachmittag:
Man erfuhr, daß die ermordete kleine Vanessa aus Gersthofen buchstäblich und wirklich vom Tode

geholt wurde: Ein als Gevatter Tod verkleideter 19-jähriger war´s.

Nach der Karnevalsfeier war er einer Dame im Spätbus noch aufgefallen, und dieser Dame folgte er aufdringlich bis zu ihrer Wohnungstüre.

Der Mord wurde extra zu jenem Zwecke verübt, um der Bevölkerung einen Gruselschauer zu verpassen.

Samstag, 23. Februar

Rapider Wechsel zwischen düsteren Graupeltornados und hellem Sonnenschein

Schon während meiner Aufstiegszeremonie wurde ich vom Gefühl begleitet, daß ich eigentlich – nicht zuletzt auch durch die Ohren und Sinne Buzens – wahnwitzig untüchtig bin.

Natürlich könnte ich mich meiner leichten Grippe nun ganz hingeben, doch der Gedanke gefiel mir nicht, und so tat ich heut den ganzen Tag lang so, als sei ich gesund, zumal mir Buz schon zweimal gedroht hatte, daß ich am Montag zum Arzt müsse. Ein Gedanke, bei dem mir immer heiß & kalt wird, und so gab ich mir Mühe, ganz brav und artig zu sein, so daß Buz seine Drohung wieder vergisst?

Doch so, wie ich ständig unbewußt denke, ich *sei* schon 40, so fühlte ich mich jetzt bereits so, als sei die Diagnose „hochinvalid" (verstopfte Herzkranzgefäße, Diabetes, Gallensteine, Fettleber) schon amtlich, und fühlte mich somit an, wie eine Oma in bleichen Beulenhosen am Rollator.

Buz hatte auf rührend fürsorgliche Weise Orangenschnitze auf meinem Frühstücksbrett aufgestellt, die wie kleine Häuser ausschauten.
Das Wetter draußen schlug Kapriolen: Mal ein wilder Graupeltornado, und dann plötzlich glanzvoller Sonnenschein.
Buz hatte sich seinen Tag mit ein paar Schülern vollgekleistert:
Zuerst kam der kleine Ruben mit seiner Mutti, und beide waren mit weißen Hagelböppeln bedeckt.
Man spürte die unterschwellige Begeisterung von Rubens Mutti, einer Variante von „Frau Vitzthum" in Ofenbach, uns besuchen zu dürfen, und theoretisch hätte man sich nun tief befreunden, und einen großen Genuß aneinander haben können.
Doch da müßten erst „Mauern niedergerissen werden", und dafür fehlt in der Mitte des Lebens schlicht die Zeit.

Obwohl man bei diesem Wetter ganz leicht vom Fahrrad hinabgepustet werden konnte, fuhr ich doch mit dem Radl auf den Markt.
Beim Geflügelstand traf ich das Ehepaar Bastian.
Der Herr sah aus wie ein Besen, den man eigentlich packen und umkehren sollte, um damit die Stube zu fegen.
Heute erfuhr ich, warum es die Bastians nach Art eines Ehepaares, das vollkommen zu einer Einheit

verschmolzen ist, nur noch im Zweierpack zu sehen gibt:
Frau Bastian hat größte Probleme mit der Sehkraft: Netzhautablösung und eine Deformierung der Makula, so daß sie sich streckenweise nur noch am Henkel ihres Mannes hinfortbewegen kann!

Am Gemüsestand sah man die tüchtigee kleine, verfröstelte Marktfrau unermüdlich arbeiten:
In stürmischster Wetterlage stand sie mit ihrer Thermoskanne stramm Gewehr bei Fuß, und das Zelt – aufgebaut wie ein Zirkuszelt – drohte vom Wind auseinandergeblasen zu werden.

Der Supermarkt war gerappelt voll.
„...das hat ja bis Mountag Zeit!" sagte ein verschiebungsfreudiger alter Mann, der von seiner Frau zu den Wochenendeinkäufen mitgeschleift worden war, nach Art Buzens und mit plattdeutschem Einschlag.
„Das machen wir *heute*!" sagte die Frau beharrend und streng.

Zum Mittagessen lief Bartòks zweites Klavierkonzert, interpretiert von Pascal Rogé, und Buzen gefiel diese Musik sehr gut. Das bewegende, aber sehr ernsthafte Werk endet völlig abrupt – so, wie bisweilen das Leben.

„Haben wir denn einen Hasen im Hause?" sagte ich in stimmungsaufhellendem Seniorenhumore über eine kleine Wacholderbeere, die nach Art eines Hasenböppeles bei uns auf dem Tische lag.

Danach tranken wir Kaffee, doch ich empfand die Atmosphäre als seniorenbehäbig und festgefahren.
Und so legte ich die CD von Nathalie Kollo „for jou" auf. Eine Sängerin, die es ihrem weltberühmten Vater (René Kollo) „geben" will, indem sie sich von ihm zu emanzipieren sucht, und ihn auf ihrem Lebenslauf auch gar nicht erst erwähnt hat.
Nach dem Kunstgenuß riefen wir in Ofenbach an:
Mit seiner eigenen Frau muß Buz nun Termine hin und herwälzen, wann man sich wohl mal wiedertrifft, da Buz Ende März nach Taiwan reisen will.
Aber mir sitzt immer noch die quälende Einsamkeitsphase vom Oktober im Gebein, so daß ich mich nicht darauf freue.
Ich selber sprach auch mit Rehlein und erfuhr, daß der Opa immer noch im Spital rehydriert wird.
Ming habe er ein Lied ins Ohr gesungen, berichtete Rehlein gerührt. Nämlich das Lied vom „Tomatensalato", und ich mußte aufpassen, daß ich nicht weine.
Dann wiederum erzählte Rehlein, daß sie heute Opas Popel vom Kachelofen hinweggewischt habe, auch wenn´s vielleicht seine letzten waren.
„Sag ihm, er muß neue hinkleben!" rief ich aus.

Sonntag, 24. Februar

Manchmal geradezu unnatürlich schön.
Ein überirdischer Glanz.
Dann wieder Gegraupel. Abends Regen

Sehr schön geschlafen.
Ich träumte ganz viel. Z.B., daß *die Omi-Mobbl im Apfelgärtchen im Liegestuhl saß, und ich mich stundenlang an sie anschmiegte.*
Eines Morgens verließ ich mit dem Opa das Haus, so als sei ich der Tod.
Einem eventuellen Jemanden, der hinter uns hinterherblickte, verwandelten wir uns in rasendem Tempo in winzige Pünktchen, die bald gar nicht mehr auszumachen waren.
Wir liefen breit angelegte Serpentinen an einem Berg hinan, bis wir zu dem großen 50ger Jahre Hotel auf dem Klippeneck gelangten.
Der Opa ging in die Küche, um etwas zu besprechen, und als er nicht wiederkehrte, schaute ich nach einer Weile nach, und traute meinen Augen nicht:
Er hatte sich als Kellner verkleidet, und trug bereits eine zu servierende Platte vor sich her.
Demnach hatte er mit der Chefin blitzschnell über einen Job verhandelt?

Frühstück:
Ich legte die englische Nationalhymne auf, die sich auf der B-Seite jener Kassette befindet, die Onkel Dölein uns geschenkt hat, und von der ich so begeistert bin, da sie so schön nach Staatsbesuch klingt.

Doch leider klingen alle meine Lieblingswerke durch Buzens Ohren gehört, anders. Vielleicht weil man die Schwingung in der Luft spürt, daß Buz eigentlich lieber fernsähe?

Mittags schellte das Telefon.
„Oh, Schätzlein!" sagte Buz mitleidsvoll und voll echter Wärme, so daß ich, schockgefrostet, schon ahnte, was geschehen war: Der Opa war verstorben.
Ein Moment, den man schon oft herbeigesehnt hatte, doch nun war alles völlig anders.
Ich war wie betäubt und heulte ganz viel:
Ein Lebenssubstrat von fast 40 Jahren war mir entzogen. Plötzlich schien ich´s kaum noch verschmerzen zu können, daß der leuchtende Opa aus der kostbaren Schatztruhe der Erinnerungen weg war: Taiwan, Indien, meine Studienzeit in Wien…mein Leben war eingerupft: Alles Licht, alle Fröhlichkeit, alles Glück schien entwichen.
Sogar Buz legte sich nach dieser niederschmetternden Nachricht einfach ins Bett, und man wußte gar nicht, was man mit dem Rest des Lebens nun machen sollte?
Das Wetter draußen war so wunderschön, aber ein Leben ohne den Opa kam mir so sinnlos vor, daß ich mich nicht mehr daran zu erfreuen vermochte, und den Schmerz kaum fassen konnte.
Es heißt, Ming & Rehlein hätten den Opa noch besucht, und wenig später sei er dann verstorben.

Wenn ich jetzt erführe, daß mit meinem Herzen was nicht stimme, so wäre mir das nur recht!

Montag, 25. Februar

Zunächst bleicher Nebel. Dann trostloser Regen

„Gestern" schlief ich so schlecht ein, da ja die erste in einem unüberschaubaren Bündel an Nächten ohne den Opa anhub.
Ich bekam schwer Luft, und auch wenn´s unangenehm war, so war´s mir doch recht, weil ich mir so sehr wünschte zu sterben. Der Gedanke, wieder bei Opa und Mobbl zu sein, schien mir überwältigend schön, und auch der Partentext, der mir zu Ehren ersonnen, und kunstvoll formuliert würde, trat mir bereits in den Kopf: „Sie überlebte ihren geliebten Opa um nur einen einzigen Tag".
Irgendwie ist´s sogar noch schlimmer als nach Mobblns Tod, weil die Mobbi uns mit dem Opa ja ein Pfand zurückgelassen hatte, und dieses Pfand ist nun auch weg.

Ich las über den „Mord im Kinderzimmer" nach:
Der 19-jährige Sonderling „Michael" hatte die Vanessa abends an ihrem Fenster schimmern sehen, solcherart vielleicht, wie ich manchmal am Fenster zu sehen bin, und ansonsten hat er die Vanessa doch überhaupt nicht gekannt!

Wie er ins Haus hineingekommen war, mochte die Kripo nicht verraten.

Ich schaltete die E-Mail Box an, weil ich hoffte, Kommentare zum Ableben des unvergessenen Dichters Konrad E. Panonnius* zu zapfen.
*Opas Pseudonym
Doch bloß von Onkel Dölein war ein Brief mit dem Titel „Opa" gekommen.
Als gefühlsverhaltener Vorkriegsmann hatte er seine wahren Gefühle nicht so direkt in Worte kleiden können, und so schrieb er nur, daß Opas sanfter und rascher Tod genau auf die etwas vorgezogene Geburtstagsparty gefallen war, welche seine Frau Deborah für ihn arrangiert hatte, und sie würden heut in Würde sein Entschweben in die vierte Dimension feiern.

Am Vormittag loste ich immer nur aus, zu üben. Ein Eskapismus für mich, und Buz war froh, daß bei uns der Alltag und somit wieder ein normales Leben eingekehrt war. Doch für mich war es das nicht. Die Welt hatte sich verändert.
Buz wollte um ein Uhr in die „Ostfriesische Landschaft" radeln, und hakte höflich aber unbeholfen nach, ob man wohl vorher etwas essen solle?
„Schür schon mal das Feuer!" sagte ich, und Buz schürte das Feuer unter unserem großen, innen leicht rußig gewordenen Da-Tong-Topf* und entfernte sich dann unreif vom Geschehen.

*Ein riesengroßer Eisenkochtopf aus Taiwan. Geeignet für eine zehnköpfige Familie

Das feuchte und bleiche Nebelwetter am ersten Tag nach Opa hatte sich in trostloses, trauriges Geniesel gewandelt.

In der Oldenburgischen Landesbank:
Vor mir stand neben ihrem Einkaufsrollator eine ganz alte Oma mit großformatigen bleichen Hefeohren, die man unter einer schönen weißen Strickhaube hervorschimmern sah.
Die alte Dame wurde von meinem „Ansprechpartner" Wilhelm Wilbert nach Art eines eifrig, zuvorkommenden Enkels bedient, obwohl sich der Gipfel seiner burschenhaften Strohfrisur auf dem lustigen Eierkopf auch schon zu lichten beginnt.
Ich stand daneben und dachte: „Wie wäre es nur schön, wenn das jetzt *meine* Oma wär!"
Ich würde sie stundenlang im Rosenhof besuchen und liebevoll an ihren großen Ohrläppchen zupfen.
Die Oma hat aber meine Gedanken nicht erfüllt, und der schüchternen und wahrscheinlich einsamen alten Dame war es peinlich, daß ich ihretwegen so lange warten mußte. Doch mir machte es nichts aus, da die Zeit für mich ohnehin zum Stillstand gekommen war.
„Mir macht das nichts aus!" sagte ich freundlich, „lassen Sie sich unbedingt alle Zeit der Welt!"

Doch der Satz, der so überschwenglich gemeint war, klang im Nachhinein etwas „untertönig", wie ich fand.

Ich mußte an den „ersten Tag nach dem Exitus" denken, und blätterte in Gedanken jenen Tag herbei, an dem gestern der Opa Gerhard gestorben war. Einen Tag, an dem ich noch gar nicht auf der Welt war, und doch fühlte ich hier und jetzt inmitten der diskreten und gedämpften Stimmung der Oldenburgischen Landesbank die lähmende Trostlosigkeit, die an diesem Tag geherrscht haben mag.

Ein ganz kleines Kind, zirka drei Jahre alt, mit dicken rosigen Wangen, richtete das Wort an den Bankbediensteten. Es klang ebenso schwer verständlich, als wenn ein uralter Mensch einen anbabbelte.

Höflich und mit einem leicht belustigten Lächeln behaftet trichterte Wilhelm Wilbert das Ohr, und vermeinte der Babelage den Wunsch nach einem Bonbon zu entnehmen. Doch er fand die Dose mit den Bonbons erst, als das Kind bereits entwichen war. So sollte ich ihm die zwei Bonboles hinterhertragen. Doch dies kam mir seltsam vor: Eine fremde Frau in einem düsteren Mantel, die einem Kleinkind Bonbons reicht? Und außerdem besann ich mich darauf, daß Mütter dererlei nicht so gerne sehen, und aß sie somit selber auf.

Dadurch, daß Trauernde anderen die innere Batterie aussaugen, und Buz daheim somit auch ausgesaugt und gelangweilt wirkte, war´s bei uns zuhause trostlos. Oben in Mings Zimmer stand Buz am

Fenster, schaute in den Regen hinaus, und ließ sich von mir seine schmerzenden Schulterblätter massieren.
„Ich bin irgendwie so müde!" sagte Buz, und es machte mich ganz traurig, daß jetzt, nach der ganzen „Aktion Opa" nun auch unser Papa plötzlich müd und altersschwach wird.

Über den Gaßmann hatte ich heute auch schon nachgedacht: So, wie der Herr von der DKV mir eine Mappe mit Versicherungsideen geschickt hat, so könnte ich doch beispielsweise dem Gaßmann eine kleine Liste zukommen lassen, wo fein säuberlich draufgetippt steht, was mich alles an ihm nervt, und was er zu unterlassen habe, wenn ihm meine Freundschaft teuer sei: Zu rauchen, ständig konturlos herumzupfeifen, unappetitliche Lippenfürzlgeräusche von sich zu geben…man fährt mit dem Schmirgelpapier über die schlechten Gewohnheiten, und darunter leuchtet ein wundervoller Mensch auf, der so viel Licht und Freude ins Leben bringt.

Am Abend kam ein warmer Tröstungsanruf Mings, und wieder weinte ich die ganze Zeit, weil mein Abschiedsschmerz für den Opa um keinen Deut nachgelassen hatte, und auch keinen Beschwichtigungsworten zugänglich schien, da es die nackte Vermissung, und nichts als die Vermissung ist, die einen peinigt.
Ming hat diese Empfindungen auch.

Der Opa lebte auf den Tag genau 4814 Wochen lang, und dann war´s vorbei.
Natürlich klänge es befremdlich, zum Heimgang eines 92-jährigen *In unsagbarem Schmerz* auf die Parte zu schreiben, und doch würde diese schmerzbefüllte Passage, die man auf Parten gelegentlich antrifft, unsere Empfindungen wohl am ehesten treffen.
Ich erzählte Ming, daß Buz immer bar jeglichen Konzepts vor sich hinüben würde. Er käme mir vor wie ein Bäckermeister, der rumknetet und rumwürzt, und ganz plötzlich einen vereinzelten Zimtstern aussticht.

Abends rief mich anteilnehmend der Friedel an, weil es schon die Runde gemacht hat, daß ich von Opas Tod tief getroffen bin.
Ich erfuhr, daß Doris und Friedel letzte Woche um ein Haar Schluß gemacht hätten.
„Die Doris ist mir gegenüber immer sehr kritisch!" berichtete der Friedel, und plötzlich habe er gesagt:
„Laß uns die Beziehung beenden. Ich habe keine Lust mehr!"
„War´s das dann jetzt?"
„Das war´s dann jetzt!"
Doch in der Küche wurde die Doris von einer Verlassenheitspanikwelle erfaßt, und am Abend versöhnten sie sich nochmals.

Abends unterrichtete Buz den Sohn vom Herrn Schetelig.

Herr Schetelig hat Buz anständig mit 100 € bezahlt, und hinzu einen Delikatess-Baumkuchen als Gastgeschenk mitgebracht.

Nun warf ich die Frage auf, was wohl passiere, wenn der Knirps beim Landeswettbewerb nur einen Trostpreis erringt? Herr Schetelig wird poltern, und ausrufen: „Das hätt´ ich aber auch billiger haben können!"

Dienstag, 26. Februar

Wahnwitziger Sturm. Hi und da ein Aufregnen
(Orkan)

Frühstück mit Buz und Heidi Abel:
Ich erzählte plastisch von Herrn Schetelig, dessen Baumkuchen wir nun genußvoll verzehrten:
Herr Schetelig habe ein neues Hobby für sich entdeckt: Sein jüngster Sohn, den er bis vor kurzem eigentlich gar nicht so richtig wahrgenommen hat, gewann einen stolzen ersten Preis bei „Jugend Musiziert", und nun möchte sich´s Herr Schetelig etwas kosten lassen, daß der Sohn auf dem Klavier ganz nach oben gelangt.

Am Vormittag kam der gemütliche Herr Seibels, mein Versicherungsvertreter, während im Zimmer nebenan eine Geigenstunde wütete.

Ich erfuhr, daß Herr Seibels 54 Jahre alt sei, und vier Kinder habe, die sich je auf eine sagenhafte Rente freuen dürfen, da sie allesamt frühzeitig damit angehoben haben, in die Rentenkasse einzuzahlen.
Außerdem erfuhr ich, daß Herr Seibels große Lebenslust habe, und sicherlich über 90 wird, während es mir persönlich am liebsten wäre, wenn ich vor dem 65. Jahr meine Erlösung gefunden hätt, und der süße Ming, den ich heute zum Alleinerben bestimmt habe, meine Renditen bekommt.
Ein frohes Hochgefühl dahingehend, daß man jetzt ein Versicherter ist, mochte sich bei mir nicht so recht einstellen.

Mittwoch, 27. Februar
Aurich - Grebenstein

Mal strahlender Sonnenschein.
Dann ganz finstere Wolken

Um elf Uhr kam Frau Schinke, und war tief betroffen, als sie von Opas jähem und völlig abrupten Ende hören mußte.
Ich war Frau Schinke so dankbar, daß sie auf sattsam bekannte Schmerzwegwischwunder („Er war ja schon soo alt!" und „Das Leben geht weiter!") verzichtet hat, denn selbst wenn der Opa 104 Jahre alt geworden wäre – ich hab nur 39 Jahre lang Freude an ihm gehabt.

Ich erfuhr, daß Frau Schinkes Mutti genau an ihrem 88. Geburtstag starb, und der Vater wurde sogar nur 52 (Magenkrebs), und starb als Frau Schinke ein junges Ding von 14 Lenzen war.

Buz sagte: „Sieh zu, daß du wirklich um halb fünf gepackt hast!"
„Wenn ich es schaffe", sagte ich, „denn ich hab ja das Dalton-Syndrom: Die Unfähigkeit Wichtiges von Unwichtigem zu unterscheiden."
„Ach wär das schön, wenn ich kein Dalton-Syndrom mehr hätt!" rief ich plötzlich schwärmerisch aus, weil mich die Eventualität elektrisierte, daß es jemandem gelänge, mich von meinem Dalton-Syndrom zu befreien.

Reise nach Grebenstein.
Als es dunkel geworden war, legten wir eine kleine Rast in einem alten Gasthof in Halle/Westfalen ein.
Buz telefonierte auf seinem neuen Händi mit seiner alten Mutter und sagte in Fröhe darüber, daß wir wenigstens noch eine Omi haben: „Mein lieber Schatz!" so daß Vorbeipromenierende gedacht haben mögen, da telefoniere ein Herr mit seiner Liebsten!
Wir bestellten uns einen labenden Pfefferminztee, und ich erzählte Buzen vom Friedel, der die Freuden der Onkelschaft noch immer nicht für sich entdeckt hat. Zum kleinen Marius sagt er Dinge wie: „Ej, halt dich da raus, Kleiner!" und verunsicherte den

Marius, der doch gerade im Begriff war, ein kleiner Haustyrann zu werden, schwer.
Dann erzählte ich vom kleinen Yussuf, und wie er sich wundert, warum seine Oma „Oma" und sein Vater aber auch „Oma(r)" heißt.

Donnerstag, 28. Februar
Grebenstein – Wörth an der Donau

Schön sonnig. Unterwegs schneite es einmal auf

Frühstück mit der Omi:
Ich wollte wissen, wie es früher war, als Buz noch ein kleines Buzzewackele auf dem Kinderhochsitz war, und die Omi lachte so entzückend in der Erinnerung an den süßen kleinen Buz, der mit dem Löffel auf die Suppenoberfläche drosch, daß es gespritzt hat, und die Erwachsenen aufkrischen.

Dann kam Frau Wyss. Buz hatte schon ausgeholt zu sagen: „Spaß muß sein, und w[enns bei der Schwiejermutter im Bette ist."] Dann brach er den Satz aber nach dem ersten „w" ab, weil er ihn vielleicht schon ganz oft benutzt hat, oder aber sich diesen gelächtertreibenden Satz für ein andermal aufbewahren wollte.
Schließlich holte Buz die schwarze Familienbibel herbei, und las über den Josua vor.

Die Omi hört so unglaublich gerne Geschichten aus der heiligen Schrift, und bat den Lesenden hi und da etwas lauter zu sprechen.

Kurz bevor wir abreisten huschte eine schwarze Katze in Omis Zimmer, so daß sich der Gedanke aufdrängte, dies sei vielleicht ein Vorbote des Todes gewesen, so wie sich nun ja leider auch das schwarze Vögelchen als Vorbote von Opas Tod erwiesen hat.
Buz bellte wie ein Hund, und davon raste die Katze wie von Sinnen und mit gesträubtem Nackenhaar aus der Wohnung hinfort.

Wir fuhren nach Würzburg, wo Buz um halb drei eine knackige, südländische Schülerin unterrichten wollte.
Wenig später klingelten wir bei Hummels, wo zeitgleich auch das besungene junge Fräulein eintraf.
Thomas´ Mutti, vertrocknet und gedörrt, nicht unherzlich und doch hölzern, war allein zuhaus, und schon bald nach der Begrüßung entschwand Buz mit dem pädagogischen Braten ins Nebenzimmer. Ich erzählte Frau Hummel, daß Buz beim Unterrichten Raum & Zeit enthoben sei.

Die Zeit rann. Um 14:41 hatte Buz gelobt, in einer Stunde wieder abzureisen, doch jetzt war´s bereits 16:22.
Die Geigerin hinter der verschlossenen Türe, die mit Mozarts e-moll Sonate begonnen hatte, war mittlerweile schon bis zu den beiden Endsätzen von Bach´s

g-moll Sonate, die sie ganz barock interpretierte, vorgedrungen, und in der Zwischenzeit war auch noch ein Fax für sie eingetroffen.

„Die hat sich sogar schon umgemeldet!" bescherzte ich Mutti Hummel, die diese komische Geigerin doch überhaupt nicht kennt! Sie trat einfach wie aus dem Nichts in unser beider Leben, und ich wiederum fühlte mich dahingehend auf Kohlen sitzen, daß ich doch weiterstrebte.

„Yehudi, il est six heures!" sagte ich einmal zu Buzen. Worte von Diana Menuhin, als Buzen einst eine Audienz bei dem seltsamen Heiligen Sir Yehudi Menuhin gewährt worden war, wo Buz die feinsten Finessen seiner pädagogischen Tüftelei vorführen wollte.

Buz leuchtete so süß, weil ihm die Arbeit so viel Freude bereitete.

„Gleich. Einen Moment noch!" sagte er vielsagend, und ich bestaunte den altersschwachen 22-jährigen Papageien Nepomuk mit seinem gebogenen Schnabel, der wie ein Fingernagel immer weiterwächst, und hin und wieder mit der Gartenschere nachgestutzt werden sollte.

Frau Hummel wollte um 16 Uhr 45 das Haus verlassen, um eine selten gespielte Oper von Jules Massenet zu hören.

Buz bot ihr an, sie zum Ort des Geschehens hinzuschoffieren, weil er es so nett fand, durch Thomas´ Vermittlung („Komm Mutter. Jetzt mach bitte kein Geschiss!") die fremde Schülerin hier unterrichten gedurft zu haben.

„Ansonsten hätten wir uns eine Telefonzelle suchen müssen, wo man allerdings bloß hineinpasst, wenn man mit hängendem Arm* spielt!" scherzte Buz, und imitierte einen lachhaft aussehenden Hängarmgeiger.
*Eine Technik, die von Buzen nicht gutgeheißen wird.

Den Tagesfortsatz hatte Buz sich auf die Schnelle folgendermaßen ausgedacht:
Er bringt Frau Hummel ins Opernhaus, ich gehe mit dem Mädel spazieren, und „nachher gehen wir zusammen ´n Kaffee trinken!" sagte Buz so rührend schwungvoll. Ein bißchen erinnerte die Situation an damals, als Rehlein neben dem Eichert auf der Terrasse in der Liege abspannen sollte, und Frau Hummel selber war´s, die zur Besonnenheit riet, denn nachher würde Buz doch wohl, im Würzburger Feierabendstau eingezwackt, zum Stillstand verdammt sein!
Frau Hummel pflegt die Schlüssel unter die Fußmatte zu legen, so, wie es Vanessas Eltern ja auch gemacht haben.

März 2002

Freitag, 1. März
Wörth an der Donau - Ofenbach

Streng bewölkt (bräunlich bis grau),
und zwischendurch gelegentlich ein Sonnenglanz

Mir grauste vor dem Ofenbacher Haus ohne Opa.
Mittags kamen wir an.
Ich saß schwerfällig und unfähig zu wahren Gefühlen wie ein nasser Sack im Auto, während Ming grüßend – zuerst ernst, dann mit einem Lächeln auf unser Auto zutrat.
Das Erste, was Ming uns erzählte war, daß die Dame Gerswind wieder schwanger sei.
Dann begrüßten wir das süßeste aller Rehleins, und beim Gang durch die nunmehr hohlen und kahlen Gänge dachte ich darüber nach, wie bei uns ein Leben verloschen, während bei der Gerswind wieder eins am keimen ist.
Doch so manchesmal muß man hören: „Der ganze Ärger fing mit dem dritten Kinde an. Das hat ER ja nicht mehr gewollt."
Der Gedanke an die Gerswind verwob sich somit wie ein, wenn auch dünner, Faden in meinen ganzen Tag.

Im Garten krümmte sich der Konstantin aus Rumänien, doch er grüßte uns nicht, und wirkte auch sonst ungenießbar. Dies rührte daher, daß er verstimmt mit Rehlein war, da Rehlein seiner

Lohnforderung von hundert €uro nicht nachkommen mochte.

Vom Fenster aus konnte ich sehen, wie er sich schläfrig, wie unter Narkose bewegte – solcherart, als hätte er selber einen schweren Schicksalsschlag hinnehmen müssen.

Rehlein kochte uns ein Süppchen, und ich fand´s köstlich, obwohl es sich nur um ein Tütensüppchen handelte. Doch die mütterliche Hand, die so kunstvoll den Kochlöffel geschwungen hatte, schien dem Süppchen ein geheimnisvolles Aroma beigefügt zu haben? Vielleicht hatte Rehlein das Süppchen mit Tränen für den Opa gewürzt, so daß ihm ein einmaliger Geschmack anhaftete?

Rehlein zeigte uns einen neugeborenen Igel, den der Konstantin bei seinen Grabungen im Garten ausgebuddelt hatte. Man sah kaum, daß es ein Igel war, – eigentlich nur, wenn man es wußte - denn er schaute aus wie eine große Klette, solcherart, wie sie sich zuweilen an den Beinkleidern verfängt. Sogar der traurige Konstantin leuchtete wie ein matter Sonnenstrahl, als er den kleinen Igel behutsam emporhob – voller Ehrfurcht vor der Schöpfung.

Am Nachmittag kam die kleine Paitessa zu einem Kondolenzbesuch.

Sie frug Ming: „Haben Sie auch geweint?!" und strahlte dazu freundlich.

Dann umarmte sie Ming und Rehlein, und erzählte Rehlein, daß auch sie fast geweint hätte.

Buz mußte in Korea anrufen, und die Paitessa frug keck: „Haben Sie dort eine Dienerin?"

Ich beschloß, es als kleine Kostbarkeit zu genießen, daß ein kleines Kind im Hause war, und über den Konstantin sagte ich warm: „Das ist der Konstantin!" so, daß er es vielleicht gehört hat, und aus dem warmen Klang meiner Stimme herausdeuten konnte, daß er uns doch nicht ganz gleichgültig ist.

Ich beplauderte die Paitessa intensiv, und bemühte mich verzweifelt, durch eigene Worte Begeisterung heraufzubeschwören.

„Der Igel darf jetzt in Opas Zimmer wohnen!" sagte ich, und dann erzählte ich, daß Rehlein in einem Monat Geburtstag habe, und wenn die Paitessa ab heut jeden Tag einen €uro spart, dann könne sie Rehlein ein wirklich schönes Geschenk kaufen.

Sie könne aber auch bei den Nachbarn reihum klingeln, und Angebote unterbreiten. Z.B. Ehemänner zu beschatten, und vieles mehr. Es koste 5 €uro 50 die Stunde.

Dann erzählte ich ihr auch noch eine frei erfundene Geschichte, die ich selber spannend fand: Wie Buz aus Geistesabwesenheit von der Autobahnraststätte in Bayern aus alleine weiterfährt, und ich, von meinen Besitztümern gänzlich entblößt, nur eine Möglichkeit sehe, nach Ofenbach zu gelangen: Ich bastele ein Schild mit der Aufschrift *Ofenbach* und stelle mich damit an die Autobahneinfädelungsrampe. Ein hessisch-hilfswütiger Autofahrer denkt: „Weiß den das Mädchen nicht, daß man Offenbach

mit zwei f schreibt??" und fährt mich nach Offenbach, wofür er sogar auf die Gegenfahrbahn wechseln muß.
Doch einem hilfswütigen Hessen macht ein Umweg, und auch ein langer, nichts aus. Zuhören tut er jedoch nicht.
„Ich will doch nicht nach Offenbach. Ich will nach Oooofenbach, einem kleinen Dorf am Ende der Welt!" (sage ich)
„Ich lad Sie dann am Stadtpark ab…"brummt der Hesse, und geht nicht auf meine Wort ein.
„Haben Sie nicht gehört, was ich gesagt habe?"
„Vom Stadtpark aus fährt alle zehn Minuten eine S-Bahn…"
In Offenbach kenne ich keinen Menschen, und muß völlig neu beginnen, indem ich reihum an den Häusern schelle und meine Dienste anbiete.

Ich stellte mir vor, wie Rehleins Freundinnen in Aurich ein riesiges Herz aus Blumen basteln, worin zu lesen steht:
Herzlich willkommen zuhause, liebe Erika!
weil sie sich nicht vorstellen können, daß Rehlein nach der Beerdigung ihres Vaters auch nur einen Tag länger in Ofenbach verbleibt als nötig.
Außerdem organisieren sie ein Grillfest, und die Initiative geht auf die mütterlich engagierte Frau Schulze zurück.

Ich joggte durch den Wald, und beggnete keinem einzigen Menschen. Dabei hätte ich ganz leicht vom

Konstantin mit meinem schönen Seidenschal erwürgt werden können.

Abends zeigte Buz Rehlein wie nebenher ein Gruppenfoto, wo all seine Schüler drauf zu sehen waren. Mit scheinbar beiläufiger Stimme nannte er jeden Namen.
Auf rührende Weise wirkte Buz wie ein verliebter Pennäler, der seiner Mutti in verschämter Freude seine Angebetete zeigt.

Samstag, 2. März

Farblose, bleiche Gräue

Seit Opas Exitus strengt mich alles ungeheuerlich an. Nichts macht mehr Freude, nichts interessiert mich – und gleichzeitig denke ich händeringend, daß ich dringend meine innere Batterie aufladen müsse!
Und wie funktioniert dies wohl am besten? Doch durch Tätigkeiten!
Und so führte ich alles mit aufgesetztem, künstlich geschürtem Schwunge durch.
Ich loste aus:
Als erstes kam dran, den Geburtstagsbrief an Ute B. verspätet weiterzuschreiben. Ich hatte das Briefeschreiben nach Opas Exitus extra hinausgezögert, weil mir davor grauste, jemanden über Opas Heimgang in Kenntnis zu setzen. Nun aber schrieb ich etwas solcherart, daß ich den ganzen Tag um den

Opa trauere, während sich andere, wie beispielsweise mein Papi in seiner simplen Funktion als Schwiegersohn, mit dem Unvermeidlichen längst abgefunden haben.

Ming zeigte mir die letzten Fotos vom Opa, als der Opa nur noch mit Spinnweben ans irdische Dasein befestigt war:
Der alte Mann sitzt ganz versunken und gebeugt mit seinem Spazierstock am Kachelofen, und durch die vielen Falten, die seine Schlafanzugshose wirft, sieht er aus wie Tobias Knopp aus der Wilhelm-Busch-Geschichte, kurz bevor die Parze seinen Lebensfaden abgeschnitten hat.

Ming sagte: „Wir bekommen heute einen Überraschungsgast!" und eilte in großer Vorfreude zum Gatter hin.
Da rollte der Tone, der sich Sekunden zuvor übers Händi angekündigt hatte, in seinem grünen Auto auch schon herbei.
Man sollte meinen, daß Umarmungen in meiner jetzigen Lebenssituation Balsam für die Seele seien – doch das sind sie nur ein ganz verschwindend kleines bißchen, bis eigentlich überhaupt nicht. Ich fühlte mich unverändert stimmungsarm, legte mein Gesicht allerdings in freundliche Lachfältchen, da mir sonst nichts einfiel, was man so sagen könnte, während aus dem Tone seine Reiseerlebnisse heraussprudelten.
Das Wiedersehen mit Rehlein verlief scheinbar ein bißchen ernüchternd:

Rehlein trat verschlafen hinter der Milchglasscheibe hervor:

„Grüsss Dich!" sagte Rehlein trocken, und streckte die Hand aus, doch der Tone bebusselte und bezärtelte Rehlein so bezaubernd, daß Rehleins Herz schon hätte aus Stein gewesen sein müssen, wenn sie davon nicht dahingeschmolzen wäre.

„Ich finde es übrigens ganz reizend", sagte Rehlein leicht künstlich, „daß du so weit hergereist bist!" Doch dann bröselte die Künstlichkeit auch schon wieder ab, und Rehleins natürlicher Scharm kehrte zurück: "Wie du erst bei *mir* gehüpft wärst!"

Da lachten wir alle, und dann fuhren wir nach Kirchau, um die Dame Gerswind zu besuchen.

Im Auto wußte ich immer noch nicht, was ich sagen sollte, und nur, wenn über Todesfälle gesprochen wurde, schien ich ein bißchen die Ohren zu spitzen. Z.B. als die Rede auf den jüngst verstorbenen Onkel Konka geschwenkt wurde, der ein so grausames Ende fand, daß man richtig froh sein muß, daß dieses Kapitel um ist.

Beide Beine waren ihm abgestorben, und nun wollte man ihn aus dem Koma erwecken um ihn zu fragen, ob man seine beiden Beine abmachen solle, oder ob er lieber sterben wolle?

Bei der Gerswind:
Die Kinder stürzten sich wie zwei kreischige Vögel auf Ming, und dann trat auch gleich die bleiche und müde Dame des Hauses, die Gerswind herbei.

Obwohl ich sie mit einer Umarmung begrüßte, empfand ich das Wiedersehen als ernüchternd.
Gleich zu Besuchsbeginn schlug man uns Gästen vor, die Baustelle zu besichtigen, und gemeinsam fuhren wir zum Rohbau, wo man staunend durch die bebretterten, unfertigen Zimmer lief. Überall lagen Kippen auf dem Boden, und ich fühlte den ernüchternden Hauch der Fremdheit so stark.

Die Kinder bekrischen und umrundeten den gutmütigen Ming übermütig.
Nach einer Weile begann´s mir auf den Nerven zu gehen, und bald schon zeigte sich der Opa Erwin mit seiner positiven Ausstrahlung.
„Opa! Opa!" riefen die Mädchen bestürmend, und der Opa sagte unsentimental auf kärntnerisch „Nervige Weibsleut´!"
Nach der Besichtigung fuhren wir wieder zurück, um die anvisierte Teestunde abzuhalten.

Im Familienzimmer wärmte ich mich am grünen Kachelofen, und stellte mir vor, wie schön es wäre, die ganze Zeit nur am Kachelofen zu stehen, die Wärme und Ruhe zu genießen, und mich vom Geschrei der Kinder zu erholen.
Stattdessen saß ich dann aber an den Tone geschmiegt am Tisch, und ließ die Teestunde über mich ergehen. Es gab Grüntee, der in winzigen, äußerst geschmackvollen Täßchen von Mutti Gerswind immer sehr aufmerksam nachgegossen wurde.

So verschlafen die Gerswind auch sein mag – niemand gerät in ihrem Haus in Teenot.

In gewisser Weise hatte ich das Gefühl, daß jetzt in dieser gemütlichen Küche zur Dämmerstund meine Stimmung zurückkehrte.

Die Kinder erzählten Witze, die Gesine schaltete oftmals das Licht aus, um eine Weihnachtsstimmung heraufzubeschwören, doch der Gerswind gefiel es nicht, und sie schaltete das Licht wieder ein.

Ming zeigte der Daaje, wie man mit Mozartkugeln jongliert, und ich durfte Daajes Poesiealbum durchblättern. Sogar die Lehrerin hatte ein Foto von sich hineingepappt und ihren Geburtstag aufgeschrieben. Das Jahr, das mich sehr interessiert hätte, kehrte sie allerdings einfach unter den Teppich.

Sonntag, 3. März

Bleich bewölkt. Abends manchmal ein liebevolles
Zwinkern der Sonne solcherart,
als wolle der Opa uns kund tun,
er sei gut angekommen

Rehlein beim Ankleidevorgang im Evenkostüm sah von hinten aus wie ein Cello aus Cremone, so daß ich ihr sehr ans Herz legte, den Heiner, falls er käme, zu bitten, Nacktfotos von ihr zu schießen, denn eine so knackige und knusprige 62-jährige hat die Welt eigentlich noch nie gesehen.

Buz versuchte ein Anekdötchen anzubringen.
Er erzählte, daß Frau Lüders ihm neulich in einem Körbchen sooooo viel Kuchen gebracht hatte, und als Buz das Körbchen zurückbrachte, erlebte er sein blaues Wunder: „Wer da??" rief eine schneidende, von Buzen exzellent imitierte Stimme. Sie gehörte einer Dame im Rollstuhl.
Frau Lüders greiser und bitterböser Stiefmutter.
„Hör auf!" sagte Rehlein, der diese Geschichte nicht gefiel, doch wie eine gute Anwältin ergriff ich Buzens Partei: „Immer beklagt man sich, daß Buz nichts erzählt! Doch erzählt er mal etwas, so heißt´s wiederum, er rede ohne Unterlass!"
Da trat Beschämung auf, und Buz selber freute sich, daß er auch einmal einen Punkt gemacht hat.
Dann erzählte ich, wie es bei Antje & Kläuschen immer Debatten gibt, weil der Kaffee unter Kläuschens Kaffeekochfuchtl immer gleich so kalt und ungenießbar stark wird…

Mittags sind Andi & Lisel mit ihrem Teppichvorlegerhund „Ada" gekommen.
Im Angesicht von Opas Exitus begrüßten wir einander mit einer tiefen und schwermütigen Umarmung. Wie selbstverständlich durfte das Hunderl mit in die Wohnung kommen, und an unserem Leben partizipieren.
Der Onkel Andi sagte über den Namen: „Vorne und hinten ein A, und nur das d in der Mitte muß man sich merken" und lachte zu diesem kleinen

Scherz so entzückend, daß man ihn unglaublich liebte.
Man muß ja auch bedenken, daß Opas Freude an der Gaudi im Andi weiterlebt, auch wenn böse Zungen ihn vielleicht als „eher einfaches Naturell" bezeichnen würden.

Mittags standen drei Türkinnen vor dem geöffneten Gatter, um Rehlein zu dem wirklich unfaßbaren Verlust zu kondolieren.
Die zwölfjährige Rukiye hatte das Wort ergriffen, indem sie derothalben, weil Worte keinen Trost zu spenden vermögen, schwieg, und auch die beiden anderen kleinen Mädchen standen ganz finster und stumm neben ihr und schwiegen geradezu erbittert – diesem schrecklichen Schicksalsschlag, der das süßeste Rehlein getroffen hatte, in fassungsloser Hilflosigkeit gegenüberstehend.
Das gerührte Rehlein verteilte ein paar von Opas übrig gebliebenen Pralinen.

Wir finden es so interessant und sogar fast tröstlich, ein Tier im Haus zu haben.
Ein bißchen ist es ja ein Ersatz für den Opa, von dem hinzu anzunehmen ist, daß er eine Riesenfreud´ daran gehabt hätt?

Montag, 4. März

Sagenhaft schön. (Leuchtend)

Dem Tone erzählte ich, daß ich es neulich sehr bereut habe, zur Gerswind gefahren zu sein, und der Tone sagte überraschend: „Du auch??"

Mittags frug mich die Lisel, ob ich wohl mitkommen wolle, um Blumen für Opas Sarg auszusuchen.
„Da komm ich mit!" sagte ich mit mehr Schwung als ich eigentlich fühlte, um in den Augen der Verwandtschaft nicht gar zu träge und lähmend zu scheinen.
Im Auto lag eine Zeitung und ich las, daß Pastor Geyer, nach einem nur vierjährigen Knastaufenthalt bereits ein Gnadengesuch eingereicht habe.
Der 61-jährige Herr, der seine Frau Veronika ermordet habe, sei an Krebs erkrankt!
(Acht Jahre Haft wegen Totschlags waren ihm aufgebrummt.)

Auf dem Wege zum Blumenladen sprachen wir darüber, wie man sich den Ablauf der Beerdigung wohl vorstelle?
Rehlein schwebte im Sinne des Verewigten eine heitere Beerdigung vor, wo man vielleicht sogar Schwänke aus Opas Leben erzählen könne?
Im Blumenladen kroch die große Traurigkeit über die Endgültigkeit wieder in mir empor, und so saß

ich während der Weiterfahrt nach Rust in eine postopale Depression versunken neben Rehlein.

Rust:
In der Privatküche der Familie Gabriel wurden uns zur Huld sechs Weinflaschen entkorkt.
Vom Alkohol angewärmt, wurden unsere Gespräche bald wärmer und intensiver, und die Lisel merkte kritisch an, daß Rehlein Buzen gegenüber zu kritisch sei.
Das süße Rehlein wirkte schon zuvor so lernwillig, und nun schien ihr Lisels Beobachtung durch und durch zu gehen.
Die Lisel meinte, in der Familie Rothfuß habe es schon immer viele Vorurteile gegeben, und der einzige, der ohne Vorurteile sei – „bist Du!" meinte Rehlein in rührend beflissenem Schwunge –„ist der Andi!" sagte die Lisel, und Rehlein war so rührend bestrebt Einsicht zu zeigen, und erzählte wild an einer Vorurteilsgeschichte herum.

Andi und Lisel ärgerten sich ein bißchen, daß sie ihren Fotoapparat vergessen hatten, weil die Ada so possierlich im Wasser herumtobte. Das Hündchen fühlte sich an, als sei es ein süßes kleines Enkelchen, und wurde von uns allen heiß geliebt.
Die Ada war ganz tollkühn und schwamm durch´s Wasser auf einen lebenden Braten, einen Schwan zu, der wiederum seines Zeichens erschrocken und erbost auffauchte.

Aber die süße Ada wollte doch nur Freundschaft schließen!

Mir fiel noch etwas für die Beerdigung ein:
So, wie´s bei einer Hochzeit das Brautstraußwerfen gibt, so könnt´s doch bei der Beerdigung das Beerdigungsstraußwerfen geben – wer wohl der Nächste sein mag? In diesem Falle würde ich mir rasende Mühe geben, den Strauß zu fangen.

Dienstag, 5. März

Wunderschön sonnig

Zum Glück hab ich meinen Desktop im Gehirn mit dem klugen Satz von Frau Picker gespeist, der wie ein Anti-Virus-Programm wirkt, und den ich für den klügsten Ratschlag halte, den mir jemals jemand gegeben hat: Daß es besser wäre, wie ein Engel durch´s Leben zu schweben. Und so reagierte ich am Morgen auch nett und einsichtig auf eine Belehrung Rehleins. (Leider vergessen, was für eine)

Heiner & Friedel waren die Nacht durchgefahren, und gegen 5 Uhr in der Frühe bei uns eingetroffen.

Der Andi lachte so entzückend über die kleinen Scherze, die ihm in Buzens Bannkreis einfach so eingefallen sind: Buz sei Streicher von Beruf, und wenn er durch ferne Länder reist um Konzerte zu geben, dann sei er ein Landstreicher! sagte der Andi und lachte Tränen – so wie einst der Opa.

Friedels flämmchenförmiges Ohr leuchtete im Schein der Sonne einmal rot auf.

Und auch der Heiner trug in rheinländischem Humore zum allgemeinen Gelächter bei: Er sei Tastendrücker von Beruf, aber er drücke sich auch gerne vor anderen Tätigkeiten.

Später hörte man, wie der Heiner in der Küche das kochende Rehlein darüber anreferierte, wie unmöglich er es fände, daß sich die Kinder aus Übersee nicht zur Beerdigung herbemüht hätten.

„Es geht hierbei doch um den Familienzusammenhalt!" argumentierte der Heiner fassungslos – und vielleicht sprachen sogar Erbmoleküle vom Opa aus ihm, die nun in ihm emporstiegen?

Am Nachmittag um 14:30 fand die Beerdigung statt: Unser schwerster Gang.

Der Ausflug erinnerte leicht an ein Picknick.

Man hatte einen Korb mit CDs und Gedichtbändchen bepackt, und in gewisser Weise hatte der süße Opa Glück, daß seine Beerdigung auf einen Tag mit wunderschönem Picknickswetter fiel.

Aber der Gedanke, wie´s wohl wäre, wenn der CD-Rekorder kaputt ginge, bedrängte und bedrückte mich.

Vor der Friedhofspforte stand bereits der Bestattungsunternehmer mit schmerzlichem Ausdruck auf dem Gesicht.

In der Leichenhalle stand Opas Sarg unter einem Rosenguss.
Kurt Rothfuss 1909 – 2002
las ich fassungslos, und beim Lesen schwammen meine Augen in Tränen.

Während der Feierlichkeiten weinte ich ohne Unterlaß, obwohl der Onkel Andi so bezaubernd und liebevoll moderierte. Ich seh´s noch vor mir, wie er in der Sonne stand, und Rehleins Vorgabe, daß es eine fröhliche Beerdigung werden möge, einzuhalten suchte.
Rührend fand ich, daß die taubstumme Frau Punkl, die doch gar nichts hört, dem Zeremoniell beiwohnte, und stellvertretend für Mobbl fühlte ich eine leise Verärgerung züngeln, warum die Dame Gerswind wohl kommen mußte? Wäre sie jedoch nicht erschienen, so hätte ich stellvertretend für Mobbl hohnvoll denken müssen: „Sie schien es wohl nicht für nötig erachtet zu haben?" Ich selber aber freute mich über die Gerswind, und fand es sehr nett, daß wenigstens sie sich, anstelle der treulosen Kinder aus Amerika, zusammen mit ihrer Tochter Daaje herbeibemüht hatte.

Heute hat Rehlein von Onkel Dölein erfahren, daß Opas achter Urenkel ziemlich zeitgleich mit seinem Uropa gestorben ist.
(Ein Söhnchen von Döleins Sohn Michael endete bekümmerlicherweise als nicht lebensfähige Frühgeburt.)

Abends:
Der Heiner hatte angeboten, lustige Karnevalsmusik, die er aufgenommen hatte, abzuspielen. Die Lisel riet jedoch davon ab, da sie das Gefühl hatte, dies sei nichts für Rehleins ramponiertes Nervenkostüm. Nach einer Weile sagte die Lisel dann allerdings so rührend und verschwörerisch zum Heinerlein: „Könntest du die uns überspielen?" zumal die musikbegeisterte Lisel keinerlei Unterschiede zwischen E- und U-Musik zu machen pflegt.

Mittwoch, 6. März
Ofenbach - Grebenstein

Zunächst schön sonnig, doch am Abend wurde es regnerisch und kalt

Am Morgen hat der aufmerksame Herr Vitzthum Rehlein zur Armtherapie abgeholt, und somit wurde Rehlein wie mit Staubsaugergewalt aus diesem Tag unseres Lebens hinweggesogen.
Ich schaute zärtlich auf Andi & Lisel drauf.
Der Andi stak in einem leuchtend roten Wams und wirkte ganz ernst.

Ständig hing ich küssend, so quasi wie eine Ertrinkende am Hals von Heiner, Friedel, Tone oder Ming, und wenn ich die Augen schloß, vergaß ich zuweilen an welchem Hals ich hing.

Abends in Grebenstein.
Omi Ella befand sich leider in einer ganz rappeligen Grundstimmung, in die sie leicht gerät, wenn etwas außerhalb ihres Hamsterrades geschieht.
„Habt ihr denn schon etwas gegessen???!" (Hochnervös)
„Wie habt ihr Euch das bloß gedacht???!"
– „Ach Unsinn!"
– „Das hab ich noch nie gehört, daß man länger als eine Woche nicht beerdigt wird!" –
„Ach, glaubst doch selber nicht. Nie im Leben!!"
(Dererlei sagte die Omi auf ihre rappelige, hochnervöse Art.)
Ich wurde nervös von dem nervösen Gehabe und wünschte mir, diesen Ort so schnell als möglich wieder zu verlassen.
Die größte Angst verspürte ich, Buz könne vor der Omi dran zu mir sagen: „Du kannst ooohneweiteres noch ne Woche bleiben!"
Dann wurde die Omi noch hochnervöser, weil Buz so lange mit der Uta telefonierte, und die Uta rede doch nur Unsinn, meinte die auf die B-Seite hinabgerutschte Omi grämlich.

Donnerstag, 7. März
Grebenstein - Aurich

In Grebenstein dunkeltrübe –
in Aurich z.T. schönes Wetter,
aber auch starker Sturm

Die Vorstellung, Buz könne auf seine geistesabwesende Art vor der Omi dran sagen: „Du kannst oooohneweiteres noch ne Woche bleiben!" steigerte sich zu einer Art unterschwelliger Gewissheit.
Kurz nach Opas Tod war´s ja so, daß ich direkt froh war, daß wir in Grebenstein wenigstens noch *ein* kleines verglimmendes Lebenslicht haben, doch dieses Gefühl war wie weggepustet.
Der Eberhard hatte die Omi wohl mit seiner unerträglichen Stimmung imprägniert, und eine derart aufgeladene Omi kann man irgendwie kaum ertragen.
Mich stimmte es schon zu Tagesbeginn ganz zappelig, und meine eigene Oma fühlte sich für mich an wie jemand aus der Musikhochschule, dem man eigentlich gar nicht begegnen möchte.
Buz saß in Nasenwühlstimmung auf dem Sofa, und hatte keinen Blick für Frau Wyss, die unsere Omi in ihrem Wackelkäfig 21 mal umständlich um den Tisch herum schieben mußte. (Eine tägliche Fitnessübung, die sich Hartmut und Eberhard ausgedacht haben.)
Buz als Sohn hätte doch hilfreich aufhupfen müssen! Doch wenigstens habe *ich* einen Blick für dererlei.

Ergeben, wie schon viele tausende Male zuvor, schob ich das wackelnde alte Gestell herum.

Wir setzten uns zum Frühstück nieder, wußten uns jedoch nichts rechtes zu erzählen. Omis zum Greifen in der Luft schwebenden Gegenworte („Ach, Unsinn!") hatten mich so mürbe gestimmt, daß die Worte, die ich vielleicht zu Stimmungserhellungszwecken hätte anbringen können, so schwach waren, daß sie kaum aus meinem Munde zu entweichen vermochten.
Die Omi erfühlte es ganz richtig, daß ich viel leerer bin als sonst. Doch ich konnte nichts dagegen machen.
„Das ist das Leben!" sagte Buz geistlos, da er sich mit seiner alten Mutter in einer fast schon beklemmenden Weise nichts zu sagen weiß.
„Wie war´s denn gestern mit dem Onkel Eberhard?" fragte ich.
„Wie soll es denn gewesen sein??" sagte die Omi unwirsch, und erzählte es mir mit Fleiß extra ganz langweilig.
Erst kurz bevor wir gingen, wurde es ein bißchen netter – und zwar bedingt durch die Fröhe, daß wir bald gingen.
Wir sprachen über Kriminalfälle.
Wie eine aufgeweckte Zehnjährige hatte ich plötzlich ausgerufen: „Omi, erzähl mir noch mal die Geschichte von der bösen Frau, die der anderen Frau den Kopf abgesägt hat!"

Und die Omi sagte: „Ach, ich hab dich so lieb, mein kleines Mädchen! Hast du mich denn auch ein bißchen lieb?"
„Ja!" sagte ich, und freute mich unglaublich, daß die Stimmung wieder schön war.
„Obwohl ich eine so abscheuliche Frau geworden bin?" hakte die Omi nach.
„Ja, trotzdem!" sagte ich nett.

Heimfahrt nach Aurich:
Ich schloss die Augen, und sagte plötzlich überraschend zu Buz: „Es wäre schön, wenn auf meiner Beerdigung eine Brahms-Symphonie gespielt werden könnte!" und dann stellte ich mir lustvoll vor, wie Buz zuhause feststellen muß, daß ich, in meinen Beifahrersitz hineingegurtet, verstorben bin.

In der Kassenschlange im Supermarkt stand eine verrückte Frau, die laut redete. Sie klang wie eine ganz normale ostfriesische Frau, die sich enthemmt mit jemandem zu unterhalten schien. Doch sie redete einfach in die anonyme Menge hinein, und erzählte Dinge wie z.B.: „Oma sagt ja, daß wir gar keine leiblichen Enkel seien, obwohl Thomas drei Gentests gemacht hat!" oder: „Letzten Dezember bin ich gestorben. Meine Schwester lebt jetzt von meiner Kreditkarte."
Die meisten Leute sagten gar nichts dazu – und nur eine blonde, nette Frau hinter mir redete ein bißchen mit der Verwirrten, da sie die Meinung vertrat, man müsse jeden Menschen ernst nehmen.

Freitag, 8. März

Zuerst sonnig, dann hell-weißwölkig

Immer öfter spüre ich Omi Mobblns Gene in mir, solcherart, als habe die Mobbl sie in meiner Wohnung abgeladen.
Folgendermaßen schaut meine Theorie zu diesem Thema aus:
Wenn ein Mensch verstorben ist, lösen sich seine Eigenschaften aus dem Körper. Die guten darf er mit in den Himmel nehmen, die schlechten müssen draußen bleiben, und scheinen sich, unsichtbaren Federn gleich, bald auf das Haupt irgendeines auserwählten Verwandten zu senken? Aber vielleicht werden sie auch überall in der Welt verteilt (unter Verwandten, Freunden und vielleicht sogar flüchtigen Bekannten)? Solcherart wie jemand nach einem Umzug seine Köffer und Kisten mit Überflüssigkeiten gerne irgendwo unterstellt und vergisst?

Wir schauten uns einen japanischen Film an: „Der Aal". Einen Film mit mehr als pikanten Pornoszenen - doch das laute Rauschen, solcherart als sei nun auch noch die 2. Spule des Videogeräts kaputt, verdarb uns nachhaltig den Kunstgenuß.
Von seiner Mutti hat Buz die Neigung geerbt, alles mit Worten so hinzubeschwören, daß es seinem Weltbild entspricht, und Buz redete sich somit den sterbenden Fernseher schön:

Buz: „Ach so. Das liegt gewiss daran, daß es regnet!" oder: „Wahrscheinlich liegt's an der Aufnahme!"← und dabei war die doch gestern noch perfekt.

Doch in Buzens Aura werde ich wundersamerweise reifer und initiativer als sonst, und somit beharrte ich fast ehefrauenhaft darauf, daß wir das Gerät *sofort* zu Illing bringen müßten. Etwas, was Buzen nicht so behagte, weil er gemeint hatte, er müsse vielleicht zu seinen Spezis in die „Ostfriesische Landschaft"? Dort sitzt er nasewühlend, sagt: „ja, wie wollt ihr´s machen?" und mittags geht man vielleicht gemeinsam in die Markthalle, um sich noch intensiver über Themen dieser Art zu unterhalten? (Nämlich, wie man´s wohl machen will?)

Mit dem Gerät im Arm boten wir vermutlich einen Anblick solcherart, als würde ein wichtiger Baustein unserer heilen Welt ins Krankenhaus geschafft, wenn nicht gar auf den Friedhof getragen werden, so daß man das Leben hernach neu ordnen muß?

Bei Illing:
Ein Opa kam in den Laden und frug nach seinem Fernseher, der schon seit zehn Tagen in Reperatur ist, und ich beneidete ihn ein wenig, daß er schon so lange gewartet hat, und ihn vielleicht schon ganz bald zurückbekommt?

Einmal rief Ming an.
„A Sann, kannst du mir einen Gefallen tun?" sagte Ming, und in mir regte sich ein mobbelhaftes Bestreben etwas solcherart zu sagen: „s´hätt i mir ja

dengö könnö, daß du nur anrufsch, wenn du was willsch??! Dazu müsste man wahrscheinlich „Gerswind" heißen…"
Doch ich erzählte Ming bloß, daß ich langweilig geworden sei. Es ist, als habe der Opa meinen sprudelnden Geist und all meine Lustigkeit mit ins Grab genommen.
„Bloß nicht in Selbstmitleid verfallen…" knurrte Ming.
Dann sprach Ming noch davon, daß wir mal etwas zusammen spielen sollten, und daß wir so selten mal zusammen spielen, und wieder schimmerten Mobblns schlechte Gewohnheiten durch meinen Kopf: „Bist du da überhaupt da, oder mußt du dauernd die Dame Gerswind besuchen?" sagte ich nämlich einfach, über einen lose anvisierten Besuch in Ofenbach.
Später beim Kochen dachte ich mit Grausen daran, was wohl werden solle, wenn mir nach meiner Lustigkeit nun auch noch meine Nettigkeit entgleitet?

Buz und ich aßen zu Mittag. Es war seltsam, daß an jener Stelle wo einst das Videogerät stand, nur noch ein staubiger Holzhohlraum in der Sonne zu sehen war, so daß man gar nicht mehr wußte, wie spät es war.

Besuch zum Sahnetörtchen löffeln bei Frau Adam:

Ich hatte schon einen kleinen Gedanken gewälzt: Ob von mir als Älterer wohl erwartet würd´, daß ich Frau Adam das „Du" anböte?

Doch Frau Adam kam mir mit diesem Angebot zuvor. „…oder wär das blöd??" fügte sie mit einem erschrockenen Flügelschlackern über ihre eigene Kühnheit direkt an diesen Vorschlag hintan.

„Nein. Dann sind wir jetzt per Du!" sagte ich unbekümmert.

Ein bißchen hatte ich gehofft, zwischen Frau Adam und mir würde sich jetzt vielleicht eine tiefe Freundschaft solcherart bilden, wie man´s manchmal in den Illustrierten lesen kann.

Frau Adam zeigte mir ein kleines Kätzchen, das unter dem Schreibtisch schlummerte.

Als ich einmal leise pfiff, zog das süße kleine Kätzlein kaum merklich die Ohren etwas in die Höh!

An der Wand hingen lauter Fotos.

Auf einem sah man Frau Adam am Rande eines Schwimmbads, und auf einem anderen konnte man den Hochzeitskuss bestaunen.

„Das war sicher der glücklichste Tag deines Lebens?" bemutmaßte ich meine neue Freundin im Stile einer älteren Dame.

Frau Adam überlegte ein bißchen und meinte, die glücklichsten Tage wären eigentlich jene gewesen, als ihre Kinder auf die Welt kamen.

„Das waren so die absoluten High-Lights!" sagte sie gleichsam international und fröhlich.

Ich erfuhr, daß Thedas Lieblingsonkel in Singapur lebt.
Dort wird er aber nur geduldet bis er 64 ist, denn Leute, die nicht arbeiten, will man in diesem Lande nicht haben.
Aber die Theda hatte sich zu früh gefreut, daß der Onkel vielleicht nach Emden zurückkehrt, denn nun will er mit seiner chinesischen Ehefrau nach Australien umsiedeln.

Die Kinder bekam ich auch zu Gesicht:
Der kleine Martin hat etwas hexenartige Züge bekommen, und gilt als verschrobener und äußerst einsilbiger Einzelgänger. Meistens antwortet er nicht, wenn man das Wort an ihn richtet, und jetzt wollte er einsam am Computer spielen.

Samstag, 9. März

Wunderschön leuchtend

Beim Bettgang fühlte ich wieder die Lücke, die der Opa hinterlassen hat so schmerzlich. Wieder weinte ich mich in den Schlaf, und die Tränen rannen mir sogar in die Ohren.
(So wie seit dem 24. 2. jede Nacht…..)

Bei Illing schaute ich kurz nach unserem kranken Videogerät.

„Das muß ich vorantreiben. Die sollen mich kennenlernen!" hatte ich auf Art von Gerhard Polt auf dem Hinweg schon auf bayrisch gedacht, und an der Kasse stand die eine ganz schlechte Verkäuferin. Auf mein Geheisch hin telefonierte sie mit der Werkstatt, und kurzzeitig fühlte ich mich wie eine Anverwandte, die wissen will, ob der Verwandte wohl durchkommt, oder ob bald mit dem Beweinen angehoben werden darf? Die Krankenschwester telefoniert vielleicht gelangweilt mit dem Chefarzt, um hernach zu verkünden, daß sie nicht befugt sei, mir eine Auskunft zu erteilen.
In der Tat sagte die Verkäuferin nun, daß man die Ursache für das Rauschen noch nicht gefunden habe. Man möge am Montag wieder anrufen.

Vom Fenster aus sah ich einmal, daß der Herr mit dem Maulkorbbart ganz lang mit seiner Frau im Auto sitzen blieb – solcherart, als müsse man über ein sehr ernstes Thema sprechen, und der schwarze Hochglanz-Labradorhund hat alles mitangehört.
Ich erwartete, daß die Frau beim Ausstieg ganz verheult aussehen würde, doch aus ihrer Miene ließ sich, so wie immer, nichts herauslesen.

Übermorgen fährt Buz nach Düsseldorf, um sich mit dem Johannes Neckermann zu treffen, und dorthin sandte ich als Übende am Fenster nun meine vorausblickenden Gedanken:

Was, wenn Buzen nichts zu reden einfällt? Am Ende sitzt er einfach da, wühlt leicht verlegen in der Nase, und *der Johannes barscht vielleicht irgendwann ärgerlich auf?* *„Muß man dir alles aus der Nase ziehen?!" ereifert er sich.* *Buz ist ganz erschrocken.* *„Nee, wiesoooo?" sagt er.*
Dies dachte ich, weil ich mich so fühlte, als sei ich Buzens Mutti.

In der Nähe der Truthahnfarm im Ihlower Forst in herrlicher Wetterlage machten wir am Spätnachmittag eine Bekanntschaft: Uns begrüßte ein junger, freundlicher Hund, der wie auf weichen Babuschen fröhlich vor uns hertolle und sich uns einfach anschloss, so daß wir uns nach kürzester Zeit wie Hundebesitzer fühlten.
Mir gefiel der Gedanke, daß man sich einfach jemandem der einem gefällt anschließt, und ihm überall hin folgt.
In einem Garten kläfften zwei Hunde laut und bedrohlich, und ein kleiner weißer Spitz hupfte über den Zaun auf unseren Hund zu, der vor Schreck laut und quietschend aufjaulte – doch wenig später freundeten sich die beiden Hunde an, und nun hatten wir zwei Hunde am Bein.
Der im Garten verbliebene Bernhardiner, den man doch ein Ehrenamt angetragen, und ihn als Aufpasser verpflichtet hatte, bellte laut und beschwörend hinter dem entflohenen kleinen Spitz hinterdrein – vergebens!

Buz hat eine derart magische Sogwirkung auf Hunde. Etwas, das sich kein Mensch erklären kann. Was, wenn es immer ärger wird? *Verlässt er das Haus, so hurteln überall die Hunde durch Gärten und Gassen auf ihn zu und schließen sich ihm an, und somit läuft er mit einem Rattenschwanz an freudig bellenden Hunden durch die Stadt, die ihn verehren, als sei er ein Heiliger.*

Sonntag, 10. März

Dunstiges, hellblaues „Schönwetter"

Ich freute mich auf meinen morgigen sturmfreien Tag und überlegte, daß ich jetzt in einer ähnlich fiebrig-frohen Erwartung lebe wie Frau Kettler damals, als ihre Eltern in den Urlaub nach Malle fahren wollten. Man konnte nur beten, daß nichts dazwischenkommt!
Bei Frau Kettler haben die Gebete nichts genützt, da sich die Eltern auf der Hinreise schon so zerstritten haben, daß sie den geplanten Urlaub kurzerhand abgesagt und wieder nach Hause zurückgekehrt sind, wo sie sich dann weiterstritten – und in meinem Falle? Ich betete dafür, daß ich von ungebetenem Besuch verschont bleiben möge.

Am Morgen deckte ich den Tisch, da in zehn Minuten Buzens achtjährige Schülerin Annika Billich zu kommen gedachte. Wenn ich heut in zehn Jahren diesen Passus lese, dann denke ich vielleicht nach

Opa-art: „Das wäre jetzt doch wirklich nett, dort mal anzurufen und zu fragen, was geworden ist?"
Erst gestern hatte ich dichterisch über *Herrn* Billich, den Veterinär, gesagt: „Der Vater ist sehr grob!" Doch Buz zeigte wie schon so oft keine Reaktion auf diese dichterischen Worte.

In Buzens leicht eingefallen wirkendem Gesicht spiegelte sich ein leicht verdrossener Autismus, und einmal schob ich die Schiebetüre zu, weil´s mich vor Buzen ein bißchen geniert hat, daß Annikas Mutti so viel redete. Wir Damen saßen beim Tee.
Hi und da hörte man uns fröhlich lachen, und aus dem Musikzimmer tönten ein paar schülerhaft dargebotene Lieder auf der Violine.
Hinterher erzählte mir die kleine Annika stolz, daß sie jetzt in die dritte Klasse käme, weil sie sich in der zweiten immer so gelangweilt habe, und Mutti Billich meinte mit verdecktem Stolze, daß sie als Mutter davon in Sorge versetzt würde.
Dann sind sie gegangen.

Rehlein am Telefon war so warm, und dem gefühlvollen Rehlein war es eine echte Herzensangelegenheit, daß wir Herrn Schmitt-Kowalski anrufen, um zu erklären, *warum* wir nicht zu seiner Uraufführung gekommen seien, da Herr S.K. sich doch wohl am meisten auf *uns* gefreut hatte.
(Ich hatte an dem Abend leider selber ein Konzert.)

Ich glaube, Herr S.K. war todfroh über unseren Anruf – auch wenn man jetzt eine Variation von Herrn Adam am Bein hat. Kann auch sein, daß er später zum Entsetzen aller mein Ehemann wird.

Spaziergang im Wiesenser Forst:
Nach Art eines kleinen Töchterleins bat ich Buz, mir eine Rübezahl-Geschichte zu erzählen, und tatsächlich erzählte mir Buz die bewegende Geschichte, wie Rübezahl zu seinem Namen kam.
Buz sprach so dichterisch, und ich war so stolz auf ihn! Ich inhalierte seine Worte, als sei´s der feinste Bratenduft.

Hernach sprach Buz vage davon, daß er vielleicht einen Job in Korea annimmt.
Doch ich hab gelernt, solchen Worten keine allzu große Bedeutung beizumessen.
„Ach Unsinn! Was willst Du denn in Korea?" sprach die Omi aus mir.

Montag, 11. März

Vormittags heller Himmel.
Dann oft bräunlich und verquollen bewölkt

Für die Reise hatte Buz sich mit einem dunkelgrauen Rollkragenpullover verschönt, in welchem er ein wenig fremd ausschaute: Wie jener Herr im Film, der zu seiner eigenen Frau unpersönlich „n' Abend!" gesagt hat.

Auf dem Wege zum Auto:
Den äußerst friesisch anmutenden Nachbarn zur Linken grüßte Buz freundlich, und als der seltsame Nachbar seinen Mund zu einem Gegengruß öffnete, klang´s, als würde eine Kuh aufmuhen.

Telefonat mit der Omi.
Der Onkel Ebi ist eigentlich derzeit dort, besuchte aber gerade jemanden, so daß er da und weg in einem war.
„Glaubst Du, daß ich bald wieder lustig bin?" frug ich meine Oma nett.
„Du bist schon wieder lustiger!" sagte die Omi.
„Ja, weil ich mir Mühe gebe. Aber früher war ich von alleine lustig!"
Nebenbei: Heute starb auch noch die Gräfin Dönhoff, die dem Opa mal so einen hocharroganten Brief geschrieben hat.
Doch dies war mir völlig einerlei.

Dienstag, 12. März

Dumpfes Waschküchenwetter

Einmal fiel aus unerklärlichen Gründen ein gewichtiger Kupfertopf vom Bord über dem Fenster herab und verfehlte, so wie es in der Geschichte der

Verfehlungen häufig vorkommt, meinen Kopf nur knapp. Ich spürte, daß ich das ein bißchen bedauerte, denn wäre sie mir direkt auf den Kopf gefallen, so hätte ich endlich meine Ruh´!
Wieder ließ ich die Concerti Grossi von Händel laufen, um meine Seele zu bereinigen, und blätterte dazu in einem Journälchen.. An einer Unterwäschenreklame blieb ich einfach kleben. Solcherart, als würde das Tonband, auf welchem das Lied meines Lebens abgespielt wird, eiern und zuweilen sogar stocken.
Für nur drei €uro 85 bekäme man – wenn man das Unterwäschenkomplettset drumherum kaufte – ein Tangahöschen, wo der Po fast – d.h. eigentlich sogar *ganz* sichtbar bleibt, und um unschlüssige Kunden zu motivieren, hatte man sich ein Moddl mit einem unglaublichen Marzipanpo herausgesucht!

Ich besuchte den listigen Versicherungsmagnaten, der in seinem Glashaus neben der Mühle einfach so, in einer Mischung aus Büro und Schlafzimmer, vor sich hinlebt, und auf Versicherungswillige hofft, denen hoffentlich nie etwas passieren möge!
Man wird von Versicherungsbeamten immer sehr froh begrüßt, weil sie zunächst freudig denken, ein Kunde hätte angebissen. Umso peinlicher ist´s, wenn man dann einen Schaden zu beklagen hat.
Ich nahm Platz, und neben mir lag ein schlummerndes Kätzchen. Dieser Herr gefiel mir nicht so besonders, weil er über und über betonte:

"Die Versicherung zahlt nur das Glas! Nicht die Renovierung!"
Doch ich freute mich, endlich mal etwas erledigt zu haben, auch wenn´s wie fast all meine Erledigungen bis jetzt, leider nur eine Teilerledigung war.

In bleicher Wetterlage radelte ich zur Firma Bosch/Freese.
Ein Fräulein geleitete mich zum Fein-Elektro-Team, und ich beschloß „ein wenig die Augen aufzuhalten", denn die Ruth aus meinem Roman von John Irving hat sich ja auch erst mit 41 Jahren verliebt. Doch die bulligen und fremden Arbeiter bereiteten mir eher Unbehagen.
Ein Herr schraubte fachkundig an meinem Händi herum.
„Wie Sie das können!" hätte ich so gerne warm und schwärmerisch ausgerufen, weil es sich so plump anfühlt, einfach wie eine Ölgötze neben jemandem zu stehen, der für einen arbeitet.
Der Satz „Was bin ich Ihnen schuldig?" bereitete mir Müh, weil er so förmlich klingt, und doch sagte ich ihn zwiefach auf. Der Herr hat nichts dafür haben wollen, und nett wäre jetzt natürlich gewesen, *ich hätte gesagt: "Darf ich Sie dafür wenigstens einmal zum Essen einladen?" Der Herr hätte es komisch gefunden. Er als Familienvater – wo seine Frau froh ist, wenn er abends endlich Feierabend hat?*
„Sie können auch Ihre Frau mitbringen!" würde ich eifrig hintanfügen, und einmal ins Hintanfügen geraten wäre ich auch kaum noch zu bremsen: „Glauben Sie mir: es lohnt sich!

Manchmal koche ich wirklich köstlich. Dies sagt auch mein Vater, der ein Feinschmecker ist, und Sie während der Mahlzeit mit seinen köstlichen Anekdötchen aus der Anekdötchentruhe zusätzlich bei Laune halten wird."
Und Buz würde sich wundern, daß ich dauernd irgendwelche Leute einlade, die ich in irgendwelchen Geschäften kennengelernt hab, und bei denen man gar nicht so recht weiß, was man mit ihnen reden soll.

Am Carolinenhof begegnete ich unserem Freund Heiko. Ich tat so, als sei´s unfaßbar, ihn hier zu sehen, als er aus der Drehtür heraus in mein Blickfeld gezwirbelt wurde.
Beim Weiterradeln dachte ich mir aus, *wie der Opa Rudi über mein Konzert in Esens vielleicht gesagt haben mag:* "Sie spielt zwar fantastisch, aber sie scheint mir nun doch ziemlich aus dem Leim zu gehen...." und grämte mich an dieser Vorstellung herum, die ja nur wahr zu sein braucht?

Frau Meyer bekam einen Riesenschrecken, als sie hören mußte, daß Rehlein im Mai vielleicht nach Ostfriesland zurückkehrt? Sie hatte gehofft, daß der Opa hundert Jahre alt wird, und sie hier somit vielleicht noch acht Jahre lang gemütlich vor sich hinkrümeln, und als Wischwunder und Teegast genützt werden dürfe.
Nett saßen wir beim Tee zusammen.
Frau Meyer wurde fröhlich bei der Idee, daß ich mir merke, wann ihre goldene Hochzeit stattfindet (am 21.8.2009), und mitfeiere. Erfreut schlug sie sich bei

diesem Gedanken sogar auf die Schenkel, und sah mich inmitten der feiernden Gesellschaft bereits vor sich.

Als Frau Meyer schließlich geräuschvoll loszusaugen begann, ließ ich mich durch ihren frisch aufgewirbelten Fleiß inspirieren, und räumte in meinem Zimmer herum:
Im Visier hatte ich Folgendes: Alles Überflüssige zu entfernen, um ein lichtes, leichtes Zimmer zu schaffen – erinnernd an unsere Teekanne, als Rehlein sie mal in einer Säuberungsaktion von ihrer zwanzigjährigen dunklen Teepatina befreit hat.
Doch dann merkte ich, daß ich *gegen* meine Erbmasse arbeitete, da es mich plötzlich so begeisterte, daß wir so <u>viel</u> haben. Viele kostbare Bilder standen einfach in die Ritzen der Schränke hineingequetscht, so daß man sie gar nicht sah, geschweige denn einen Genuß an ihnen haben konnte.

Im Parkhaus sagte Buz unflätig über einen Senioren, der bedächtig sein Auto abschloß: "Komm beweg dich, Opa!" ohne zu bedenken, daß sein Fenster doch offen war. Wollen wir zu Buzens Gunsten hoffen, daß der Senior schwerhörig war.
Auf dem Weg zu Illing redete ich ganz viel – solcherart, als würde Buz plötzlich eine Loggoröh in mir auslösen.
Sehr gut wurden wir von einem Herrn beraten.
Unser langjähriger Videorekorder, dem wir so viele genußvolle Stunden verdanken, sei altersschwach

geworden und keinen Pfifferling mehr wert – sprach er, wenn auch in weniger poetisch gewählten Worten über das Gerät, als handele es sich dabei um einen ausgedienten alten Menschen.

Beherzt entschlossen wir uns zu einem silbergrauen Rekorder der Firma Philips, und etwas peinlich war, daß weder Buz noch ich unsere Fernsehmarke im Kopfe hatten. Der nette Herr wollte uns alles schon einspeisen, und Buz und ich gingen erstmal nach Art eines Ehepaars ins Reisebüro, wo wir exzellent von Petra Wessels, einer sympatischen jungen Frau mit einem aufgeworfenen Näschen bedient wurden.

Es gab so viel zu bedenken und zu beraten, und als das Fräulein einmal frug: "Wie schreibt man ‚Taipeh'?" da sagte Buz stolz, ich könne es ihr auch richtig – sprich mit chinesischen Schriftzeichen – aufschreiben.

Ich fühlte mich wie eine Ehefrau, die ihren Mann in einer kaum zu verbergenden Vorfreude auf die bevorstehende sturmfreie Zeit ins Reisebüro begleitet, und Buz mit seiner goldenen Karte, kam mir so angenehm wohlhabend vor.

Ich stellte mir vor, Buz könne geistesabwesend den Hörer des klingelnden Telefons, das direkt neben ihm stand abheben, und frug das nette Fräulein auf eine Weise, die an eine aufgeweckte 11-jährige erinnerte, was dann wohl wäre?

Doch das Fräulein lachte nur.

Später waren wir noch in der Bank, und ich nahm Buzens Rundumsorglos-Paket einfach an mich, um

später wie beiläufig zu fragen: "Wooo ist dein Ticket?"
Buz zuckte vor Schreck zusammen, doch dann hatte ich's ja gottlob doch.
Ich fühlte mich plötzlich so schwärmerisch und gerührt von jenen Leuten, die ihren Beruf so liebevoll ausüben, und somit sagte ich: "Das Fräulein hat uns wirklich exzellent bedient. Das gehört wirklich mal ganz deutlich gesagt!"

Vor einem Haus in der Graf-Enno Straße lag allerlei Unrat verstreut, solcherart, als hätte eine wütende Ehefrau ihrem türmenden Mann alles hinterhergeschmissen.

Mittwoch, 13. März

Wolkig.
Zur Dämmerstund dickbäuschige
rötlich behauchtee Wolken,
die schließlich eingerollt wurden

Für heute war abgesprochen, daß der „Herr Stupidienrat"← (so Buz) (Herr Ohm, 45 Jahre jung) um 8 Uhr 15 zur Klavierstunde erscheinen sollte.
Ein Herr, auf den ich in jener Weise gespannt war, ob's vielleicht doch ein später Kandidat für mich sein könnte?
Meine Bettschwere war allerdings noch ein bißchen größer als das Gespanntsein auf den unbekannten

Herrn, so daß ich nun von oben in der Horizontalen seinem Klavierspiel lauschte.

Es klang wie vom kleinen Hendrik gefingert, und handelte sich hinzu um das selbe Werk. Nämlich um den zweiten Satz von Mozarts G-Dur Sonate.

Nach der Stunde schaute ich geschwinde aus dem Fenster und sah einen angenehmen, schlanken jungen Herrn mit beginnender Glatzenbildung und einem Notenblatt in der Hand in sein Auto steigen.

Da er womöglich vom Schicksal für mich bestimmt ist, spürte er meine fernen Schwingungen und schaute zum Fenster herauf, wo ich ihn nach Rapunzelart verstohlen beobachtete, und winkte mir freundlich zu.

Vielleicht ging ich ihm ja nun den ganzen Tag nicht mehr aus dem Kopf?

Nun aber galt´s, mit Buzen zu frühstücken.

Mittags sah man das, was man schon gewußt hatte: Daß nämlich der Boris frisch verliebt sei: Patrice, eine Dunkle aus dem Iran, und angeblich sei´s die ganz große Liebe!

Donnerstag, 14. März

Verquollen, kalt & windig

Ich stand am Fenster und übte. Auf der Straße sah man ein Auto heranfahren, und eine besorgte Mutti überantwortete ihren zirka 6-jährigen Schulbuben einer Dreierhorde an Dreikäsehöchen, die soeben des Weges kam. Sogar einen Kuß nötigte sie ihm zum Abschied auf, doch im Banne des Klassenzimmersyndroms erwiderte der Bub den Kuß nicht, sondern sah zu, mit seinen Spezis eilig voranzukommen. Seine besorgte Mutter hakte er einfach ab, und strich sie buzesgleich vorerst so lange aus seinen Gedanken, bis er sie irgendwann wieder brauchen würde.

Zum Frühstück schauten wir das ergreifende Melodram „der lange Weg". Eine Geschichte aus Alabama, die im Jahre 1955 spielt, als die Mohren ständig bepöbelt wurden, und somit aus Protest nicht mehr mit dem Bus fuhren.

Buz hatte sich eine Schulter verrenkt, und ich massierte in der Küche intensiv daran herum, so daß Buz dabei sehr ins Wackeln geriet. Doch ich freute mich, meinem Papa Gutes tun zu können, weil es mir bereits ein schlechtes Gewissen bereitet hatte, ich könne vielleicht zu nörglerisch sein, da man Buzen eigentlich praktisch von früh bis spät hinterher nörgeln könnte, wenn man dementsprechend veranlagt wäre.

Später schmierte ich Buzen ein Pausenbrot und sagte wie beiläufig über das Talggebilde, das Buzen mal am Kopf gewachsen war: „Kaum zu glauben, daß dir mal ein Horn gewachsen ist! Wenn man das jemandem erzählt, so glaubt der, man fabuliere!"

Da rief Musikschulleiter Seibold an, und Buz mußte sich hinfortbewegen.
„Kommst du zum Essen, Liebling?" rief ich *scheinbar* ironisch, um eine simple Ehefrau zu parodieren, und hoffte, der gefühlsverhaltene Seibold würde die Worte durch den Hörer mitbekommen.

Ich radelte in die Stadt.
Gestern hatte ein Reporter vor Rührung und Freude (buzesgleich) regelrecht gebebt, als er von Boris´ neuem Liebesglück berichtete.
Und heut schon stand in der Bild-Zeitung als Überschrift zu lesen: **Boris: Ich finde sie so erotisch**. Und dabei hatte der Boris dies sehr interessante, so doch äußerst private Detail nur im Rahmen einer Aufzählung an wunderbaren Eigenschaften wie beiläufig erwähnt.

Auf dem Markt:
Vor dem Stand von Frau Kramer, der maskulinen Fischfrau, unter deren Lebensherbe eine gewisse Güte hervorschimmert, stand eine Friesin und sprach auf platt über die Weichheit des €uros, die nicht zu fassen sei.

Daheim widmete ich mich Buzens Liste mit ehemaligen Studenten, die aufgestöbert, und zu einem „Ehemaligen-Treff" geladen werden sollten, und mir kam´s vor, als stelle sich der Computer absichtlich dumm, indem er mir ständig irgend-

welche Fragen stellte, wie beispielsweise jene, ob ich wohl eine Werbefläche auf dem Telefonbuch kaufen wolle?
Kurzum: Keine einzige Adresse fischte ich hervor, obwohl ich beispielsweise „Harms – Leipzig" eingab. Ein Herr mit Namen „Harms" hatte seinen Vornamen nicht angegeben, da er der Meinung schien, der ginge die Öffentlichkeit nichts an.
„<u>Das</u> wird er sein!" dachte Buz in mir frohgemut.
Doch er war es nicht.

Ming wollte mir die Nummer von der hübschen Nicole geben.
„Die ruf ich nicht an", sagte ich. „Die hat sich nie mehr gemeldet. Da bin ich ehrlich gesagt etwas verärgert!"
Worte, die nicht zu meinem Bestreben, wie ein Engel durch´s Leben zu schweben, passen wollten.
Ming erzählte mir, daß die Hilde ihm so warm geschrieben habe: Sie sei traurig, daß der Opa gestorben ist, und findet die Parte so wunderschön, daß sie sie immer aufbewahren will.
Vielleicht sollte man die Hilde wissen lassen, daß sie die Letzte war, die dem Opa noch einen Brief geschrieben hat?

Freitag, 15. März

Wolkig, windig und kühl

Im Spiegel las ich über die Ergreifung von Thorsten V., der ja beinahe nicht gefasst worden wäre. Wäre er nach der Untat, die kleine Julia ermordet und hernach im Wald in Brand gesetzt zu haben, nicht geblitzt worden, so würde er nach wie vor in einem Verwaltungsbüro der Universität Gießen sitzen, und Respekt und Ansehen genießen.

Beim Rumräumen fand ich einen fast zwanzig Jahre alten Brief von Buzens „Angela Ermakowa" – seiner Besenkammersparringspartnerin, einer leicht pikierbaren Dame namens „Ursula", die er in der „Kolping-Bildungsstätte" von Coesfeld kennengelernt hatte.
Meine angebliche Halbschwester „Julika", sofern sie noch lebt, müßte demnächst im Sommer zwanzig Jahre alt werden?
*Buz & Rehlein haben sich das Kind damals mal angeschaut, und befanden beide, daß es absolut ausgeschlossen ist, daß das kleinwüchsige kleine Ungeheuer von Buzen gezeugt sei. Da war man froh und traurig in einem.

Das Leben ohne den süßen Opa ist so leer.

Samstag, 16. März

Schön sonnig und licht

Beim Erwachen ärgerte ich mich über mich selber, weil Tones Mutti „Bitze" nun typischerweise doch keinen Geburtsagsbrief von mir bekommt. Bloß weil ich´s nicht ausgelost habe, ihr zu schreiben.
Und nächstes Jahr um diese Zeit ist sie womöglich, und wie man´s ihr auch wünschen sollte, überhaupt nicht mehr da? (Alt, welk und invalid)
Auch der Pauline hätte man rechtzeitig lieb schreiben müssen, grad <u>weil</u> sie in meinem Kopf als besonders mürrisch und unfreundlich eingespeist ist? Es war das Leben selber, daß die Pauline mürrisch gestimmt hat, und gerade solchen Leuten sollte man doch die Hand reichen, um sie aus dem Morast der Verdrießlichkeiten herauszuziehen, der Menschen wie die Pauline oder Omis Freundin Evchen magisch anzuziehen scheint?

Ming riet, den Tone zu besuchen.
Heut würde die kleine Talea gefirmt, und es gäbe Ribiseltorte!
Da wurde mir meine Ungeselligkeit schmerzhaft ins Bewußtsein gespült. Schon lang kommt niemand mehr auf die Idee, mich einzuladen, weil von mir keinerlei Unternehmungsgeist ausgeht.
So sprach ich mit Ming *darüber*.
Ich erzählte ihm, wie mich gestern die Frau Rautenberg zum Kaffee einladen wollte. „Oh Gott!"

entfuhr´s dem süßen Ming, da ihm der Gedanke, seine geliebte Schwester könne ihre Nachmittage nur noch mit Totti*, Botti, Frau Rautenberg oder Frau Kamp verbringen, schier unerträglich ist.
*Uralte, und hinzu längst verstorbene alte Dame
Ich schilderte die Unergiebigkeit beispielsweise eines Besuchs bei L.s, obwohl ich schon seit Jahren nicht mehr dort gewesen bin. Das Kuchenstück, das man serviert bekommt ist rasch verputzt, und ein zweites muß man aus Diätgründen leider höflich und bedauernd ablehnen. Und dann sitzt man hinter seinem leeren Teller und muß warten, bis man wieder zum Allgemeingebrauch freigegeben wird.
Schließlich vergnügte ich mich aber an der Idee, daß ich – so, wie der Reich-Ranitzki einen Literatur-Kanon herausgegeben hat, (über die Bücher, die man gelesen haben muß) - nun einen Besuchskanon verfasse: Die Leute, die man besucht haben muß. Gleich an erster Stelle – ich geriet ins Schwärmen – wird der Brüdi stehen (so, wie im Literaturkanon die Bibel), und ich beschwärmte Ming eine ganze Weile lang über den Brüdi, und wie interessant er sei.
Zu meinen Schwärmereien trat der Herr mit dem Maulkorbbart aus dem Hause gegenüber, und es wirkte so, als sei das Haus eine Ostfriesenuhr, und es habe ein Uhr geschlagen.
Ein Ostfriese tritt heraus, sagt einmal „Moin", und geht wieder hinein.
Anhand dieses Herrn psychologisierte ich Ming nun damit an, daß seine erwachsenen Töchter nach wie

vor bei den Eltern leben, und es keinerlei Indiz gäbe, daß sie jemals wegziehen werden.

Ming meint, das wäre diesem Herrn lästig, und er wäre froh, wenn sie endlich auszögen. Ständig bringen sie ihre Typen mit...

"Ich hab doch mit ihm gereeedet!" sagte Ming beschwörend wie Rehlein.

"Ich bin der Pferdeknecht...." habe er gesagt. Doch der Herr, so ich, habe es doch nur gesagt, weil ein Friese immer froh ist, wenn sich ein kleiner vokabulatorischer Scherz anbietet. Dann zupft er ihn gleich freudig an... über Buzen sprachen wir natürlich auch. Spannend für Ming´s Ohr berichtete ich, daß mit Buzen Veränderungen vor sich gegangen sind:

Er trinkt keinen Wein, und kauft auch keine Brötchen mehr.

Er macht auch kaum noch Besuche, und übt stattdessen sehr viel auf seiner Violine.

Etwas weit hergeholt psychologisierte Ming, daß Buz deswegen oftmals so geistesabwesend sei, weil er kein Abitur habe.

Einmal bog ein gutaussehender Mohr in unser Grundstück ein, um etwas in den Briefkasten zu werfen. Ming, am anderen Ende der Leitung, der dies ja nicht sehen konnte, erzählte ich es plastisch, so daß der Anblick vor seinem geistigen Auge in Ofenbach entstand.

Lustig wäre jetzt gewesen, die Zeitung, die der Mohr gebracht hatte, hätte geheißen: "Buschnachrichten". Ming lachte fröhlich über diesen Scherz und wollte ihn Rehlein weitertragen, so daß in Ofenbach heute vielleicht schon im Kollektiv über mich gelacht worden ist?

Nach einem kleinen Frühstück schickte ich mich an, den Markt zu besuchen.
Am Fenster der Apotheke in der Pop-Shop-Passage klebte ein Plakat das von einem demnächst stattfindenden Lachseminar kündete. Ein Kurs, wo manch ein Verbitterter unter uns lernen soll, sich der Lustigkeit und Fröhlichkeit, die das Leben ja auch für uns bereithält, zu öffnen.
Ferner findet heut in Sandhorst ein Konzert mit Orgel und Flöte statt, das ich eigentlich besuchen sollte, um mich nach langer Abwesenheit wieder ins menschliche Miteinander zu stürzen.

Vor dem Fischstand radelte mir Buzens betagte Klavierschülerin Frau Spuhn entgegen, auf die ich, wie leider auf fast alle Leute, einen leichten Groll hege – da sie typischerweise nie in meine Konzerte kommt, weil sie lieber Klavier hört.
Nun empfand ich ihre Fragen als banal und hohl.
In aufgeschäumter Freundlichkeit:
"Was macht die Kunst? Mutti hauptsächlich in Wien?? Und Vati?"
Doch dann beschloß ich, sie doch interessant und ansprechend zu finden, auch wenn's mir im Moment noch schwer fiel. Mir kam's so vor, als sei mein Hirn so programmiert, daß harmlose Kleinigkeiten schon eine latente Feindschaft auslösen. Vielleicht sieht's

auf der Festplatte in meinem Kopf so aus, daß ein neutraler Bekannter durch eine Banalität aus Versehen in mein Feinschaftsdoc verschoben wird? Und so wischte ich im Geiste einmal mit dem nassen Lappen über die Desktop-Festplatte in meinem Kopf.
Man müßte mein Gehirn mit einem Antivirenprogramm füllen, so daß solcherlei nicht mehr geschieht.
Der Verkäufer im Fisch(stand)2 wie bestellt und nicht abgeholt so rum, weil ich leider mitten im Kaufvorgang gezwungen war, dem Gequassel von Frau Spuhn zu lauschen.

Später mußte ich bei „Buch Lübben" an Frau Saathoff denken.
Es gab so viele neue Bücher, und ich stellte mir vor, wie die lesebegeisterte Frau Saathoff ganze Nachmittage in ihrem gemütlichen Ohrensessel verbringt, und die packenden Neuerscheinungen regelrecht verschlingt, so wie unsereins eine Tüte Chips?
Eine chinesische Familienchronik: „Fallende Blätter" von Adeline Ma Yeh faszinierte mich so sehr, daß ich das Buch gern gekauft hätte – doch ich darf´s mir derzeit nicht erlauben.

Als ich den Laden wieder verlassen hatte, sah ich am Marktplatzbeginn Herrn und Frau Rübel schimmern. Herr Rübel, ins Gespräch mit einer Dame vertieft, bemerkte mich nicht, doch seine gepuderte Frau die immer wie ein Korb daneben steht, hatte mich bereits registriert, so daß ich mich freudestrahlend auf die Eheleute zuwälzte, um mich hinzu zu gesellen. Ich sprach davon, daß wir hier nicht wegziehen könnten, da unser Haus zu voll sei, und man keinen Platz habe, wo man all die wunderbaren Dinge, die sich in Jahrzehnten angesammelt haben, unterstellen könne. Herr Rübel, so regte ich an, solle doch Seminare abhalten: „Ordnung? Leicht gemacht" z.B.

Als durchsickerte, daß ich allein zu Haus bin, tat Herr Rübel etwas, was ein Ehemann eigentlich nicht tun sollte.

Er neigte sich schräg zu seiner Frau hinab und frug beschwörend: "Sollen wir sie zum Essen einladen?" Und ich glaube, Frau Rübel war mir sehr dankbar, daß ich sagte, ich *sei* schon eingeladen. (Von mir selber – zu einer Ruhestunde *ohne* Herrn Rübel!)← (doch dies sagte ich nicht.)

Zum Abschied gab ich aus Versehen Herrn Rübel zuerst die Hand, und als ich erschrocken: "Zuerst die Dame!" sagte, wehte mich kurzzeitig ein kleiner Gedankenfetzen der ernsten Frau Rübel an: Daß ich ein albernes Ding sei, das *gottseidank* NICHT zum Essen kommt.

Abends rief ich die Bitze zu ihrem 74. Geburtstag an. Eine Feier in jenem Sinne hatte es gar nicht gegeben – bloß ein Teestündchen, zu welchem das Tidchen, ihr Mann, kurz aus dem Spital entlassen worden war, wo er gegen seine Nierensteine behandelt wird.

Die Bitze laboriert sehr am Walter-Hurst-Syndrom, weil sie ständig an Schloß Hohenerxleben denken muß...

Sonntag, 17. März

Bewölkt. Mattmilder Sonnenschein.
Abends plötzlich militärgrün verquollen und Regen

Ich erhob mich in einen Tag, auf den ich mich in vieler Hinsicht schon gefreut habe: Um 15 Uhr die Einladung, die nach Art eines schmucken Präsentkorbes zentral in die Mittes des Tages geschmiegt war, mit Frau Münch bei Frau Saathoff,

Das Mittagessen ließ ich ausfallen, weil ich gemeint hab, Frau Münch brächte vielleicht ihren berühmten Apfelkuchen mit?
In der Tankstelle kaufte ich aus Dankbarkeit ein kleines Körbchen mit Mon Cheries, über das Frau Saathoff sich hernach so rührend gefreut hat.

Frau Saathoff öffnete die Tür, und eröffnete mir auch gleich, daß sie mich schon angerufen habe, dieweil Frau Münch leider nicht kommen könne, da es die ewig Kränkelnde leider schon wieder erwischt hat: Brechreiz ohne Ende! Und dies ohne etwas gegessen zu haben – die Arme! Spätfolge der mörderischen Chemotherapie! Frau Saathoff sah bekümmert aus.

Kaum hatte ich Frau Saathoffs Stube betreten, da klingelte es bereits erneut an der Haustüre, und wie ich schon richtig erahnt habe, waren es Hendrik & Evi, die Frau Saathoff, so wie Ming & ich einst Frau Tosch, einfach um des Besuch Willens besuchen wollten.

„Dürfen wir dich besuchen?" hörte man Hendriks hohes Kinderstimmchen nett fragen.

Frau Saathoff, eine gemütliche Frau die, so wie einst Omi Mobbl, ihre Ruhe haben will, streckte ihr Haupt aus dem Fenster und war ganz erschrocken über dies´ Ansinnen.

„Ich habe Besuch!" sagte sie fast schroff.

Hinterher sagte sie über und über: „Neee! Ne, ne, ne, neee! Dazu hab ich **keine** Lust! Soll ich mit denen vielleicht spielen?? Mit **fremden** Kindern? Neee!!!!"

Im Televisor sah man Schiflieger durch die Lüfte zischen, und dies interessierte Frau Saathoff brennend.

Leider herrschte dort Nebel, so daß man die vermummten Flieger meist nur ganz verschwommen und geheimnisvoll durch den Nebel schweben sah.

Ich erzählte psychologisierend von Frau Rautenberg: Daß sie mit ihren nunmehr 82 Jahren leider so geschrumpft, und hinzu winselig geworden ist.

Ich erfuhr auch, daß ich nicht die Einzige bin, die vorher abbiegt, wenn man Omi Rautenberg aufschimmern sieht. Frau Saathoff tut´s nämlich auch.

Ein Traum für Frau Saathoff wär´s, wenn ihr Sohn Peter in 14 Jahren die Stelle vom Schlagzeuglehrer Renken übernähme, zu welchem Zwecke er dann nach Aurich rücksiedeln müßte. Frau Saathoff wäre bis dahin 81 Jahre alt, und in dem Alter lebt man ja normalerweise noch.
Wir wurden vergnügt bei der Idee, daß ich genau heute in 14 Jahren zum Tee komme.

Über ihre Nachbarn wußte Frau Saathoff leider nicht viel Gutes zu berichten:
Bis auf die Martins weiß sich niemand so recht zu benehmen.
Einmal bat sie Herrn Aden um eine Gefälligkeit, doch er streckte gleich die Hand aus und sagte: „60 Mark!" noch ehe Frau Saathoff überhaupt zuende gesprochen hatte.
Bodo Olthoff, der jetzt in die Nachbarschaft gezogen ist, grüßt überhaupt nicht, und läuft immer einfach so und grußfrei an der sich im Garten krümmenden Frau Saathoff vorbei.
Ein mittlerweile verstorbener Nachbar hat „Herr Haid" geheißen. Eines Tages stürzte er in den Bergen ab. Er blieb allerdings irgendwo hängen, bevor er zwei Tage später endgültig in die Tiefe stürzte, weil seine Kräfte ihn verlassen oder ihm vorausgeeilt waren. All die Gedanken, die ihm während dieser zwei Tage durch den Kopf gezogen waren, hatte er auf einem Stück Papier aufgeschrieben, das dann später bei ihm gefunden wurde.

Seit 1946 wohnt Frau Saathoff schon in Aurich.
Geboren wurde sie 1934 in Schlesien, und hatte eine so wunderschöne Kindheit!
Man spürte als Kundiger, wie das Walter-Hurst-Syndrom bereits jetzt in Frau Saathoff züngelt.

Abends rief ich Frau Münch an, um meine Betroffenheit zum Ausdruck zu bringen. Doch nur der Anrufbeantworter hob ab. Ich hatte das Gefühl, daß Frau Münch vielleicht verstorben sei und meine Worte schon gar nicht mehr hört, und weinte fast darüber, da man die gute Frau doch liebgewonnen hat.

Montag, 18. März

Nieselig. D.h., ganz am Morgen schien sich
aus dem verschleiernden Morgennebel
ein schöner Tag lösen zu wollen,
doch der Schein trog

Mein erstes Ausloseresultat am Morgen lautete joggen zu gehen, und so rannte ich zeitgleich mit all den Schulaufbrechern los.
Auf dem Heimweg sagte ein weißhaariger Opi der neben mir dahin radelte:
"Junge, Junge! Da sieht man ja die Pfunde purzeln!"
Das fand ich so köstlich.

Schlimm wäre, wenn ich hier säße und schrübe, und plötzlich feststellen muß, daß ich in den Stil einer reifen Frau verfallen bin, wie beispielsweise jener ältlichen Lehrerin auf Rehleins Indienfahrt, die in ihrem Jahresrundbrief über den Reiseleiter Kumar so snobistisch und hinzu mit arrogäntlich gespitzten Lippen geschrieben hatte: "...mit Möchtegern-Reiseführer."

Mor- oder übermorgen steht ein feines Mittagessen mit meinen beiden Mitarbeiterinnen Frau Münch und Frau Saathoff im Raum, und so wälzte ich heute bereits die Kochmagazine. Doch dadurch, daß man saisonangepasst kochen sollte, durchblätterte ich im Combi „das Neue" (ein Journal für die Frau) und hätte es schon beinahe gekauft, um endlich ganz gewissenhaft die Wochenpläne durchzuhalten, auch wenn´s mir vor dem morgigen Dienstag beim Lesen ein bißchen bang wurde: Da würde ich ein ganzes Suppenhuhn kaufen, und später nach Chirurgenart mit einem Bindfaden zusammennähen müssen! Nichtsdestotrotz schaute ich bereits nach Küchenzwirn...
Wenigstens hat mich das Magazin zu meinem heutigen einsamen Mittagsessen animiert:
Forellenfilets mit Sahnemeerettich und roter Beete...
Im „Spiegel" las ich über die Wahrscheinlichkeit, lebendig begraben zu werden.
Etwas, was leider unlängst einer Dame widerfuhr:
Als man sie einsargen wollte, bemerkten die betroffenen Einsargler, daß sie erst im Kühlhaus erfroren

ist! Wir Leser erfuhren, daß solcherlei so etwas zehn mal im Jahr passiert.

Ich besuchte die Post und gab einen Brief an Onkel Dölein nach Übersee, und einen an Rehlein in Ofenbach auf.
Die Kuverte hatte ich mit ein paar Gnaden-süppchen-Fotos vom Opa gespeist.

Auf dem Heimweg begegnete ich Mutti de Boer, die ohne ihr Blindenstöcklein unterwegs war, so daß ich sie freudig frug, ob´s mit ihrem Augenleiden wohl bergauf gegangen sei?
Nein.
„Meine Netzhaut stirbt ab!" sagte Frau de Boer in friesisch-neutralem Tonfall.
Ich hätte ihr so gern noch etwas Erbauliches gesagt, doch mir fiel nichts Besseres ein, als zu verkünden, daß ich bemerkt hätte, daß ihr Herr Sohn jetzt in der Markthalle arbeitet – etwas, was sie doch ohnehin schon weiß.
Beim Heimradeln war ich von großem Mitleid erfüllt, und dachte unfroh an die düstren Zeiten, die auf die arme Frau warten.

Nachtrag 2012: Das Leiden kam dann eines Tages tatsächlich zum Stillstand, und die Augen erholten sich wieder.
Heute geht es Frau de Boer in jeder Hinsicht gut.

Nachtrag 2021: Mittlerweile leider an einem jähen Herzinfarkt gestorben

Zur Mittagsstund´ verdichtete sich mein Gefühl, daß Frau Münch verstorben sei.
Einmal hüpfte ich so freudig auf das aufklingelnde Telefon zu, weil ich gemeint hab, sie sei´s vielleicht doch noch mal, aber statt ihrer war´s ein schmieriger „G´schäftermoucher" aus Österreich, (Paul Angerer) der uns schon oft fordernd und insiderhaft auf´s Band gesprochen hat, und zu welchem ich hinzu noch eine mißerablige Wellenlänge habe.
„Keine Ahnung!" nuschelte ich übellaunig auf die Standardfrage, wann der Herr König zu sprechen sei.
„Sehr hilfreich", sagte er, der langsam ungeduldig wird, da Buz ja *nie* daheim zu sein scheint.
Ich assoziierte eine schmierige Variante von Jack Unterweger, dem berüchtigten österreichischen Prostituiertenmörder.
"Wounn is´ er´n doooh? Am Abend? Morgen? Mittags? Noochts?" (In aufkochender Bärsche accelerierend und crescendierend gesprochen)
Ich weiß auch nicht, warum ich so darauf beharrte, daß ich es nicht wüsste, wann er käme, denn im Grunde wußte ich´s doch ganz genau, da Buz mir zuvor auf Band gesprochen hatte: Am späten Nachmittag. Doch ich wollte nicht, daß Buz gleich nach seiner Ankunft von diesem Arsch an den Telefontropf gebannt wird.

Für die Ohren des Herrn klang ich sicher wie eine gereizte Ehefrau, die sich um Kommen und Gehen ihres Mannes schon seit langem einen Teufel schert.

Im Grunde könnte ich ja anfangen, kuriose Dinge zu tun. Z.B. den Anrufern nach Art von Frau de Boer in neutralem Tonfall zu sagen:
"Mein Mann lebt nicht mehr...gestern nachmittag war Beerdigung..."
Wie jemand vom Schlage eines Paul Angerer wohl darauf reagieren tät? Na, wenigstens würde er seine Anrufe hernach einstellen, und wir hätten unsere Ruh.

Um 16 Uhr wollte ich mir die Sendung mit dem Pfarrer Fliege anschauen, weil mich das Thema interessierte: "Ich liebe einen Verbrecher!"
Pastor Fliege hat zu Beginn der Sendung so übertrieben mit den Händen gestikuliert.
Daß ihm dies nicht peinlich ist?
In öligem Humore, der strenggenommen gar keiner ist, sagte er: "Schön, daß Sie den richtigen Knopf gedrückt haben!" und deutete dies gestisch an.

Doch dann erlebte ich eine Freude: Frau Münch lebt nämlich doch noch.
„Frau Saathoff?" sagte sie müde, weil sie sich verwählt hatte.
Am Freitag muß Frau Münch wieder fit sein, dieweil sie nach Köln fahren muß, um ihre Mutti vom Flughafen abzuholen, und dabei hat sich das alte

Sahnehaupt als es noch jung war, doch überhaupt nicht für die Tochter interessiert!

Die beinahe 91-jährige Mutti war sechs Wochen lang in Australien.

Wie so viele Menschen hetzt Frau Münch der Liebe an falscher Stelle unbewußt und zwanghaft hinterher. Nur ans Essen mochte die arme Kränkliche noch nicht denken.

„Ich könnte ein Kamillensüppchen kochen!" scherzte ich hilflos, und Frau Münch lachte matt.

Dann fuhr ich durch zartes Aufregen noch rasch zum Bioladen, um Brot für Buz zu holen.

Aurich wird derzeit von einem Kriminalfall erschüttert:

Vor zwei Wochen wurde ein Syrer von einem frisch entlassenen Häftling der JVA Vechta, der sich gleich nach seiner Entlassung in Oldenburg ein Beil gekauft hat, weil er den unbezähmbaren Drang fühlte, einen Menschen zu ermorden, mit Beilhieben niedergestreckt, und heut stand in der Zeitung zu lesen, daß der attackierte Herr gestorben ist!

Abends kehrte Buz heim.

„Hall – selber –lo!" sagte Buz, um den Vorraum mit einer Willkommensnettigkeit zu füllen. Buz litt unter einem schrecklichen Husten. Etwas unnett von mir war, daß ich Buzen gar keinen besonderen Empfang bereitet hab, sondern nach einer kurzen Begrüßung einfach oben weiterübte.

Doch wenn man anfängt, Buzen gar zu hündchenhaft-devot zu bedienen, dann nimmt er einen nachher auf Künstlertypenart gar nicht mehr wahr!
Ich übte Beethovens achte Sonate, und ein regnerischer Tag dämmerte hierzu seinem Ende entgegen.
Die Musik stimmte mich fröhlich, und beim Üben überlegte ich mir schon, was ich Buzen gleich für eine Nettigkeit sagen könnte: Beispielsweise, daß ich mich so freue, daß er wieder da ist, und man merke dies daran, daß ich jetzt ein fröhliches Lied gespielt hab, und als er neulich gegangen war, da spielte ich grad ein trauriges (die Chaconne).
Mit viel Liebe bereitete ich Buzen eine heiße Zitrone zu.
Buz spielte wie ein altgewordener Gei(g)er im Gehege, der die mageren Schulterblätter spitz in die Höhe zieht, und sich mit seinem Federkleid so gut es eben geht gegen die Kälte eingemurmelt hat, auf seiner Violine so vor sich hin, und zum heißen Zitronentrunk legte er die Kassette von Schmitt-Kowalskis Violinkonzert ein.
Auf dem Tisch lag ein Brief des Tondichters:
"Anbei...." schrieb er, weil fast alle Briefe so steif beginnen, bis man sich erst in Glut geschrieben hat.
Ferner stand zu lesen: "Über ein Urteil würde ich mich sehr freuen!"
Ich übte oben, und von unten herauf dröhnte Ohrwurmgesäusl, vom Orchester etwas matschig interpretiert, zu mir herauf, und plötzlich fiel mir etwas Lustiges ein, das ich Buzen unter johlendem Gelächter vortrug:

„Wir könnten ihm schreiben: "Das Konzert ist sehr schön. Es klingt wie die Vertonung der Geschichte „Die Prinzessin im See" von Wolf von Ulmensee*!"
*Einem Dichter aus unserem Bekanntenkreis

Es kam mir vor wie ein Flickenteppich aus lauter Ohrwürmern zum Dahinschmelzen, die dem gefühligen Herrn Schmitt-Kowalski ins Hirn getreten waren.

Dann aber kam ich mir überheblich vor, und von oben rief ich herab: "Schreib, deine Tochter sei ganz von den Socken gewesen!" (Und dies stimmte auch)

Buz hustete oft wie von Sinnen, und auch sein Eselsräuspern trat gehäuft auf, so daß ich mich bang frug, wie lang´s wohl noch dauern mag, bis wir auch Buzens Exitus herbeisehnen?

Es schien so, als habe der Opa seinen gräßlichen Dauerhusten, der offenbar auf Erden verbleiben soll, bei Buzen untergestellt?

Der heilige Petrus habe beim Einlaß durchs Himmelstörl gesagt:

„Der Husten bleibt draußen. So was können wir hier oben nicht brauchen."

Buz reagierte etwas pubertär und unreif, als ich ihn besorgt darauf hinwies, er solle wegen seinem Husten einen Gelehrten konsultieren, weil er sonst zu krank für die weite Reise nach Taiwan würde. Doch dann spielte Buz so anrührend die Violinkonzerte von Mendelssohn und Brahms, daß ich doch wieder stolz auf ihn konnte.

„Wenn du so schön spielst, dann spiel ich auch gerne deine Haushälterin!" sagte ich nett.

Dienstag, 19. März
Sehr windig. Weißgrau

Nach meinem Erwuch saß ich noch etwas benommen, zart schaukelnd im Schaukelstuhle und blickte stumm auf den Tag, der vor mir lag, und an dessen Ende eine Probe mit dem ostfriesischen Kammerorchester um 19:45 in der Kreismusikschule klebte.

Zum Frühstück hörten wir Schmitt-Kowalskis Violinkonzert, und ich bin von diesem Menschen hin und weg, weil er mich so an Herrn Adam erinnert. Aus der Kassette hatte er die Löschzacken herausgebrochen, damit die schöne Musik niemals gelöscht wird, und diese kleine Aufmerksamkeit wiederum erinnerte mich an Rehlein, so daß ich gerührt war!

Ehefrauenhaft beharrte ich darauf, daß Buz die Emder Konzertveranstalterin Frau Waldau anruft, denn sonst überträgt sie in Zukunft womöglich dem Seibold das Ehrenamt, die Adventskonzerte in Emden zu gestalten, und nachher ruft sie am Telefon aus:
„Stellense sich vor, Herr König! Für das nächste und übernächste Jahr haben wir das „Trio Trifoleum"

gewinnen können! Das soll ja ein ganz besonderer Ohrenschmaus sein."

Am Nachmittag ist überraschend der Christoph-Otto gekommen.
Ich begrüßte ihn kußfrei, und schickte mich an, Tee zu kochen.
Zum Teegenuß führte ich dem kunstsinnigen Christoph die Arpeggione-Sonate auf Kassette vor: Interpretiert von Rehlein und dem jungen Ming in den 70er Jahren. Ich verriet jedoch nicht, wer das sei, und der Christoph meinte, daß „der Pianist spielen kann". Den Bratscher fand er „nicht unmusikalisch, doch „noch mit der Technik kämpfend".

Da ich am Abend zum Jobben das Haus verlassen mußte, konnte ich die Omi nicht angerufen. Im Geiste erzählte ich ihr, daß ich abends nicht mehr anrufen könne, weil ich einen Job als Kellnerin angenommen habe.
Und tatsächlich fühlte ich mich wie eine Kellnerin, als ich Buzen nun einfach zurücklassen mußte.

Im Flur der Musikschule begrüßte ich mich mit Frauke F. und dem Seibold, und wünschte, ich wäre eine der ihren.
„Tach auch!" sagte der um Lockerheit bemühte Seibold. Dies sagt er immer, weil er a) äußerst gefühlverhalten ist, und dies b) witzig findet. Worte, die er später auch dem Christoph sagte, so daß man

annehmen darf, daß das mittlerweile schon eine
alberne Gewohnheit ist.

Mittwoch, 20. März

Zunächst unwirsch bewölkt.
Abends plötzlich zauberisch

Eiskunstlauf WM in Nagano:
Leider stehen junge Asiatinnen bei Damen in
meinem Alter oft, und manchmal auch zu Unrecht,
unter Verdacht, daß sich hinter dem aufgesetzten
Liebreiz pures Betthascherltum verbirgt?

Telefonat mit der Petra:
Die Petra frug, wie es mir geht? Es ginge mir nicht
so besonders, so ich, da ja der Opa gestorben sei.
„Immer noch?" erkundigte sich die Petra mitfühlend, und zu meiner Antwort ein wenig
unpassend, denn in Petras Augen war der Opa
vielleicht nur ein ständig auf Seniorenbasis rum-
witzelnder alter Mann, so daß *sie* seinen auf Dauer
ohnedies unvermeidlichen Exitus vielleicht nicht
soooo schade findet?
Doch der Opa ist ja auch immer noch tot.
„Du brauchst mir diese Frage in diesem Leben also
nicht mehr zu stellen!" sagte ich in blassem
Galgenhumore, und klang in diesen Worten wie eine
bleiche, unfrohe Frau.

In manchen Spiegeln, die aber vielleicht schmeicheln, spiegele ich mich schon ganz schlank. Doch Frauen um die 40 sind nun mal – auch, wenn sie vielleicht noch so schlank sind – kein Ausbund an Erotik mehr, und ich bekam Angst, daß ich nachher vielleicht ganz schlank bin, mich aber im Spiegel als kleine „Spitzmaus" wie beispielsweise Frau Janssen oder Frau Heinemeyer spiegele?

Donnerstag, 21. März

Grau verquollen und unschön

In „Hallo Deutschland" zeigte man die älteste Frau der Welt: Eine 114-jährige, völlig zu Dörrobst verdörrte Japanerin.
Ihr Rezept: Reiswein und Grüntee, und außerdem schläft sie immer ganz viel, so wie dereinst der Opa. Besonders lustig fand ich, daß ich der Omi am Telefon erzählt hab, daß sie, wenn sie meinen Rentenbeginn noch miterleben möchte, 114 Jahre alt werden müsse. Das sei ja schon vorgekommen, und außerdem sei heute meine Rentenurkunde gekommen, mit welcher mich die „Hamburger-Mannheimer" bei Laune halten will, da sie mir ja jetzt erstmal und bis auf weiteres so viel Geld wegzwackt.
Am 1. April sind´s dann nurmehr 24 Jahre und 11 Monate bis ich in den Genuß der Rente komme.

Heute war ich allerdings den ganzen Tag so schlapp und müd, daß ich kaum glaube, die Rentenzeit noch zu erleben.
Nur aus jenem Grunde muß ich noch eine Weile ausharren, damit Ming dann eine gescheite Auszahlung bekommt.

Heute hatte ich mir eine Liste jener Dinge erstellt, was ich wohl am allerungernsten tue, und ein Punkt hieß etwas gemein: Andreas H. zu unterrichten.
Und genau den hatte sich Buz heut als pädagogischen Braten herbestellt. Doch dann mußte er dringend nach Leer, und ich wiederum mußte noch zwanzig Minuten lang an dem ungaren Bündel Geiger herum unterrichten.

Ein bißchen interessant im derzeitigen Weltgeschehen ist vielleicht, ob der 22-jährigen Julia B. in Singapur wegen Drogenbesitzes der Tod durch den Strang droht?

Ich ordnete wieder meine Kassetten, und auf eine schrieb ich verhohnepipelnd auf neuschwachhochdeutsch:
Gunnar Harms & friends at concert
Dann staunte ich über Mings atemberaubenden Klavierabend im Jahre 1980.
Angeekelt entfernte ich ein Pickerl, auf dem die Gerswind „Wurm" draufgeschrieben hatte. (Sie nannte ihn zunächst „Iwurm" und später nur noch „Wurm")

„Du hast recht, Mobbl!" rief ich in den Himmel hinauf, „die Gerswind ist einfach gräßlich."

Rehlein hatte auf Band geplaudert, und erzählte, daß Ming heut in der Biologieprüfung einen stolzen Zweier bekommen habe. Rehlein klang so glücklich. Wenig später rief der frohe Ming selber an, um eben dies zu verkünden.
„Wir haben die Ansprüche schon hinabgeschraubt!" sagte ich fröhlich, da eine Zwei im Grunde doch nichts Besonderes ist?
Ich erfuhr, daß die arme Gerswind, über die ich heut schon so wüst gesprochen hatte, eine Kette von Ärgernissen hat hinnehmen müssen: 1.) ist sie schwanger, was lästig und beschwerlich ist, 2.) baute sie einen Autounfall: Auf einem Schotterweg rammte sie ein entgegenkommendes Fahrzeug. Dann wurde ihr in Wien ihr Börsl mit Geld und Pässen geklaut, und zum Schluß fiel sie die Treppe hinab, und brach sich (vielleicht) einen Fuß?
Ob Omi Mobbl im Jenseits sich nun die Hände reibt?

Freitag, 22. März

Wechselhaft. Hi und da ein windschiefes Aufregnen

Ich tat zweierlei: a) Mein Zimmer aufräumen, und die eine Hälfte längs gegenüber dem Bett ist schon sehr ordentlich.

Dann erzählte ich Buz und Heidi Abel daß Frau Meyer einen Schrecken bekommen habe, als sie hörte, daß Rehlein im Mai zurückkehren würde, und somit strudelte die gemütliche Frau Meyer in eine gewisse Schaffenstorschlußpanik, denn es könnte ja sein, daß Rehlein beispielsweise sagt: „Daaas soll geputzt sein, Frau Meyer?? Diese Stelle hier ist seit mindestens zwei Jahren mit keinem Lappen mehr in Berührung gekommen!"

Frau Meyer frägt immer genau, wann wir wohl da oder nicht da sind, und es *könnte* doch zumindest sein, daß ihr Schwiegersohn in der finanziellen Bredullje steckt?

Den Haustürschlüssel mag ihm Frau Meyer aus Solidarität uns gegenüber nicht geben, aber sie läßt vielleicht die Hintertüre offen und sagt wie beiläufig: „Über Oustern sind die woul verreist – aber du kannst ja mal hinfahren und schauen, ob die Hintertür verschlossen ist?"

Ich rief die Omi an, und die Omi war auch sehr nett, zumal sie demnächst an Ostern gern von einem lieben Menschen wie beispielsweise mir gesittet werden möchte. Ich tat so, als könne ich erst ab dem 3., und dabei könnte ich, wenn ich *wirklich* wollte, am 1.4. abends bereits bei ihr sein.

Buz interessiert sich nicht groß für seine alte Mutter und tat auf die unreife Art eines Sohnes einfach so, als sei er in dieser Woche *absolut unabkömmlich*.

Samstag, 23. März

Zuerst sonnig, dann überzog es sich z.T.
düster und grau. Sehr frisch

Im Traume *gab ich ein Konzert, doch es ist nur <u>ein</u> Zuhörer
gekommen: Jener bebrillte Herr, der mir den Raum vermietet
hatte.*
*Nun schickte ich mich an, vor diesem Einzelnen zu spielen,
auch wenn ich gar nicht wußte, ob es ihn überhaupt interessiert?*
Ich ließ, da es ja nur ein Einzelner war, sogar mein Nachthemd an.

Zum Frühstück hörten wir die CD einer französischen Cellistin, die in einem Appartement in New York lebt, und sich für unseren Musikalischen Sommer empfehlen wollte.
Auf der CD befanden sich lauter Häppchen ihres Könnens und ich griff – so, wie vielleicht eine First Lady ins Weltgeschehen – ganz massiv in die Karriere der jungen Dame ein, indem ich ihr Spiel als gewöhnlich und belanglos abtat.
Als Buz telefonierte, war ich dann aber plötzlich ganz geläutert und rief:
„Ich habe kein Recht dazu, die arme Cellistin so madig zu machen."

Auf dem Marktplatz stand ein frommer Mann und sprach mit erleuchteter Miene über JESUS CHRIS-

TUS. Nach einer Weile zückte er dann seine Gitarre und schmiegte ein frommes Lied an.

Frau Priwitz war ganz aus dem Häuschen vor Freude, als sie hören durfte, daß Rehlein im Mai zurückkehrt. Doch seit ungefähr 14 Tagen sieht die alte Dame leider nicht mehr so gut. (Durchblutungsstörungen.) Das Alter klopft an.
Sie als Hobby-Miss-Marpel, die sich doch immer damit gebrüstet hatte, daß ihre Aug- und Ohren mit den Jahren immer schärfer wurden.

Sonntag, 24. März

Sonnig. Abends zauberhaft

Ich zucke jedesmal zusammen, wenn das Telefon so kalt und nackt wie aus dem Nichts heraus aufschrillt, und nun hing Buz seit zwanzig Minuten am Telefontropf. Es ging um eine Geige für ein junges Fräulein, dessen Violinkünste der Liebe wegen stagnieren, so daß die besorgten Eltern nun denken, eine bessere Geige müsse her.

Wir lasen „die Welt": z.B. über die 22-jährige Julia B., die ja bald in Singapur gehängt werden soll, und konnten es nicht glauben. Besonders die armen Eltern können einem leid tun.

Mitten in der Debussy-Probe mit Buz und Christoph-Otto rief das Beätchen aus Übersee an, und ich erfuhr, daß das Unglück in unserer Familie nicht abgerissen ist: Das Beätchen hat noch kaum Zeit gehabt, wirklich um den Opa zu trauern, als sich der Onkel Jesse auf´s abscheulichste ein Bein brach, und neun Tage lang im Spital verbleiben mußte.

Ich erzählte dem Beätchen, daß ich in einer Probe stüke, und nun die Wahl hätte zwischen einer Unhöflichkeit dem Beätchen gegenüber, und einer Unhöflichkeit den Mitspielern gegenüber. Aber da die Beate meine Tante ist, bin ich doch lieber unhöflich zu den anderen!

Jetzt sei´s für die Mitspieler eben so, als säße ich im Häusl und laboriere an einer Obstipation.

Montag, 25. März

Schön sonnig

In einem Journal las ich über Depressionen, die vielleicht auf einen klinischen Serotoninmangel hindeuten?

Man schleppt den Mangel mit durchs Leben, und eines Tages ist das Leben aus.

Viele von uns richten sich ein Doc für negative Erfahrungen im Gehirn ein, während die positiven Erfahrungen einfach wie in einer Sickergrube versickern. Dann richtet man sich auch noch ein Feindschaftsdoc ein, und nach und nach werden alle

Bekannte und Freunde, zum Schluß vielleicht sogar die Verwandten selber, in dieses Doc hineingeschaufelt, aus welchem sie nicht mehr herausfinden, so daß man eines Tages gar keinen Besuch mehr haben will.

Mir fiel etwas aus meiner Kindheit ein (Beginn der Rückblicksphase):
Wie ich so gerne mit aufgeschnittenen Strohalmen leuchtende Tetraeder bastelte. Weiß jemand, was das bedeutet?
_{Ein dreidimensionales Dreieck – oder auch eine ganz kleine Pyramide}
„Früher hatte ich so viele Interessen," erzählte ich Buzen, „dummes Zeug, wie man im nachhinein erkennen muß."

Bei uns herrscht folgende Regel:
Der, der das Abendessen gerichtet hat darf auch bestimmen, was im Fernsehen geschaut wird, und so schauten wir einen Tatort mit Manfred Krug, und hernach eine Reportage über die Neonazis in Rostock-Lichtenhagen, wo vor zehn Jahren ein Asylantenheim in Brand gesetzt wurde.
Tote gab es gottlob keine, doch die Aufregung war groß!

Dienstag, 26. März

Meist schön. Manchmal weißwölkig überzogen

Die Petra hatte gleich zwei Tschaikowski-CDs geschickt, und auch noch ein kleines Brieflein dazu geschrieben.
Unser verloren geglaubtes Tschaikowski-Quartett, (gespielt im Jahre 1997 im Rahmen des Musikalischen Sommers) das Rehlein sich so glühend gewünscht hatte - bloß daß sie die Hoffnung darauf mittlerweile begraben hat.
Ich wurde fröhlich, weil mir eine lustige Idee gekommen war: Das Geschenk den Vitzthums zu schicken, und sie zu bitten, es Rehlein ganz beiläufig zum Geburtstag zu überreichen, so daß Rehlein vielleicht an eine harmlose Schokoladentafel denkt, und es dann nicht fassen kann, daß ihr die Nachbarn ausgerechnet jenes Geschenk machen, das sie sich am allermeisten auf Erden Welt gewünscht hat!
Endlich mal etwas, das ich der Omi erzählen kann, wenn sie wieder sagt: „Und? Nichts Neues?" freute ich mich.

Spannend ist´s in der Post z.Zt. immer, welchen der drei bis vier Sachbearbeiter man wohl abbekommt?
Diesmal war´s ein Herr, und ich hätte lieber eine Dame gehabt, denn man möchte doch gerne auch ein bißchen über sein Päckchen psychologisieren.
Der Herr meinte, ein Päckchen nach Österreich würde drei bis vier Tage dauern – oder ich könne es

per „Rapid express" schicken. Dies würde jedoch 70 Mark← (sagte er aus Versehen) - kosten!
Unfaßbar wär´s natürlich gewesen, ich hätte meinem Herzen einen Stoß gegeben, tatsächlich 70 €uro gezahlt, und daheim hätt ich dann gesehen, daß ich die CD nicht in die entsandte Hülle hineingepackt hab.

Ich las die Ostfriesischen Nachrichten:
In Moordorf hat ein unreifes 15-jähriges Mädchen ihr neugeborenes Baby einfach in einer Kirche abgelegt, und das arme Baby wäre mit Sicherheit in der Kälte erfroren, wenn es nicht zufällig von einem lieben 16-jährigen Mädchen entdeckt worden wäre, und somit gerettet wurde.
Sie und ihr Vater wurden heut namentlich und mit einer großformatigen Photographie in der Zeitung als Helden gefeiert. Als Helden und Lebensretter.
Der Lohn der guten Tat!

Buz ging spazieren, und ich litt darunter, daß er ohne Gruß gegangen war. In Anbetracht dessen, daß Buz bald nach Taiwan reist, hatte ich ihm sogar noch nachgerufen: „Komm bald wieder! Sonst bin ich so einsam!"
Jetzt stürmte ich zum Fenster und rief: "Daß man einfach so ohne Abschiedsgruß das Haus verlässt!"
„Biddö?" sagte der altwerdende Buz fahrig, und dann: „Abschied!"
In der Tat hatte ich mir heute schon ausgemalt, wie´s wohl sein wird, wenn Buz mal gestorben ist.

Ich stellte mir sogar seinen Grabstein vor, und noch eine andere Sache knabberte in mir:
Buz ist demnächst 18 Tage lang im Ausland, und es könnte sein, daß alles anders ist, wenn er zurückkehrt. Daß z.B. seine alte Mutter gestorben, und eventuell gar bereits beerdigt ist?
Dann wiederum mußte ich drüber nachdenken, daß Buz früher Mitglied einer völlig anderen Familie gewesen ist als heute. Nur Buz selber ist geblieben.

Mittwoch, 27. März

Lieblich und sonnig

Heute sollte ich Buz um viertel vor acht wecken, da um 8 Uhr 15 traditionsgemäß der Klavierschüler Ohm erwartet wurde. (Ein neues Muster in unserem Leben.)
Buz war aber schon wach und rief freundlich von unten empor: „Du kannst dich ruhig wieder hinlegen, Schätzlein. Schlaf gut!"
Buz ist immer so warm zu mir.
Es wirkte ein bißchen komisch, sich am hellichten Tage aus reiner Faulheit wieder ins Bett zu begeben. Und doch begab ich mich wieder in mein Bettfutteral und wurde schwach und lahm dabei.
Herr Ohm verspätete sich sehr, da er ja Ferien hat, und blieb dafür ganz lang.
Ich, auf mein Kissen gebettet, konnte mit anhören, wie er anhand des zweiten Satzes von Mozarts G-

Dur Sonate die Kunst des musikalischen Artikulierens lernte. Geduldig übte er vor sich hin, während Buz ständig vom Telefon von seiner pädagogischen Mission hinweggesogen wurde. Doch die Leute rufen ja nicht an um Buz eine Freude zu machen, sondern bloß um G´schäfterln auszuhandeln, und wenn Buz mal alt und krank ist, meldet sich doch wohl kaum nochmal jemand von denen?

Nachtrag 2021: Und genau so kam´s!

Herr Ohm war gegangen, ohne daß ich ihn kennengelernt hätte, und dabei hatte ich mir extra für ihn die Zähne geputzt, um ihn nicht mit meinem Knoblauchodem anzuhauchen, und mir darüber hinaus auch noch nette Worte für ihn zurechtgelegt: „Ihr Klavierspiel ist mir bereits vertraut!" (Leider klingen fast alle Worte, die sich eine Dame für einen Herrn zurechtlegt, wie aus einem Groschenroman entlehnt!)

Mitten in ein Telefonat Buzens hinein klingelte es auch noch an der Haustür.
Die kleine Hanna war´s, die gekommen war, um unser Haus mit Sonnenschein zu füllen. Ein blondes kleines Mädchen, das immer so leuchtet wie eine kleine Sonne.
„Würdest du dir die Schuhe ausziehen??" sagte ich, und kam mir bei diesen Worten so lehrerinnen- und erwachsenenhaft vor, wie ich doch gar nicht bin.
Umso netter versuchte ich jetzt zu sein.

Ich erfuhr, daß sich in Hannas großer Familie alles freudig auf's bevorstehende Osterfest zentriert.
„Wir Kinder bemalen Ostereier – freiwillig!" sagte sie so süß, und klang dabei wie ihre eigene Mutti.

Später saß Heidi Abel mit Buzen am noch unabgedeckten Frühstückstisch herum, und ihre Anwesenheit stimmte mich gleich plaudrig, so daß Buz durch die Augen von Heidi Abel begeistert auf mich draufblickte.
Ich erzählte, wie die Nachbarin gerade denken würde: „<u>Schon</u> wieder eine Neue an der Seite von Herrn König, um <u>elf</u> Uhr!" und diesen entrüsteten Passus in ihr Tagebuch schreibt.

Buz schritt die Stiegen hinab, und entwand sich schleppend aber unaufhaltsam meinen Blicken. Es schaute aus wie ein Buzuntergang, und wehmütig streiften meine Gedanken das Unvermeidliche: Eines Tages geht Buz unter wie die Sonne und wird nicht wiederkehren. Doch vorerst beflackerte mich nur die Angst, Buz würde wieder grußfrei das Haus verlassen, und ich müsse wieder an meinem chronischen Grundgefühl, daß der Abschied nicht herzlich genug war, herumknabbern. Doch würde ich Buz dererlei erzählen, so könnte es passieren, daß er sich erunwirscht: „Du scheinst zu viel Zeit zu haben!"
Und so beschloß ich, das Ganze nicht so sentimental zu sehen.

Probe in der Musikschule:
Der Christoph hatte einen Riesenstapel Fotos von seinem Töchterlein dabei, und leider ist das störende Hexenmal auf der Stirn auf jedem Foto mit drauf.

Abends freuten wir uns auf eine Wissenschaftssendung, für die ich sogar Ming am Telefon erwärmen konnte: Was sich wohl im Gehirn abspielt, wenn man rasend verliebt ist?
In London wurden 17 nach eigener Aussage wahnwitzig verliebte Testpersonen in die Röhre geschoben, und beim Blick auf das Foto ihres Geliebten wurde die Gehirntätigkeit gemessen: Fast alle Areale waren lahmgelegt! Das fanden wir so lustig, und auch die Verliebten in der Sendung lachten herzlich und erheitert!
Weder Buz noch ich sind z. Zt. verliebt – doch ich wäre viel fröher, wenn ich verliebt wäre!

Donnerstag, 28. März

Lieblich und sonnig

Der heutige Tag war eigentlich als letzte Kostbarkeit vor einem schier unentwirrbaren Knäuel an Lästigkeiten gedacht, denn morgen bin ich leider neun Stunden lang aushäusig, und kehre womöglich erst um ein Uhr nachts zurück, um am Samstag in der Früh gleich wieder drei Stunden lang in der nahegelegenen Kreisstadt Norden zu proben.

Den ganzen Tag wanderten meine Gedanken dahin, und mir wär´s fast lieber gewesen, der Tag wäre schon da, damit ich ihn bälder hinter mich bringen könne.

Zuerst übte ich, und hörte Buzen bereits am Frühstückstisch herumdecken.
Ich hatte schon gemeint, ich könne vielleicht gerührt sein, doch Buz, obwohl es schon ganz lange geklappert hatte, hatte lediglich zwei Brettchen und den Brotkorb auf den Tisch gestellt, und jetzt retirierte er sich die Treppen hinauf.
„Das ist ja grandiooos – wie weit du mit der Frühstückszubereitung gediehen bist!" sagte ich beim Weiterdecken laut, wenn auch wertungsfrei im Tonfall. „Ein wahres Grandiosum!" und redete aus Daffke immer weiter variierend über dies´ Thema.
(Wie ein gewisser Jemand: Der Onkel Eberhard)

Zum Frühstück schauten wir „Ein Schloß am Wörthersee" mit Herzensbrecher Roy Black und waren hin und weg von dieser Serie! Ein Mann traf nach Jahrzehnten seine Jugendliebe wieder, und beide hatten sich in der Zwischenzeit in gepflegte Kreuzfahrtsenioren verwandelt.
Und ein alter Herr stellte sich sterbenskrank. Als seine Tochter ins Zimmer kam, versteckte er die qualmende Zigarre rasch im Bett, so daß es bald darauf gedampft hat.

„Das ist mein Fieber!" sagte der Herr, so wie in einem Kasperltheater, und die Tochter glaubte es ihm.
„Was da alles schon vorgekommen ist! In nur fünf Minuten!" rief ich begeistert aus.

Später am Tage:
Von unserer Hecke aus konnte man, wenn man ganz genau hinsah, Buz auf dem Flügelschemel beim Üben beobachten, und ich fand's so rührend, daß eine lebende Legende wie Buz – von vielen verehrt und geliebt – tatsächlich ganz normal zuhause sitzt und auf seiner Violine übt. Dann wanderten meine Gedanken zu Beethoven, da ich immer das Gefühl habe, Beethoven sei ein ähnlicher Mensch wie Buz gewesen? Manchmal rede ich mir aber noch viel mehr ein: Daß Buz die Reinkarnation Beethovens sei.

Über den Seibold hatte ich heute auch schon viel nachgedacht: Er kommt mir in letzter Zeit so ausgeglichen und zufrieden vor, und ich glaube auch, daß sein Leben sicherlich sehr viel erfüllter ist als meines? Eingebettet in eine liebevolle Familie führt der Seibold ein erfüllendes und gemütliches Dasein.
Ich sah es plastisch vor mir, wie er sich mit seiner Stieftochter Swaantje, der Liebe seines Lebens, ausgesprochen hat.
Angeregt durch den Roman „Lolita" hatte er ihretwegen überhaupt erst ihre Mutter geheiratet.

Doch bei den Mahlzeiten schielte er der Swaantje gar zu oft in den Ausschnitt, oder auf ihren Beinspeck drauf.
Dies aber ist lange her – vergeben und vergessen!

Buz und ich besuchten den Bioladen:
Ständig maulte Buz über die unverfrorenen Preise, doch seiner Art gemäß wandte er sich mit diesen Jeremiaden an *mich,* so daß die süppelig-wattige Lisa Kutschker, die unbeirrt weiter höflich bediente, sicherlich gemeint hat, Buz wäre sauer mit <u>mir</u>, weil ich hier ständig einkaufe, und sein sauer verdientes Geld in einen Shop trage, der für Millionäre gedacht ist.

Im Ihlower Forst.
Ich erzählte Buzen vom Seibold und seinem erfüllten Leben bzw., daß man - stürbe er - jetzt schon schreiben dürfte: „Ein erfülltes Leben ging zu Ende…" Da es eben eine ausgewogene Mischung zwischen Freizeit, Vergnügen, Kultur und sozialem Angaschmooo ist bzw. **war**←(natürlich)
Einmal sahen wir einen Frosch dem so kalt geworden war, daß er gar nicht mehr gescheit weiterhüpfen mochte, sondern nur ganz fröstelig am Wegesrand kauerte, um auf eine Wetterbesserung zu warten. Nett wäre es somit gewesen, nach Hause zu eilen, um ihm ein kleines Wams zu nähen.
Ich wirbelte die Frage auf, ob´s dem Frosch wohl bewußt sei, daß er in Ostfriesland lebt? Anhand der sinkenden Sonne hätte er nämlich auch annehmen können, er lebe in Afrika? Buz erwog, ihn in einer

kleinen Schachtel mit nach Taiwan zu nehmen, zumal man nur selten von einem Frosche hört, der die Welt bereist.

Schließlich kauften wir noch im Supermarkt ein.
Buz entpuppte sich als sehr mittelmäßiger Mitkäufer: Zunächst las er sich an den Illustrierten fest, und an der Käsetheke kam ich mir in Buzens Augen so gewandt vor, weil ich weiß, wie man einkauft.

Karfreitag 29. März

Sonnig, lieblich

Besuch bei Frau Münch:
Von der ersten Sekunde an spürte man wieder Buzens erstaunliche Sogwirkung auf Hunde. Die schlanke, karamellfarbene Lappohrhündin Mascha rannte freudig bellend auf ihn zu, und Mutti Münch war gezwungen, dem Hunderl gegenüber einen ziemlich schroffen Ton anzuschlagen, so wie es in der Hundeschule gelehrt wird.
Man muß den Hund so anbarschen, daß alle Anwesenden mit zusammenzucken.
Die wunderfitzig aufgestellten Öhrlein von dem Hundi schauten aus wie Salatblätter, und wenn Frau Münch etwas strenges und mahnendes sagte, schaute der Hund Buz an, um zu schauen, ob Buz das wohl auch so sähe?

Wir verabschiedeten uns mit frohen Osterwünschen, um sodann unseren Karfreitagsspaziergang zu absolvieren.

Es war frühlingshaft und schön geworden, und dennoch beschlich mich ein dumpfes Gefühl, daß der Spaziergang buzesgemäß womöglich kein Ende nehmen könnte? Ein Hobby, das Buz und Hilde eint(e): Die Lust am Spazierengehen.

Schon nach 15 Minuten sagte ich nach Art eines intelligenten Kindes, das beschäftigt sein will:

„Wir kehren jetzt um. Mir ist langweilig!"

Zum Glück wurden unsere Themen aber bannender, so daß man die Länge des Spaziergangs nicht mehr so gespürt hat.

Ich erzählte, wie das Leben von unserem Freund Johann als Einzelkind so abgelaufen war, und stellte mir beim Erzählvorgang bildhaft vor, wie er klein und einsam mit seinen steifen Eltern am Tische saß.

Buz philosophierte ein bißchen darüber, daß er mit seinen Geschwistern im Grunde nur wenig zu tun hat, und ich lauschte ihm gebannt, obwohl mir das, was er sagte, nicht so sehr gefiel.

Die Geschwister sind doch ein Riesengeschenk, das die Eltern einem gemacht haben! Man müsse sie als Kostbarkeit genießen und für sich zu Heiligen erklären – so, wie ich es mit Ming betreibe.

„Ein Leben ohne Ming wäre für mich ein Leben im Irrtum!" erläuterte ich Buzen.

Doch Buz als Ziehsohn der Neckermanns, der einige Jahre seines Lebens in der Verlegenheit verbracht hat, an fremdem Mutterbusen genährt, und durch

Gnade und Güte lieber Menschen als willkommenes Familienmitglied angesehen zu werden, mag es wiederum nicht so, wenn die Blutsverwandten anderen gegenüber bevorzugt werden.
„Wenn man geboren wird, dann ist das im wahrsten Sinne des Wortes ein „Lebenslänglich"" sagte ich.

Am Abend wirkte ich bei Pergolesis „Stabat mater" in Holland mit, und Buz war neun Stunden lang allein zuhaus.
Ich saß hinten im Bus, und da das Wetter so schön war und die heiße Zitrone, die ich mir zubereitet und mitgenommen hatte, so köstlich mundete, gefiel mir das Leben.

Auf das „lecker Abendessen", von welchem es hieß, daß es in Holland auf uns warte, und mit dem die Musikanten geködert worden waren, freute ich mich sehr, denn anhand z.B. eines Abendessens merkt man, wie wahr die Worte von Hildegard Knef sind: Das Glück kennt nur Minuten.
Doch es handelte sich bei der vollmundig vorgetragenen Versprechung nur um eine große Schachtel mit runden Wattebrötchen die mit warzenartigen Rosinen verziert waren. Serviert in einem schäbigen Gemeindezimmer mit kolpinghaftem Mobilar, wozu es Tee in stumpf- und klobigen industrieweißen Gemeindeküchentassen gab.
Ich saß neben dem Seibold, und wenn es im Leben jemals eine Chance gegeben hätte, mich mit dem

Seibold zu befreunden, dann jetzt, da er nett und aufgeräumt war.
Ich erfuhr, daß er in Danzig geboren sei, und fand das sehr interessant und sogar ungewöhnlich.

Und an das „lecker Abendessen" schmiegte sich nun die Probe an:
Über mein schönes Solo im vorletzten Satz hat der Seibold nichts gesagt, nur den letzten Ton wollte er kürzer haben.
„Ende der Durchsage!" sagte er knapp.
(Auch eine alberne Gewohnheit von ihm: Immer „Tach auch!" und „Ende der Durchsage" zu sagen.)
Hahahahaaaaaaa.
Ich hasse diese anstrengenden Geizkonzerte in Holland.

Hernach saßen wir noch in einem Hotel, und der Platz, auf welchem eigentlich Herr Stoppelenburg sitzen sollte, blieb lange leer, weil Herr Stoppelenburg hinweggeeilt war, um mit dem Geistlichen zu verhandeln – da es plötzlich viel weniger Geld geben sollte, als die 200€, die ohnehin in ihrer Magerkeit schon an eine Unverschämtheit grenzten, und den Musikanten zuvor neben dem „lecker Abendessen" volltönend in Aussicht gestellt worden waren.
Dadurch, daß sich die Hotellampen in der Scheibe spiegelten, und sich mit den Lichtern draußen mischten, sah es so weihnachtlich aus, und statt des Mondes sah man eine beleuchtete Kirchturmuhr am Himmel prangen.

Samstag, 30. März

Weißwölkig

Am Morgen wurde ich von einem zurückhaltenden Kontrabassisten zur Probe nach Norden abgeholt:
Doch wieder konnte man sehen, daß das mit der Wellenlänge eher so ist: Menschen, die eine *scheinbar* schlechte oder mittelmäßige Wellenlänge zu einem haben, haben in Wirklichkeit vielleicht nur eine längere *Anwärmphase*?
Denn heute gab der Herr seine norddeutscherdschwere Zurückhaltung auf, und präsentierte sich in ganz normal-verbindendem Plauderschwunge.
Völlig verblüfft erfuhr ich, daß seine Frau mich kennt! Es handelt sich um meine Klassenkameradin Cordula Emshoff, von welcher ich sogar die Adresse in meinem Kopf gespeichert hatte: Direkt neben der Musikschule.
Dort wohnt leider niemand mehr. Die Eltern sind geschieden, und der Vater wohnt mit einem jungen Betthäschen, das er sich an Land gezogen hat, in Großefehn!
Doch dererlei gehört nicht ins Tagebuch.
Ferner erfuhr ich, daß mein Schofför Grundschullehrer von Beruf sei, und hinzu einmal ein philosophisches Buch über Kant geschrieben hat.
Leider trocken und unpersönlich, weil´s als Doktorarbeit konzipiert war.
Jetzt riet ich, es in einen Bestseller umzuschreiben.

Dem Christoph-Otto war ziemlich mulmig zumute, da er den vereinzelten Musikanten nun schonend beibringen mußte, daß man wohl doch bloß höchstens 100 €uro Lohn bekäme, weil Herr Stoppelenburg im Schwung den Mund ein wenig voll genommen hatte, indem er neben dem lecker Abendessen eine saftige Gage versprach, um buzesgleich erst hernach mit der Kirche zu verhandeln, die ihr Geld nachweislich lieber zusammenhält.

Etwas, was im Christoph besonders knabberte: Daß Herr Stoppelenburg die Schuld an dieser kleinen aufmischenden Finanzmisere trägt, wo doch die Stoppelenburgs liebe Freunde sind! Und nun hat diese Freundschaft einen ersten Kratzer bekommen.

In fast buzesartigem Enthusiasmus hatte Herr Stoppelenburg sich schon ausgemalt, was da wohl alles reinkäme, wenn seine beiden schönen Töchter singen, und nun stand er mit 700 € da, die er unter den acht emsigen Spielern verteilen mußte, während seine Töchter, für die dieses Konzert doch als Sprungbrett zu Ruhm und Ehren gedacht war, nun auf reiner Ehrenbasis gesungen hatten.

Durch die finanzielle Misere und die vor mir liegende dreistündige Probe leicht mürrisch gestimmt, setzte ich mich neben Frauke F., ohne den Kirchenmusiker und musikalischen Generaldirektor, der da mit gelockerten Handgelenken zum Dirigat bereitstand, überhaupt mit Blicken zu würdigen.

Gleich von der ersten Minute an ging mir die Probe auf die Nerven.

Schon am Ende der ersten Zeile klopfte der Kimu* ab und sagte auf Kimu-Art: „Danke. Bis hierher. Wenn Sie die Viertel etwas breiter nehmen könnten?" ..und so weiter und so fort….
*Lose Bezeichnung für einen Kirchenmusiker

Christophs Glatze schaute von hinten aus wie ein kleines poliertes Ei in einem Nest.

Buz ging am Abend zum Osterfeuer bei der Familie L., und ich riet, das Video von der kleinen Maika mitzunehmen, das der Friedel uns so rührend geschickt hat.

„Ich hab ein Video von meiner kleinen Großnichte dabei!" könne er sagen, und das vierstündige Video, das das Kleinkind beim Heulen und Herumwuseln zeigt, einfach einlegen, zumal die Ruth Rehlein einst ständig mit Videos dieser Art gequält hat.

…Und wenn die L.s schlafen gehen wollen, so solle Buz auf Hessenart einfach nicht darauf eingehen.

Ich bat Buz, den L.s zu sagen, ich sei schon woanders eingeladen, und wenn sie einen torhaft fragenden Gesichtsausdruck aufsetzen, dann meinetwegen ein: „Bei einer Versammlung des JBF (der jungen Bibelfesten)!" nachschieben.

Ostersonntag, 31. März

Zuerst sonnig – am Nachmittag weißwölkig verhüllt – und doch sah ich beim Bügeln von Mings Zimmer aus einen atemberaubenden Sonnenuntergang

Kaum räkelte ich mich erwacht im Alltagsgeschehen herum, da rief Buz von unten fragend herauf, ob man wohl aus dem Internet die Nachrichten erfahren könne? Taiwan sei vor zwanzig Minuten von einem schrecklichen Erdbeben gebeutelt worden. Buz hatte es brühwarm von der Han-Lin erfahren, die es wiederum von ihrem Bruder am Telefon gehört hat.
Und dabei sah unsere Planung folgendermaßen aus: Buz wollte mitten in der Nacht – um zirka drei Uhr – zum Flughafen Bremen fahren, um das große Abenteuer Richtung Taiwan zu starten.
In den Nachrichten wurde das Erdbeben in Taiwan nur am Rande bedacht:
Stärke 6,8 , zwei Tote, mehrere Verletzte, eingestürzte Gebäude.
Nun sagte ich Buzen beständig Dinge wie: „Dann lassen wir dich nicht fort!" oder „dann hätte ich keine ruhige Minute mehr!"
„Wann kommen die nächsten Nachrichten?" frug das Kläuschen* in Buz direkt nach den einen Nachrichten.

*Da das Kläuschen zu jeder Stund die Nachrichten zu schauen pflegt

In unserer Ratlosigkeit riefen wir Rehlein & Ming in Ofenbach an, weil wir Ming, zumindest unbewußt, für einen Experten in allen Lebenslagen halten.
Ein so warmes Telefonat wurde daraus.
Ich erzählte Rehlein von meinen mageren Einnahmen, und über meine Nebensitzerin Frau F. sagte ich, sie sei sehr nett, doch ihr Mann leide leider an der Pickschen Demenz.
Rehlein war von dieser Info sehr bestürzt, da sie Herrn F. für einen besonders feinen Mann hält.
Mir sei aufgefallen, daß sich Herr F. bei einer Feier *ein* Glas Wein nach dem anderen einschenkte. So oft, daß es nicht mehr zu fassen war, und heut könne man nicht mehr mit Bestimmtheit sagen, ob er die Picksche Demenz derothalben bekommen habe, weil er so viel Alkohol hob, oder derothalben so viel Alkohol hob, da er durch die Picksche Demenz vergessen hatte, daß er doch soeben bereits ein Glas gehoben hatte?
Summasummarum meinten Ming & Rehlein, man könne seinem Schicksal nicht entgehen, und wenn Buz daheim bliebe, dann könne er schließlich auch hier durch unbeugsame Zufälle zu Tode kommen.
Und außerdem steht Buz ja schon an der Schwelle zu jenem Alter, wo man Hannelore Kohl zitieren darf: „Ich bin jetzt 68 Jahre alt. Ein Alter, das dem Leben seinen Platz eingeräumt hat."

Besuch beim Upsdalsboom, einem tobleronenförmigen Stein, der im Upsdalsboomer Forst herumsteht, und genau in jenem Jahr aufgestellt

wurde, als der Storch der Familie Brahms in Hamburg-Altona einen kleinen Johannes gebracht hat. 1833.
Sprich: Die Leute, die den Upsdalsboom aufgestellt haben, hatten bis zu diesem Zeitpunkt in ihrem ganzen Leben noch nie ein Werk von Brahms gehört. Geschweige denn einen Walzer desselben!

Ich mußte sehr an die Queen-Mum denken, die ihr langes Leben ausgehaucht hat.
Auf der Beerdigung ihrer Tochter Margret war sie noch dabei, doch dann verließ sie Schloss Windsor nimmermehr, und ihr schönes Leben war nun plötzlich auch nicht mehr schön.
Jetzt ist sie einfach weg, und hinterlässt eine Lücke bzw. eine offene, fragende Tür, durch welche eine seltsame Kneippatmosphäre hereinströmt, die sogar ich im fernen Wald bei Upsdalsboom ein bißchen spüren konnte.

Wir liefen auf dörflichen Wegen durch´s schöne, ländliche Ostfriesenland, gestreichelt und gezaust von warmen Zefirwinden.
Einmal fauchten zwei umzäunte Gänse Buzen bedrohlich an, weil Buz auf Gänse offenbar keine Sogwirkung ausströmt? .

Am Abend war ich fröhlich, denn mein Päckchen war glücklich bei Vitzthums angekommen. Ich war auch doppelt froh, daß ich nochmals angerufen hab, denn ohne meine Instruktionen hätte Mutti

Vitzthum das Päckchen womöglich total banal mit den Worten überbracht, das käme von der Franziska. So aber??? Ich kann nur hoffen, daß man mit 54 Jahren noch nicht zu alt ist, um einen Scherz zu verderben.

Personenregister

Ada, (*2000) Hund von Onkel Andi und Tante Lisel in Blankenfelde
Adam, Herr und Frau, Anwalt und Anwaltsgattin in Emden (Matthias *1954 und Theda *1964)
Agnes, Omi, (*1930) Mutter von meiner Freundin Margarethe
Andi (Anderle), (*1949) Onkel mütterlicherseits in Blankenfelde
Anna, Cembalistin und Heilerin (*um 1962)
Antje, (*1939) Lieblingstante in Bonn
Axel, Onkel, (*1937) angeheirateter rumänischer Onkel von Buzens Exe Hilde
Bastian, Eheleute in Aurich (im Rentenalter)
Beätchen (Bea), (*1943) Tante mütterlicherseits in Kalifornien
Beppino, (*1969) Vetter in Rom
Bitze, (*1928) Mutter von unserem Freund Tone
Bogad, Dr., (*1958) Opas Leibarzt
Bron, Sachar, (*1947) russischer Violinprofessor
Brüdi, (*1942) Bruder von meiner Extante Antje
Buz, (*1938) unser Vater
Christiane, (*1965) Hausfrau und Mutti in Aurich
Christoph-Otto, (*1965) Stadtmusikant von Ostfriesland
Daaje, (*1994) älteste Tochter von Mings Exe Gerswind
David, (*1994) Söhnchen von Friedels Freundin Doris
De Boer, Frau, (*1943) Metzgersfrau in Aurich, mit der ich leicht befreundet bin
Deniz, (*1992) entsetzlicher Violinschüler in Aurich
Dölein, Onkel, (*1936) Onkel mütterlicherseits
Doris, (*1962) Freundin von unserem Lieblingsvetter Friedel
Dorn, Frau, (*1926) ehemalige Rektorin des Auricher Gymnasiums
Doro, (*1967) Exfreundin von unserem Vetter Friedel
Eberhard, (*1947) Onkel väterlicherseits in Berlin
Ella, Omi, (*1913) Oma väterlicherseits

Evchen, (*1959) viel jüngere Arbeitskollegin und Anjammerfreundin von der Omi Ella
Evi, (*1995) kleines Mädchen in Aurich (s. Familie Martin)
Fabian, (*2001) dritter Sohn von unserem Vetter Heiner in Bonn
Feli, (*1996) Tochter von meiner Freundin Ute B. in Rottweil
Freese, Beate, (*um 1966) ehemalige Violinschülerin Buzens in Aurich
Friedel, (*1962) Lieblingsvetter in Bad Honnef
Fritz, (*1970) Ehemann von Mings Exe Gerswind
Gaßmann, (*1953) Dreiköpfige Familie in Worpswede: Vati Joachim, Gitarrist (*1953), Mutti Ingrid (*1970) und Töchterchen Edith (*1998)
Gerhard, (*1978) Sohn von unserem Onkel Hartmut
Gerhard, Opa, (1905 – 1952) Buzens früh verstorbener Vater
Gerswind, (*1964) Exe Mings
Gloria, (*1978) koreanische Studentin Buzens
Goldstein, Julia, (*1964) Pianistin aus Hannover
Großmann, Eheleute in Ostfriesland. Aus den frühen 40er Jahren gebürtig. Konzertgänger.
Gundula, (*1954) bezaubernde Sängerin aus Göttingen
Heiko, (*1961) unser bester Freund in Aurich
Heiner, (*1962) Zwillingsbruder von unserem Vetter Friedel
Hendrik, (*1994) Klavierschüler in Aurich
Herberger, Herr, (*1908) steinalter, pensionierter Orchestermusiker und Komponist in Badeen-Baden
Hikaru, Posaunenstudent. Mein Flurnachbar in Trossingen. Geburtsjahr unbekannt.
Hilde, (*1964) Exe Buzens
Holstein, Johann, (*1960) Nachbar in Aurich
Hubert, (*1961) Ehemann von meiner Freundin Ute in Rottweil
Ill-Soo, (*1961) ehem. koreanischer Nachbar in Trossingen
Ilse, (1913 – 1996) Opas Kusine in Ofenbach

Ina, (*1982) das hübsche junge Mädchen von gegenüber
Irene, (*1944) Tochter von Opas Kusine Ilse
Irma, Tante, (*1937) Wittib von Rehleins Lieblingsonkel Otto in Kiel
Jade-Quartett, ein von Buzen domptiertes Streichquartett aus Fernost
Janssen, milde Familie in Aurich
Jennylein, (*1975) zweite Tochter von unserer Tante Bea in Kalifornien
Joachim, (s. Gaßmann)
Johann, (*1966) Jungfamilienoberhaupt in Aurich
Ingrid, (s. Gaßmann)
Kamp, Frau, (*1927) betagte Freundin in Aurich
Kebap, Prof., (*1953) Musikgeschichtsprofessor in Trossingen
Kettler, Frau, (*1947) Professorin für Musikwissenschaft in Basel
Kläuschen, (*1934) dritter Mann von meiner Lieblingstante Antje in Bonn
Konka, Onkel, (1935 – 2002) Onkel von unserem Freund Tone
Kühn, Michael, Dirigent vom Musikalischen Sommer 2001. Geburtsjahr unbekannt
Leslie, (*1970) amerikanische Exfrau von unserem Vetter Friedel
Liebich, Antje, (*1967) ehem. Violinstudentin und heutige Hausfrau und Mutti in Trossingen
Lindalein, (*1973) älteste Tochter von unserer Tante Bea in Kalifornien
Lisel, (*1932) Frau von unserem Onkel Andi
Lüders, Frau, (*1937) ganz liebe Frau in Aurich
Maika, (*1995) Töchterlein von unserem Vetter Friedel
Margarethe, (*1972) liebe Freundin
Marius, (*1998) zweiter Sohn von unserem Vetter Heiner
Martin, vierköpfige Familie in Aurich: Vater Johann (*1966), Mutter Christiane (*1965), Hendrik (*1994) und Evi (*1995)
Mel(anie), (*1966) Frau von unserem Vetter Heiner
Melzer, Thomas, (*1962) Kantor im Schwabenland

Mobbl, Omi, (1910 – 1999) Großmutter mütterlicherseits
Moni, (*1964) Frau von unserem Freund Heiko in Aurich
Nebel, Frau, (*1939) Witwe in Oberrot
Neckermann, Johannes, (*1942) lieber Freund in Amerika
Nicole, (*1971) ehem. Studentin Buzens in Trossingen
Nikola, (*1964) Rehleins Kusine in Gießen
Nieß, Otfried, (*um 1938) ehem. Kommilitone von Rehlein & Buz auf der Musikhochschule in Köln
Noth, Prof. und Frau, binationales Ehepaar in Trossingen: Er Schweizer, Sie Bayuwarin. Geburtsdaten unbekannt
Oettken, Sophie, (*1926) Nachbarin in Aurich
Olthoff, Bodo, (*1940) ehem. unehelicher Schwiegervater Mings
Opa, (1909 – 2002) Opa mütterlicherseits
ottO, (*1940) Spaßvogel aus Ostfriesland
Paitessa, (*1991) kleines Mädchen aus Albanien in Ofenbach
Pauline, (*1963) ehem. Violinstudentin Buzens
Peter (Barcaba), (*1947) Pianist, Komponist, und ein Spezi Buzens
Peter, (*1969) einziger Sohn von der ehem. Auricher Musikschulsekretärin Frau Saathoff
Petra, (*1971) Studentin Buzens
Privath, Frau, (*um 1910….?)Nachbarin aus den 60er Jahren in Bonn
Priwitz, Frau, (*1911) Nachbarin in Aurich
Prohazka, lang verstorbenes Ehepaar auf dem Lanzenkircher Friedhof in Niederösterreich
Rainer, Onkel, (*1934) Onkel mütterlicherseits in Toronto
Rautenberg, Frau, (*1920) Nachbarin in Aurich
Rehlein, (1939) unsere allerliebste Mutter
Rübel, Herrn und Frau, Pfarrer (*1934) mit Frau (*1940) in Aurich
Rudolph, Frau, Musikschulsekretärin in Aurich (Geburtsjahr unbekannt)

Runge, Herr, (*1951) Lehrer im Hause gegenüber in Aurich
Saathoff, Frau, (*1934) ehem. Musikschulsekretärin
Sharyn, (*1945) zweite und offenbar finale Ehefrau von unserem Onkel Rainer in Kanade
Schetelig, Herr, Psychiater aus Norderney. Geburtsjahr unbekannt
Schinke, Frau, (*1934) meine einzige Schülerin
Schmitt-Kowalski, Thomas, (*1949) Tondichter aus Oldenburg
Spuhn, Frau, betagte Klavierschülerin Buzens. Geburtsjahr unbekannt.
Stoppelenburg, Herr, (*1943) niederländischer Tondichter, und Vater zweier singender Töchter
Talea, (*1987) Töchterlein von Freunden in Ostfriesland
Tone, (*1962) lieber Freund in Leer/Ostfriesland
Tosch, Frau, (1909 – 1983) lang verstorbene ältere Dame, bei der wir Kinder früher gerne ferngeschaut haben
Ute B., (*1966) liebe Freundin in Rottweil
Ute M., (*1963) liebe Freundin in Herrenberg
Vitzthum, Herr & Frau, Eheleute in Ofenbach (Georg *1936 und Cornelia *1947)
Wald, Opi und Omi, Eltern von unserem Freund Heiko (Rudi *1927 und Inge *1931)
Yossi, (*1947) Spezi Buzens. Bratscher.
Yussuf (Yüsslein), (*1999) Söhnchen von Buzens Exe Hilde

Und weiter geht´s im nächsten Band…
Erscheint am 12. April 2021